A Cor Púrpura

Alice Walker

Tradução por
Betúlia Machado,
Maria José Silveira
e Peg Bodelson

Apresentação por
Stephanie Borges

Prefácio por
Alice Walker

Posfácio por
Carla Akotirene

1ª edição
Rio de Janeiro, 2021

JOSÉ OLYMPIO

Copyright © 1982 by Alice Walker
Copyright do prefácio à edição de 10 anos © 1992 by Alice Walker
Copyright à edição de 25 anos © 2007 by Alice Walker

Projeto gráfico Gustavo Piqueira e Samia Jacintho / Casa Rex
Editoração Carol Vapsys e Kaique Xavier / Casa Rex

CIP-BRASIL. CATALOGAÇÃO NA PUBLICAÇÃO
SINDICATO NACIONAL DOS EDITORES DE LIVROS, RJ

W178c

Walker, Alice
    A cor púpura / Alice Walker ; tradução Betúlia Machado,
Maria José Silveira, Peg Bodelson. - 1. ed. -
Rio de Janeiro : J.O, 2021.

    Tradução de: The color purple
    ISBN 978-65-5847-042-7

    1. Romance americano. I. Machado, Betúlia. II. Silveira,
Maria José. III. Bodelson, Peg. IV. Título.

21-72892   CDD: 813
                                                     CDU: 82-31(73)

Leandra Felix da Cruz Candido - Bibliotecária - CRB-7/6135

Este livro foi revisado segundo o Novo Acordo Ortográfico
da Língua Portuguesa.

Todos os direitos reservados. Proibida a reprodução,
armazenamento ou transmissão de partes deste livro, através
de quaisquer meios, sem prévia autorização por escrito.

Reservam-se os direitos desta tradução à
EDITORA JOSÉ OLYMPIO LTDA.
Rua Argentina, 171 — 3º andar — São Cristóvão
20921-380 — Rio de Janeiro, RJ
Tel.: (21) 2585-2000.

Seja um leitor preferencial Record.
Cadastre-se em www.record.com.br e receba informações
sobre nossos lançamentos e nossas promoções.

Atendimento e venda direta ao leitor: sac@record.com.br

ISBN 978-65-5847-042-7

Impresso no Brasil
2021

Entre cartas
e uma colcha
de retalhos

Apresentação por
Stephanie Borges

Um romance feito de cartas que uma mulher escreve para Deus. Talvez por ainda ter esperanças de ser ouvida. Quem sabe por achar que apenas Deus ainda pudesse ter algum amor por ela neste mundo. As cartas de Celie nos lembram como a história de uma pessoa se liga à de tantas outras e nos conduz pelos vários caminhos que uma mulher percorre para se conhecer e mudar as circunstâncias de sua vida.

A cor púrpura é um livro fascinante, pois ao longo da correspondência de Celie somos capazes de perceber como a voz da protagonista, a forma como ela se dirige à força criadora à qual devotava sua fé, vai se transformando ao longo das páginas. Para além da narrativa centrada na vida protagonista, o romance nos convida a pensar em como o ato de escrever pode às vezes ser a única liberdade de que uma pessoa dispõe. A partir de suas cartas, Celie revisita seu passado, admite seus erros, reconhece suas vontades e começa a criar coragem para agir.

O romance se passa no Sul rural dos Estados Unidos durante a segregação racial e nos ajuda a compreender uma realidade em que heranças de uma cultura escravagista permanecem apesar da abolição, em pleno século XX, ao mesmo tempo que nos deixamos envolver pela história de uma menina que sobrevive a abusos, mentiras e negligências, torna-se adulta e encontra alguma felicidade em um arranjo amoroso que ignora as convenções sociais. Celie, assim como outras personagens deste romance, é muito mais do que vítima ou resultado das opressões que a pobreza e o machismo infligem em sua vida. Sua jornada não envolve a participação em lutas por causas que pedem mudanças na sociedade, mas sim uma série de transformações pessoais e em suas relações afetivas que rompem com gerações de maus-tratos e criam novas formas mais harmoniosas de conviver.

Em sua juventude, Celie acreditava no que o pai e o marido lhe diziam — que era feia e só tinha valor por saber obedecer e trabalhar muito —, mas sua amizade com Sofia e seu encontro com Shug Avery a fazem entender que viver é mais importante do que apenas sobreviver. Com a admiração e o afeto das mulheres em seu entorno, a vergonha e o medo de Celie vão cedendo espaço ao senso de humor e à curiosidade. Ela enfim descobre o que lhe traz alegria. Começa a compreender as diversas formas de amor que existem em sua vida.

Neste romance, Alice Walker nos apresenta personagens cativantes e contraditórios. Somos capazes de torcer por eles e de nos decepcionarmos com algumas de suas escolhas e atitudes, mesmo sabendo que um bom livro não precisa nos oferecer tudo o que desejamos, mas que a literatura sempre nos dá motivos para refletirmos sobre as relações humanas e o mundo em que vivemos. *A cor púrpura* é um romance que nos acompanha mesmo depois de terminada a leitura.

As mulheres negras se destacam na narrativa, pois as personagens podem nos lembrar de pessoas com quem convivemos: o humor cortante de Shug, o desejo de sempre aprender de Nettie, a impaciência de Sofia ou a insegurança de Celie. No entanto, a autora usa os personagens masculinos para refletir sobre como há homens que nem enxergam como a cultura machista, patriarcal e violenta interfere na própria vida e limita suas possibilidades de felicidade. Há homens que sofrem por não se verem numa posição de poder e acabam sofrendo na tentativa de alcançar uma "masculinidade ideal", como Harpo. Há os que abusam de seu poder das formas mais violentas e terríveis, como o Pai. Há os que erram muito e tentam mudar, apesar de tudo o que lhes foi ensinado sobre como ser um pai ou um marido, como Albert.

Observando atentamente, um dos temas da história dessa grande família formada por Celie, Albert, Shug, Harpo, Sofia e Nettie é como cada um precisa se autoconhecer e descobrir como levar uma vida em que possa estar em paz consigo mesmo. Esse processo envolve desaprender padrões que lhes foram impostos, desafiar discursos sociais ou religiosos de como um homem ou uma mulher deve ser. Ao se permitirem mudar e viver de outra maneira, as relações e as dinâmicas familiares também se transformam. Os momentos de alegria, música e uma convivência tranquila se tornam possíveis. Mudar não é simples, e os personagens lidam com os ciúmes, a inveja, as mágoas, mas a possibilidade de perdoar e de ser perdoado preserva as relações apesar dos desafios.

Podemos pensar *A cor púrpura* como uma colcha de retalhos costurada com muita habilidade. A história dos Estados Unidos e o contexto social atravessam a vida dos personagens. A vida no Sul se mistura com a permanência de uma estrutura patriarcal injusta, na qual Albert e Harpo acabam reproduzindo violências e se sentindo infelizes e solitários apesar de viverem com a esposa. A injustiça sofrida por Sofia expõe a arbitrariedade do racismo. O acesso ao conhecimento sobre as civilizações africanas e as suas contribuições para a humanidade fazem com que Nettie seja mais crítica às desigualdades nos Estados Unidos. O fato de Celie ter sua maternidade negada na juventude ecoa a situação de várias mulheres negras no cativeiro que viram seus filhos serem vendidos durante a escravidão.

A ficção costura pedaços de realidade e de invenção. Podemos apreciar o romance como um todo, olhando a colcha de longe, sendo levados pela narrativa, ou dedicar nossa atenção aos retalhos de discursos críticos que surgem dos diálogos relatados nas cartas ou nas reflexões da protagonista quando ela percebe que precisa se tornar a responsável pelos rumos de sua vida.

Seja qual for a perspectiva pela qual nos aproximamos de *A cor púrpura*, percebemos que a busca de Celie por Deus a leva a entender que não era apenas uma questão de fé, mas também de ação. Pode ser um pequeno gesto como dizer não a alguém. Pode ser algo que parece fútil como se sentir bonita. Pode ser algo difícil como confrontar seu agressor. Nós somos os responsáveis por mudar nossos caminhos. Isso não se faz de uma hora para outra, nem na solidão. Mudar a própria vida pode ser difícil, mas é possível. E pode começar pela escrita.

Entre tsunâmis e furacões: um livro sobre Deus **versus** a imagem de Deus

Prefácio inédito à edição comemorativa de 25 anos (2007) por Alice Walker

Tradução de Stephanie Borges

No Sul dos Estados Unidos, onde eu nasci, mesmo anos depois que eventos narrados em *A cor púrpura* tenham acabado, ainda é um pouco arriscado perguntar às pessoas sobre a ideia que elas fazem de Deus. Está dado que "Deus" é "Deus". Todo mundo sabe o que isso significa — como Ele (sempre no masculino) se parece, o que ele pensa e o que ele é capaz de fazer. Mas, na verdade, como ele se parece? O que ele pensa? E o que ele é capaz de fazer? Para responder a essas perguntas, as pessoas do Sul e de muitas partes do mundo se voltam para a Bíblia. Lá somos informados de que ele é o pai de Jesus, que nós invariavelmente vemos retratado como um homem branco. Ele acha que nós nascemos de um pecado e o incorporamos; ele acha que o homem deve ter domínio sobre a terra, o que inclui as terras e as águas, mulheres, animais e crianças. Ele é capaz de infligir punições e sofrimento sem igual nas pessoas que deseja ferir ou destruir, enquanto dá todo o apoio imaginável e espólios de guerra a quem ele adora. Às vezes, ele também trata mal quem o adora, mas pelo menos eles parecem ter uma posição, uma vez que foram escolhidos pelo próprio Deus ou, assim dizem, para conseguir seguidores.

Não é mistério como e em qual momento da história os afro-
-americanos, como os personagens deste romance, começaram
a acreditar em um Deus concebido para guiar e levar adiante os
desejos de um outro povo, um Deus que pensava que negritude
era uma maldição. Capturados na África, no início do século XVI,
eles marcharam durante meses pela savana e floresta tropical até
a costa onde navios negreiros esperavam para transportá-los para
o Novo Mundo. Nos famosos "castelos de escravos" que ponti-
lhavam (ainda pontuam) o litoral africano, eles eram obrigados a
se ajoelhar diante de uma estátua de Jesus, tinham água salpicada
por um padre na cabeça raspada e tinham o "velho" nome roubado.
Eles recebiam nomes cristãos que combinavam com nossa religião
sumariamente adquirida (com a ajuda do chicote e a ameaça de
aniquilação), e então, tendo sido marcados no corpo ou no rosto,
eles eram empurrados para os navios, embalados, como se diz
por aí, como sardinha em lata. Nós nunca saberemos quando
morreram de tristeza, doença ou fome. Ou quantos deram o salto
para desaparição no mar.

O Novo Mundo como visualizado por seus criadores — que
queriam que Washington, com seus pântanos e mosquitos, se
parecesse imediatamente com Paris, e Nova York fosse uma
Londres maior e melhor — não poderia ser construído sem trabalho escravo. Nem mesmo meu estado natal, a Geórgia, poderia
ser construído sem esse tipo de trabalho. Imigrantes da Europa
adoeciam e morriam aos milhares tentando extinguir os indíge-
nas (eles que são também nossos ancestrais) e drenavam pântanos, derrubavam florestas e sobreviviam à malária. Tudo com
um coração furioso que mais parecia com o inferno descrito na
"Palavra de Deus" que trouxeram com eles do que com o Paraíso
atraente que mercadores de terra inescrupulosos os fizeram cru-
zar o mar para aproveitarem.

Entre meus ancestrais africanos (arrastados), muitos deles
eram experientes no cultivo do algodão, anil e arroz. Olaria e

construção. Culinária, tecelagem e criação de animais. Muitos deles artistas, curadores, músicos e dançarinos. Visionários e filósofos. Pesquisadores. Professores. Comerciantes. Nenhum deles exaurido facilmente pelo calor. E, além disso, realmente inteligentes. Eles questionaram tudo, pelo menos nas primeiras gerações. Como eles não fariam isso? Eles se viram entre pessoas que os consideravam objeto para serem comandados e usados sem nenhuma consideração por seu bem-estar físico ou seus sentimentos. Presumiam que eles, como as mulheres e os gatos, não tinham alma. Sete anos eram mais ou menos o tempo máximo que esses ancestrais duravam. Esgotados, sua cabeça era quebrada e eles eram enterrados sem homenagens. Seus restos mortais podem ser encontrados por todo o Sul, alguns de seus ossos foram descobertos em lugares improváveis — por exemplo, em Nova York, embaixo do que depois seria conhecida como Wall Street.

Eles viviam entre demônios. Separados de parentes e de integrantes de seu povo para que ninguém pudesse se comunicar com facilidade, a vida se tornou nada mais do que o trabalho sem pagamento nem reconhecimento. A vida era ter que suportar o golpe do chicote. A vida era dar à luz filhos — que não teriam memórias de nada além da escravidão brutal — e então morrer e ser jogada em uma ravina ou enterrada nos limites de um pântano ou de um campo. Onde haveria qualquer sinal provável de alívio?

Se meus ancestrais eram como os africanos que conheço hoje, e como eu mesma, eles devem ter se agarrado ao senso comum durante muito tempo. Mas em algum momento, conseguindo se sentar durante meia hora numa manhã de domingo — depois de trabalhar a semana inteira para que outro tenha lucro —, parecia valer a pena acreditar no inacreditável. Alguém poderia realmente morrer e voltar dos mortos? Se eles ficavam esgotados depois de sete anos e então eram assassinados, talvez a ressurreição fosse algo a ser considerado. Eles ensinariam essa nova ideia às suas crianças se isso significasse que eles poderiam experimentar algum traço de humanidade vinda de seus captores? Sim. Por que o senhor ria enquanto assistia ao declínio da resistência espiritual, assim como da física, entre os cativos escravizados?

Isso deve ter sido apavorante. Os primeiros africanos a desistirem, a serem quebrados espiritualmente, devem ter sofrido de forma inimaginável. Eles devem ter se lembrado de seus Deuses. E Deusas. Eles devem ter percebido que, na essência, um Deus/ Deusa que se mostrou forte o suficiente para estar com eles na África, no navio negreiro, e também no Mississippi e em Nova York era a Natureza. Entretanto, este pensamento, a essência do paganismo, era desaprovado pelo novo Deus. E pelos capangas dele.

A inteligência de escravizar o espírito é criar uma prisão invisível da qual o prisioneiro parece extrair algum conforto. Até por esse pequeno conforto os afro-americanos tiveram que lutar. Posso imaginar algum ancestral astuto insistindo com seu senhor ou feitor que, se o Deus da Bíblia tinha criado os escravos assim como todo mundo, com certeza Ele iria querer que os escravizados lessem a sua palavra. Tenho certeza de que isso foi uma conversa — o senhor montado em seu cavalo, o escravo de joelhos com o rosto para baixo e o chapéu na mão — que durou pelo menos um século. Finalmente, um escravo escolhido a dedo, talvez um filho do senhor com uma mulher escravizada que ele estuprou, pôde ler uma versão editada da Bíblia. Interpretada pelo mestre, é claro. "Escravos obedecem aos seus senhores"— deveria ser uma frase muito repetida.

No condado de Putnam, Geórgia, onde nasci, a senhora da fazenda nos tempos do meu tataravô emprestou à comunidade um pequeno terreno no qual eles puderam construir uma igreja, que, embora muito negligenciada, ainda está lá. Recentemente a sepultura da minha bisavó, Sallie Montgomery Walker, foi encontrada não muito longe dali. Ela nasceu em 1861, escravizada. Morreu em 1900 e foi enterrada junto de quatro de seus filhos. O que tinha acontecido com ela? Nunca saberemos. A casa dos Montgomery tinha alguma consideração por ela, a ponto de ter colocado uma lápide para minha bisavó (a sepultura da maioria dos escravos não tinha lápide), e pelo pai dela, que viveu mais do que a filha, e está sepultado próximo a ela. Também é provável que ela e o pai fossem parentes de sangue dos seus donos. Na realidade, a srta. May Montgomery, para quem o meu pai trabalhava — depois de quase ter sido mandado embora da propriedade dela por ter pedido para receber US$ 12 por mês por serviços intermináveis no campo —, fez um comentário que tem sido transmitido por gerações em nossa família de Montgomerys e Walkers. Ao ouvir que um dos meus irmãos abominava comer pele de galinha, ela exclamou: "É um Montgomery, com certeza! Você nunca vai ver um Montgomery comer pele de galinha!"

Esse tipo de situação dá provas de como descendentes de escravizados tentam juntar as peças de nossas identidades, do lado europeu, com restos jogados por parentes que, por hipocrisia ou covardia, falham em honrar a conexão com sua própria família. Eu sei que isso é verdade, e ainda assim continua difícil de imaginar.

Eu vim ao mundo amando a "Deus". Estou me referindo ao onipresente dotado de toda a magia. Isso era tão aparente a ponto de meus pais e irmãos me colocarem em vários concursos de bebês porque eu nunca parecia encontrar uma expressão do divino, na forma humana, que não apreciasse. É por causa desse amor que a ideia do racismo como uma crença evidente em aparências e mentalidades superiores e inferiores não estava à vista. Eu não conseguia entender. Parecia algo cego. Eu aceitava as pessoas da minha comunidade com alegria, seja lá como fosse a aparência delas, saboreando o milagre de cada vida. Elas respondiam à minha doçura me ajudando a ganhar todos os concursos de que participei e, assim, levantar fundos para construir os bancos para a igreja e um telhado para nossa escola. Naquela época, para a maioria das pessoas, "Deus" como o onipotente dotado de toda a magia tinha desaparecido na "imagem de Deus" (como diria

Carl Jung) que eles adoravam todo domingo na igreja. Esta era a imagem de Deus que eles viram pela primeira vez depois de serem capturados, espancados, sentirem fome, serem acorrentados e marcados no dia em que deixaram sua terra natal na África. Uma imagem de Deus que, na verdade, era a imagem de um Deus de outro alguém, e não um reflexo das pessoas forçadas a adorá--lo. É possível visitar igrejas negras no Sul, até hoje, e encontrar como objeto de devoção um Jesus Cristo muito pálido, com olhos azuis voltados para seu adorado pai (presumidamente maior e mais branco) no céu. Esta era a mesma adoração que o senhor de escravos instilou em seus escravizados. Eu nasci numa época em que pude ver os remanescentes com esse comportamento que confundia e assassinava a alma. Quando me juntei ao Movimento Negro nos anos 1960, eu tinha por objetivo acabar com isso.

No final dos anos 1970, quando comecei a pensar em escrever o romance que viria a ser *A cor púrpura*, senti que a minha maior necessidade era me cercar da Natureza. Eu estava morando em Nova York. Depois de várias mudanças — divorciei-me, vendi minha casa e saí do meu emprego como editora na *Ms. Magazine* —, fui para San Francisco. De lá, viajei em direção ao norte até encontrar uma cidadezinha chamada Boonville, onde aluguei um chalé de um quarto de frente para uma campina com um pomar de macieiras no quintal dos fundos. Uma tília alta como uma torre oferecia sombra. Em busca de orientação, eu passei dias no rio e entre as sequoias. Noites olhando para as estrelas. Esta era a experiência do paraíso na natureza da qual o sentia tanta falta enquanto morava em Nova York, o presente sempre mágico. Isso era tudo pelo qual minha alma e minha criatividade aspiravam.

Mais de trinta anos depois, ainda me desconcerta que as pessoas raramente discutam *A cor púrpura* como um livro sobre Deus. Sobre "Deus" *versus* a "imagem de Deus". Afinal de contas, as primeiras palavras da protagonista Celie são "Querido Deus". Tudo o que acontece durante sua vida, ao longo de décadas, é em relação ao seu crescimento ao compreender essa força. Eu me lembro de tentar explicar a necessidade dos seus desafios e tribulações a uma fã cética. Eu disse que nós crescemos em nosso entendimento do que "o Deus/a Deusa" significa e pela intensidade do nosso sofrimento, pelo que somos capazes de fazer com esse sofrimento. Pelo menos é o que eu sei, acrescentei. Por sorte nós tínhamos começado a debater dois desastres naturais (um tsunâmi devastador e um furacão) que tinham atingido o sudeste da Ásia e o golfo do México na costa dos Estados Unidos: pense no "Pai" como o tsunâmi na vida de Celie, e no "Sinhô" como um furacão.

Na verdade, um "Pai" e/ou "Sinhô" podem aparecer na vida de qualquer pessoa. Eles podem estar usando a máscara da guerra, a máscara da fome, a máscara do sofrimento físico. A máscara da casta, da raça, da classe, do sexo, da saúde mental ou da doença. Os significados delas para nós, com frequência, é que elas são simplesmente uma oferta, um desafio, enviados por "Deus", isto é o onipotente dotado de toda magia, que exige que nós cresçamos. E, embora nós possamos estar confusas, ou mesmo traumatizadas, como Celie, pelo seu histórico, configuração social e psicológica, se nós perseverarmos, nós podemos, como ela, eventualmente alcançar o surpreendente: que por alguma gentileza insondável nós recebemos justamente as chaves certas que precisamos para destrancar as mais profundas e escuras masmorras do nosso emocional, além de desfazer as amarras espirituais, para experimentar a libertação e a paz pela qual tanto desejávamos.

O ensinamento fundamental do romance aparece na página 195, e é apresentado por Shug Avery, que não é apenas a amada de Celie, mas também sua mentora espiritual:

Eu acredito que Deus é tudo, Shug falou. Tudo que é ou já foi ou será. E quando você consegue sentir isso, e ficar feliz porque tá sentindo isso, então você encontrou ele.

Shug também compartilha sua compreensão de que Deus é a quem ela agrada, um Deus que ela sente como uma alegria que vem de dentro, que é abrangente demais para ter um gênero. É por isso que no final do romance a definição que Celie tem de "Deus" tinha mudado radicalmente. Quando ela se refere a "Deus" no crepúsculo de sua vida, o "Querido Deus" não inclui apenas pessoas, o céu, as árvores e as estrelas, mas o "Querido Tudo".

Alice Walker
30 de dezembro de 2006
Casa Madre
Costa Careyes, México

***

Três anos depois da publicação de *A cor púrpura*, que recebeu um prêmio Pulitzer e um National Book Award, o romance foi adaptado por Steven Spielberg em um filme conhecido internacionalmente. Cinco anos depois do lançamento, o livro vendeu seis milhões de exemplares no mundo inteiro. Dez anos depois, esse número tinha dobrado, e *A cor púrpura* se tornou um dos cinco livros mais relidos nos Estados Unidos. Em 2005, o romance foi adaptado em um musical extremamente bem-sucedido na Broadway, apresentado em teatros lotados todas as noites por quase um ano. No processo, o livro transformou o "Great White Way", literalmente "o grande caminho branco", como é conhecida a região da Broadway, em um lugar onde pessoas de todas as cores, orientações e identidades se reúnem para assistir ao espetáculo e celebrar "Deus" como vida e amor, perseverança, esperança, criatividade e alegria.

Prefácio inédito da edição comemorativa de 10 anos (1992)

por Alice Walker

Tradução de nina rizzi

Independentemente do que *A cor púrpura* tenha se tornado no decorrer dos anos desde sua publicação, permanece para mim uma obra teológica que examina a jornada da religiosidade de volta ao espiritual, que passei grande parte da minha vida adulta, antes de escrevê-lo, procurando evitar. Reconheci-me uma adoradora da Natureza aos onze anos, porque meu espírito vagueava resolutamente pela janela para encontrar as árvores e o vento durante os sermões de domingo. Não via nenhuma razão pela qual, uma vez livre, devesse me preocupar com assuntos religiosos.

Pensei que um livro que começa com "Querido Deus" seria imediatamente identificado como um livro sobre o desejo de encontrar, de ouvir, o Ancestral Supremo. Talvez seja um sinal de nossos tempos que isso raramente tenha acontecido. Ou talvez tenha sido a transformação pagã de Deus de supremacia masculina patriarcal em árvores, estrelas, vento e tudo mais, que camuflou para muitos leitores e leitoras a intenção do livro: explorar o caminho difícil de alguém que já começa na vida cativa espiritualmente, mas que, por sua coragem e pela ajuda de outras pessoas, se liberta na compreensão de que ela, como a própria Natureza, é uma expressão radiante do até então percebido como um Divino bastante distante.

Se é verdade que fugimos daquilo que nos persegue, então *A cor púrpura* (esta cor que sempre nos surpreende, mas que está em toda parte na natureza) é o livro que me transmitiu a palavra do Grande Mistério vinda de qualquer sermão de domingo ou através de qualquer boca humana. Lá eu a ouvi e a vi movendo-se na beleza através das colinas verdejantes.

Nenhuma pessoa está isenta da possibilidade de uma conexão consciente com Tudo o que É. Não as pobres. Não as que sofrem. Não quem escreve num campo aberto. Este é o livro em que fui capaz de expressar uma nova consciência espiritual, um renascimento em fortes sentimentos de Unidade que percebi ter experimentado e considerado natural quando criança; uma chance para mim, assim como para a protagonista, Celie, de encontrar Aquilo Que Está Além da Compreensão, Mas Não Além do Amor e de dizer: "Eu te vejo e ouço nitidamente, Grande Mistério, agora que espero te ver e ouvir onde quer que eu esteja, que é o lugar certo."

Para o Espírito:

Sem cuja assistência
Nem este livro
Nem eu
Poderíamos ter sido escritos.

Show me how to do like you
Show me how to do it.

Stevie Wonder*

* Mostre-me como fazer igual a você
Mostre-me como fazer.

É melhor você nunca contar pra ninguém, só pra Deus. Isso mataria sua mamãe.

Querido Deus,

Eu tenho quatorze ano. ~~Eu sou.~~ Eu sempre fui uma boa minina. Quem sabe o senhor pode dar um sinal preu saber o que tá contecendo comigo.

Na primavera passada, depois que o nenê Lucious chegou, eu iscutei o barulho deles. Ele tava puxando o braço dela. Ela falou Inda é muito cedo, Fonso, eu num tô bem. Até que ele deixou ela em paz. Uma semana depois, ele foi e puxou o braço dela outra vez. Ela falou Não, eu num vou. Você num vê que já tô meia morta, e todas essas criança.

Ela foi visitar a irmã dela que é doutora em Macon. Me deixou cuidando das criança. Ele nunca teve uma palavra boa pra falar pra mim. Só falava Você vai fazer o que sua mãe num quis. Primeiro ele botou a coisa dele na minha coxa e cumeçou a mexer. Depois ele agarrou meus peitinho. Depois ele impurrou a coisa dele pra dentro da minha xoxota. Quando aquilo dueu, eu gritei. Ele cumeçou a me sufocar, dizendo É melhor você calar a boca e acustumar.

Mas eu num acustumei, nunca. Agora eu fico enjuada toda vez que sou eu que tenho de cuzinhar. Minha mamãe, ela fica o tempo todo encima de mim e olhando. Ela tá feliz porque ele tá bom pra ela agora. Mas muito duente pra durar muito.

Querido Deus,

Minha mamãe morreu. Ela morreu gritando e praguejando. Ela gritou comigo. Ela praguejou comigo. Eu tô de barriga. Eu num posso andar muito depressa. Na hora queu volto do poço, a água tá morna. Na hora queu arrumo a bandeja, a cumida já tá fria. Na hora queu arrumo todas as criança pra escola, já tá na hora do jantar. Ele num falava nada. Ele sentava lá na cama, sigurando a mão dela e chorando, dizendo Num me deixa, num vá embora.

Ela perguntou pra mim do primeiro. De quem é? Eu disse de Deus. Eu num conheço nenhum outro homem ou outra coisa pra dizer. Quando eu cumecei a sentir dor e aí minha barriga cumeçou a mexer e aí aquele nenezinho nasceu, rasgando minha xoxota com o punhozinho dele, quem quisesse podia soprar queu caía.

Ninguém veio ver a gente.

Ela ficou mais e mais duente.

Acabou ela perguntando Cadê ele?

Eu falei, Deus levou ele.

Foi ele que levou. Ele levou ele quando eu tava dormindo. Matou ele lá no bosque. Vai matar esse também, se ele puder.

Querido Deus,

Parece que ele num pode mais nem olhar pra mim. Fala queu sou má e sempre quero fazer coisa ruim. Ele levou meu outro nenê também, um minino dessa vez. Mas eu num acho que ele matou não. Acho que ele vendeu prum homem e a esposa dele, lá em Monticello. Eu fiquei com os peito cheio de leite iscorrendo encima de mim. Ele falou Por que você num se veste direito? Bota alguma coisa. Mas que é queu tenho pra botar? Eu num tenho nada.

Eu fico pensando que ele bem podia achar alguém pra casar. Eu vejo ele olhando pra minha irmãzinha. Ela tá cum medo. Mas eu falei que vou tomar conta dela. Cum ajuda de Deus.

Querido Deus,

Ele veio pra casa com uma moça dos lado de Gray. Ela é da minha idade mas eles casaram. Ele fica com ela o tempo todo. Ela fica zanzando como se num subesse que coisa mordeu ela. Eu acho que ela pensou que gostava dele. Mas nós somo tantas criança. Todas pricisando de alguma coisa.

Minha irmãzinha Nettie tá com namorado quase do tamanho do Pai. A mulher dele morreu. Ela foi morta pelo namorado dela voltando pra casa da igreja. Ele só tem três filho. Ele viu a Nettie na igreja e agora todo domingo de tarde o Sinhô ___ vem cá. Vou dizer pra Nettie ficar com os livro dela. É preciso mais que juízo pra cuidar de criança que num é nem da gente. E veja o que aconteceu com a Mãe.

Querido Deus,

Ele me bateu hoje porque disse queu pisquei prum rapaz na igreja. Eu pudia tá com uma coisa no olho, mas eu num pisquei. Eu nem olho pros homem. Essa é que é a verdade. Eu olho pras mulher, sim, porque num tenho medo delas. Talvez porque minha mãe me botou maldição o senhor acha queu fiquei com raiva dela. Mas não. Eu sentia pena da mamãe. Tentar acreditar na história dele matou ela.

Tem vez que ele inda fica olhando pra Nettie, mas eu sempre atrapalho ele. Agora eu vou dizer pra ela casar com o Sinhô ___. Num vou dizer por quê.

Eu vou dizer Casa com ele, Nettie, e tenta ter um ano bom na sua vida. Depois disso, eu sei que ela vai ter barriga.

Mas eu, nunca mais. Uma minina na igreja disse que a gente pega barriga quando sangra todo mês. Eu num sangro mais.

Querido Deus,

Sinhô ⎯ afinal chegou e pediu a mão da Nettie em casamento. Mas ele num quis deixar ela ir. Disse que ela tá muito nova, num tem ixperiência. Disse que Sinhô já tem muita criança. Depois, E o iscândalo que a esposa dele causou quando alguém matou ela? E que história é essa que dizem da Shug Avery? O que ele diz disso?

Eu perguntei pra nossa nova mamãe sobre Shug Avery. O que era? eu perguntei. Ela num sabia mas disse que ia discobrir.

Ela fez mais do que isso. Ela cunseguiu um retrato. O primeiro queu vi de uma pessoa de verdade. Ela falou que Sinhô ⎯ tava tirando uma coisa da carteira dele pra mostrar pro Pai e o retrato caiu e iscorregou pra debaixo da mesa. Shug Avery era uma mulher. A mulher mais linda queu já vi. Ela é mais bunita que minha mamãe. Ela é mais de dez mil vez mais bunita que eu. Eu vejo ela lá dentro do casaco de pele. O rosto dela vermelho. O cabelo dela parece uma coisa! Ela tá rindo com o pé encima do carro de alguém. Mas os olho dela tão sério. Um pouco triste.

Eu pedi pra ela me dar o retrato. A noite toda eu fiquei olhando. E agora quando eu sonho, eu sonho com Shug Avery. Ela tá vistida linda de morrer, rodando e rindo.

Querido Deus,

Quando nossa nova mamãe tava duente eu pedi pra ele me pegar invés da Nettie. Mas ele só perguntou do que queu tava falando. Eu falei pra ele queu pudia me arrumar pra ele. Eu infiei no meu quarto e voltei usando rabo de cavalo, pluma, e um par dos sapato de salto alto da nossa nova mamãe. Ele me bateu porque eu visti como vagabunda, mas fez comigo de toda maneira.

Sinhô —— veio nessa noite. Eu fiquei na cama, chorando. A Nettie, ela finalmente viu a luz do dia, clara. Nossa nova mamãe, ela também viu. Ela tava no quarto dela chorando. Nettie cuida de uma primeiro, depois da outra. Ela tá tão assustada que ela vai lá fora e vumita. Mas não lá na frente onde os dois homem tão.

Sinhô —— fala, Bom, senhor, eu gostaria que o senhor tivesse mudado de ideia.

Ele fala, Não, num posso dizer que mudei.

Sinhô —— fala, Bom, o senhor sabe, meus piqueno bem que pricisam de uma mãe.

Bom, ele fala, bem devagarinho, eu num posso deixar o senhor levar a Nettie. Ela é nova dimais. Num sabe de nada, só o que a gente fala pra ela. Depois, eu quero que ela fique mais na escola. Quero fazer uma professora dela. Mas eu posso deixar o senhor levar a Celie. Ela é mais velha mesmo. Ela pricisa casar primeiro. Ela também num é mocinha, eu acho que o senhor sabe disso. Ela já foi manchada. Duas vez. Mas o senhor também num pricisa de uma mocinha. Eu mesmo peguei uma mocinha e ela tá o tempo todo duente. Ele dá uma cuspida por cima da grade. As criança dão no nervo dela, ela num é boa cuzinheira. E já tá de barriga.

Sinhô ——, ele num fala nada. Eu paro de chorar, tô tão surpresa.

Ela é feia. Ele fala. Mas num istranha o trabalho duro. E é limpa. E Deus já deu um jeito nela. O senhor pode fazer tudo como o senhor quer e ela num vai botar no mundo mais ninguém pro senhor dar de cumer e vistir.

Sinhô —— num fala nada. Eu pego o retrato da Shug Avery. Eu olho nos olho dela. Os olho dela dizem Sim. Eles fazem assim tem vez.

A verdade, ele fala, é queu tenho que me livrar dela. Ela é muito velha pra tá vivendo aqui na casa. E é má influência pra minhas outras minina. Ela leva a roupa dela. Ela pode levar aquela vaca que ela tá criando lá atrás do celeiro. Mas a Nettie positivamente o senhor num pode levar. Nem agora. Nem nunca.

Sinhô —— fala finalmente. Limpando a garganta. Eu realmente nunca olhei pra ela, ele fala.

Bom, da próxima vez que o senhor vier, o senhor pode olhar pra ela. Ela é feia. Nem parece que é irmã da Nettie. Mas ela vai ser uma esposa melhor. Ela também num é isperta, e eu vou ser honesto, o senhor vai ter que prestar atenção ou ela vai dar tudo o que o senhor tem. Mas ela trabalha como um homem.

Sinhô —— fala Quantos anos ela tem?

Ele fala, Ela tá perto dos vinte. E outra coisa... Ela é mentirosa.

Querido Deus,

Ele pricisou de toda a primavera, de março até junho, pra resolver me levar. Eu só pensava era na Nettie. Como ela pudia vir comigo se eu casasse com ele, ele tão paixonado por ela. Eu pudia imaginar um jeito pra gente fugir. Nós duas, a gente dava duro nos livro da escola da Nettie, porque a gente sabia que tinha que ser isperta pra poder fugir. Eu sei queu num sou nem tão bunita nem tão isperta quanto a Nettie, mas ela falou queu num sou boba.

O jeito pra você saber quem discubriu a América, Nettie falou, é pensar nos calombo. É parecido com Colombo. Eu aprendi tudo sobre Colombo no primeiro grau, mas parece que foi a primeira coisa queu isqueci. Ela falou que Colombo veio aqui nos barco com nome de Nina, Pinta e Santamaria. Os índio foram ótimos pra ele e ele levou um monte deles forçado de volta com ele pra servir a rainha.

Mas é difícil pensar com o casamento com Sinhô ⎯ pindurado na minha cabeça.

Da primeira vez que fiquei de barriga, o Pai me tirou da escola. Ele nunca quis saber se eu gostava de lá ou não. Nettie ficou lá no portão sigurando apertado na minha mão. Eu tava toda vistida pro primeiro dia. Você é muito boba pra continuar indo pra escola, o Pai falou. Nettie é a inteligente nessa casa.

Mas Pai, Nettie falou, chorando, Celie é inteligente também. Até a dona Beasley já falou. Nettie é louca pela dona Beasley. Acha que ninguém no mundo é igual a ela.

O Pai falou, Quem vai escutar o que Addie Beasley tem pra dizer. Ela é tão faladeira que nenhum homem quis ela. É por isso que ela tem que ensinar na escola. Ele nunca olha pra cima quando tá limpando a arma dele. Depois um bando de homem branco veio andando pelo pátio. Eles também tavam com arma.

O Pai levantou e foi com eles. O resto da semana eu vumitei e preparei as caça.

Mas a Nettie nunca disiste. Quando eu vi, a dona Beasley tava na nossa casa pra tentar conversar com o Pai. Ela falou que desde que ela era professora ela nunca tinha visto ninguém querer tanto aprender como Nettie e eu. Mas quando o Pai me chamou e ela viu como meu vistido tava apertado, ela parou de falar e foi embora.

Nettie inda num entendia. Nem eu. Tudo que a gente via é queu tava duente todo o tempo e gorda.

Eu fiquei chateada quando a Nettie foi e me passou no estudo. Mas parece que nada do que ela fala entra na minha cabeça e fica. Ela tenta me contar uma coisa da terra num ser chata. Eu só falo, É, como se eu subesse. Eu nunca digo o tanto que ela parece chata pra mim.

Sinhô ___ finalmente veio um dia parecendo todo passado. A mulher que tava ajudando ele saiu. A mãe dele foi e disse Já chega.

Ele falou, Deixa eu ver ela de novo.

O Pai me chamou. *Celie*, ele falou. Como se num fosse nada. Sinhô ___ quer dar outra olhada em você.

Eu fico parada na porta. O sol brilha no meu olho. Ele inda tá montado no cavalo. Ele olha pra mim pra cima e pra baixo.

O Pai sacode o jornal. Anda, ele fala, ele num morde.

Eu chego perto da escada, mas não muito perto porque eu tenho medo do cavalo dele.

Vira, o Pai fala.

Eu viro. Um de meus irmãozinho apareceu. Eu acho que era o Lucious. Ele é gordo e risonho, todo tempo mastigando uma coisa.

Ele pergunta, Por que cê tá fazendo isso?

Pai fala, Sua irmã tá pensando em casamento.

Isso num quer dizer nada pra ele. Ele puxa meu vistido e pergunta se pode comer da geleia de morango que tá no armário.

Pode, eu falo.

Ela é boa pras criança, o Pai fala, sacudindo o jornal mais uma vez. Nunca escutei ela dizer uma palavra atravessada pra nenhum deles. Só que dá tudo o que eles pedem, é o único problema.

Sinhô ___ fala, A vaca vem mesmo?
Ele fala, A vaca é dela.

Querido Deus,

Eu passei o dia do meu casamento correndo do minino mais velho. Ele tem doze ano. A mãe dele morreu nos braço dele e ele num quer nem escutar falar de uma nova mamãe. Ele pegou uma pedra e rebentou minha cabeça. O sangue correu todo encima de mim, nos meus peito. O pai dele falou Num faça isso! Mas foi tudo que ele falou. Ele tem quatro criança, e não três, dois minino e duas minina. O cabelo das minina num viu pente desque a mãe delas morreu. Eu disse pra ele queu vou ter que cortar tudo. Pra cumeçar a crescer de novo. Ele falou que dá azar cortar cabelo de mulher. Então depois queu fiz um curativo na minha cabeça do melhor jeito queu pude, eu cuzinhei o jantar — eles tem uma nascente, num é poço, e uma fornalha de lenha que parece uma carroça — e cumecei a tentar disimbaraçar cabelo. Elas só têm oito e seis ano e choraram. Elas gritaram. Elas me disseram queu tava querendo matar. Acabei lá pelas dez hora. Elas choraram até durmir. Mas eu num chorei. Eu fiquei lá pensando na Nettie quando ele tava encima de mim, imaginando se ela tava salva. E depois eu pensei na Shug Avery. Eu sei que o que ele tava fazendo comigo ele fez com a Shug Avery e quem sabe ela gostou. Eu botei meus braço ao redor dele.

Querido Deus,

Eu tava na cidade sentada na carroça quando Sinhô ＿ tava no armazém. Eu vi minha filhinha. Eu sabia que era ela. Ela é igualzinha a mim e meu pai. Mais parecida com a gente do que a gente mesmo. Ela vinha seguindo atrás de uma senhora e elas tavam vistida igualzinho. Elas passaram pela carroça e eu falei. A senhora respondeu gentil. Minha filhinha, ela olhou pra cima e franziu um pouquinho os olho. Ela tá aflita com alguma coisa. Ela tem os meus olho igualzinho como eles são hoje. Como se tudo queu vi, ela viu também e ficou meditando.

Eu acho que ela é minha. Meu coração diz que ela é minha. Mas eu num sei se ela é minha. Se ela é minha, o nome dela é Olivia. Eu bordei Olivia nos fundo de todas as roupinha dela. Eu bordei muitas estrelinha e flor também. Ele levou as roupinha, quando ele levou ela. Ela tinha quase dois mês. Agora ela deve ter seis ano.

Eu desci da carroça e segui Olivia e sua nova mamãe até a loja. Eu vi ela passar a mãozinha sobre o balcão, como se num tivesse interessada em nada. A mãe dela tá comprando pano. Ela fala Não mexa em nada. Olivia abre a boca, ispreguiçando.

Esta é muito bunita, eu falo, e ajudo a mãe dela a levar uma peça de fazenda até perto do rostinho dela.

Ela sorri. Vou fazer um vistido novo pra mim e pra minha filha, ela fala. O pai dela vai ficar tão orgulhoso.

Quem é o pai dela, eu gaguejo. Será que *finalmente* alguém sabe?

Ela diz Seu ＿ Mas num é o nome do meu pai.

Seu ＿? Eu falo. Quem é ele?

Ela olha pra mim como se eu tivesse perguntado o que num era da minha conta.

O *Reverendo* ＿, ela fala, depois vira pro balconista. Ele fala, Moça você quer essa fazenda ou não? Tem outros freguês além de você.

Ela fala, Sim, senhor, eu quero cinco metro, por favor.

Ele pega a fazenda e vai batendo a peça. Ele num mede. Quando ele acha que já tem cinco metro ele corta. É um dolar e trinta centavo, ele fala. Você pricisa de linha?

Ela fala, Não senhor.

Ele fala, Você num pode custurar sem linha. Ele pega um carretel e põe ele perto da fazenda. Esta parece que é a cor certa. Você num acha?

Ela fala, É sim senhor.

Ele cumeça a assobiar. Pega dois dólar. Dá pra ela um quarto de volta. Ele olha pra mim. Você quer alguma coisa, garota? Eu falo, Não senhor.

Eu sigo atrás delas na rua.

Eu num tenho nada pra oferecer e me acho tão pobre.

Ela olha pra cima e pra baixo na rua. Ele num tá aqui. Ele num tá aqui. Ela fala como quem vai chorar.

Quem que num tá? Eu pergunto.

O Reverendo ___, ela fala. Ele levou a carroça.

A carroça do meu marido tá bem aqui, eu falo.

Ela trepa. Eu agradeço muito, ela fala. A gente fica sentada olhando as pessoa que vão pra cidade. Eu nunca vi tanta gente, nem na igreja. Umas muito bem vistida. Outras não. A poeira cobre os vistido das madame.

Ela me pergunta quem é meu marido, agora queu sei tudo sobre o dela. Ela ri um pouco. Eu falo Seu ___ Ela fala, Tem certeza? Como se ela subesse tudo sobre ele. Só num sabia que ele tinha casado. Ele é um homem tão bunito, ela fala. Num tem outro mais bunito por aqui. Nem preto nem branco, ela fala.

Ele tem uma parência boa, sim, eu falo. Mas eu num penso no queu tô dizendo. Quase sempre pra mim os homem parecem tudo a mesma coisa.

Quantos ano tem sua filha? Eu pergunto.

Oh, ela vai fazer sete ano.

Quando vai ser? Eu pergunto.

Ela pensa um pouco. Então fala, Dezembro.

Eu penso, Novembro.

Eu falo, bem tranquila. Como é o nome dela?

Ela fala, Ah, nós chamamos ela de Paulina.

Meu coração dá um pulo.

Mas depois ela franze as sobrancelha. Mas eu chamo ela de Olivia.

Por que você chama ela de Olivia se num é o nome dela? Eu pergunto.

Bom, olha só pra ela, ela fala com malícia, virando pra olhar pra minina, você num acha que ela parece uma Olivia? Olhe os olho dela, por Deus. Se as oliveira tivessem olho, seria assim. Então eu chamo ela Oliveira. Ela riu. Não. Olivia, falou, passando as mão nos cabelo da criança. Bom, aí vem o Reverendo ——, ela falou. Eu vi uma carroça e um homem enorme vistido de preto, segurando um chicote. Nós agradecemo muito a você pela hospitalidade. Ela ri outra vez, olha pros cavalo, inxotando as mosca da garupa deles. *Cavalospitalidade*, ela fala. E eu entendo e rio. Parece que meu riso tá cortando minha cara.

Sinhô sai da loja. Trepa na carroça. Senta. Fala bem divagar. Por que você tá sentada aqui rindo feito uma boba?

Querido Deus,

A Nettie táqui com a gente. Ela fugiu de casa. Ela falou que detesta deixar nossa madrasta, mas ela teve de fugir, quem sabe ela incontra ajuda pros outro menorzinho. Os minino vão ficar legal, ela falou. Eles podem ficar longe do caminho dele. Quando crescerem vão brigar com ele.

Quem sabe matam ele, eu falei.

Como tá com você e Sinhô ___? ela perguntou. Mas ela tem olho. Ele inda gosta dela. De noite ele vem pra varanda com a melhor das roupa de domingo. Ela fica sentada lá comigo discascando ervilha ou ajudando as criança no ditado. Me ajudando no ditado e em tudo o mais que ela acha queu priciso saber. Num importa o que acontece, a Nettie peleja pra me ensinar o que tá contecendo no mundo. E ela é boa professora também. Eu quase morro quando penso que ela pode casar com alguém como Sinhô ___ ou acabar se matando na cuzinha de uma madame branca. Todo dia ela lê, ela estuda, ela pratica a caligrafia, e tenta fazer a gente pensar. Na maioria dos dia eu tô muito cansada pra pensar. Mas Paciência é o outro nome dela.

Todos os filho do Sinhô ___ são inteligente. Mas eles são ruim. Eles falam Celie, eu quero isso. Celie, eu quero aquilo. Nossa mamãe deixava a gente fazer isso. E ele num diz nada. Eles tentam chamar a tenção dele, ele se isconde numa nuvem de fumaça.

Num deixa eles dominarem você, a Nettie fala. Você tem de mostrar pra eles quem é que manda.

Eles é que mandam, eu digo.

Mas ela cuntinua. Você tem de brigar. Você tem de brigar.

Mas eu num sei como brigar. Tudo o queu sei fazer é cuntinuar viva.

Você tá com um vistido muito bunito, ele fala pra Nettie.

Ela fala, Obrigada.

Seus sapato combinam direito.

Ela fala, Obrigada.

Sua pele. Seu cabelo. Seus dente. Todo dia tem uma coisa nova pra gente admirar.

Primeiro ela sorriu um pouco. Depois ela franziu a testa. Depois ela ficou normal. Só chegou mais pra perto de mim. Ela falou pra mim, Sua pele. Seu cabelo, seus dente. Ele tentava elogiar uma coisa dela, ela passava o elogio pra mim. Depois de um tempo, eu comecei a me sentir bunita mesmo.

Logo ele parou. Ele falou uma noite na cama, Bom, a gente já ajudou a Nettie em tudo que a gente pudia. Agora ela tem de ir embora.

Pra onde ela vai? eu perguntei.

Num me interessa, ele falou.

Eu falei pra Nettie na manhã seguinte. Invés de ficar com raiva, ela ficou feliz. Disse que só odiava ter de me deixar, só isso. A gente caiu nos braço uma da outra, quando ela disse isso.

Eu detesto mesmo deixar você aqui com essas criança malcriada, ela disse. Sem falar no Sinhô——. É como ver você interrada, ela falou.

É pior do que isso, eu penso. Se eu tivesse interrada, num tinha que trabalhar. Mas eu só disse, Num importa, num importa, enquanto eu puder escrever D-e-u-s, eu tenho alguma coisa.

Mas eu só tinha uma coisa pra dar pra ela, o nome do Reverendo —— Eu falei pra ela procurar a mulher dele. Quem sabe ela pudia ajudar. Ela foi a única mulher com dinheiro queu já vi.

Eu falei, Escreve.

Ela falou, Que foi?

Eu falei, Escreve.

Ela falou, Só a morte pode fazer eu num escrever procê.

Ela nunca escreveu.

D-e-u-s,

Duas irmã dele vieram de visita. Tavam todas bem vistida. Celie, elas falaram. Uma coisa é certa. Você botou ordem na casa. Num é bunito falar mal dos morto, uma falou, mas a verdade nunca pode fazer mal. Annie Julia era uma mulher disleixada com a casa.

Pra cumeçar, ela nunca quis estar aqui, a outra falou.

Onde ela queria estar? Eu perguntei.

Na casa dela. Ela falou.

Bom, isso num é disculpa, a primeira falou. O nome dela é Carrie, o da outra é Kate. Quando uma mulher casa ela deve trazer a casa decente e a família limpa. Nossa, num tinha uma vez que a gente viesse aqui no inverno sem encontrar as criança resfriada ou encatarrada, ou com diarreia, ou com pineumonia, com verme, ou constipada e com febre. Ou com fome. Todas discabelada. Todas tão suja quem nem dava gosto chegar perto delas.

Eu chegava perto delas, Kate falou.

E cuzinhar. Ela num cuzinhava. Parecia que ela nunca tinha visto uma cuzinha.

Ela nunca viu a dele.

Era um iscândalo, Carrie falou.

Ele era mesmo, Kate falou.

O que você quer dizer, Carrie falou.

Quero dizer que ele trouxe ela pra cá, deixou ela aqui, e cuntinuou correndo atrás da Shug Avery. É isso queu quero dizer. Ninguém pra conversar, ninguém pra visitar. Ele ficava fora dias e dias. Então ela começou a ter nenê. E ela era nova e bunita.

Não tão bunita, Carrie falou, olhando no espelho. Aquele cabelão. Ela era muito preta.

Bom, o mano deve gostar de preta. Shug Avery é mais preta que o meu sapato.

Shug Avery, Shug Avery, Carrie falou. Tô de saco cheio dela. Tão dizendo que ela tá viajando, tentando cantar. Hum, como é que ela vai cantar! Dizem que ela tá usando vistido com a perna

toda de fora e coisas no cabelo com bolinha e pinduricalho dipen-
durado, parecendo uma vitrina.

Minhas orelha ficam em pé quando ela fala da Shug Avery. Eu
sinto que sou eu mesma que quero falar dela. Elas falam mais baixo.

Eu também tô de saco cheio, Kate falou, bem baixinho. E você
tá certa sobre a Celie aqui. Boa dona de casa, boa com as criança,
boa cuzinheira. O mano num ia conseguir melhor, nem se tentasse.

Eu pensei em como ele tentou.

Desta vez Kate veio sozinha. Acho que ela tem vinte e cinco
ano. Solteirona. Parece mais nova que eu. Tem saúde. Olho brilhante. Língua afiada.

Compra roupa pra Celie. Ela fala pro Sinhô ___.

Ela pricisa de roupa? ele pergunta.

Olhe só pra ela.

Ele olhou pra mim. Parecia que ele tava olhando pro chão. E
ela pricisa de alguma coisa? os olho dele falavam.

Ela foi comigo na loja. Eu penso qual será a cor que a Shug
Avery usa. Ela parece uma rainha pra mim, então eu digo pra Kate,
Alguma coisa púrpura, quem sabe com um pouco de vermelho
também. Mas a gente procurou, procurou, procurou e num tinha
nada púrpura. Vermelho vivo tinha mas ela falou, Não, ele num
vai querer pagar pelo vermelho. Fica alegre dimais. A gente tem
que escolher um marron, bege ou azul-marinho. Eu falei Azul.

Eu num me lembro de ter sido a primeira em nenhum vistido
meu. Agora ter um feito só pra mim. Eu tentei falar pra Kate o
que isso significava. Fiquei com a cara quente e gaguejei.

Ela falou. Tá bem, Celie. Você merece mais.

Quem sabe. Eu penso.

Harpo, ela fala. Harpo é o minino mais velho. Harpo, num
deixa Celie carregar toda a água sozinha. Você é um minino crescido, agora. Tá na hora de ajudar um pouco.

As mulher é que trabalham, ele fala.

Quê?, ela fala.

As mulher é que trabalham. Eu sou homem.

Você é um negro safado, ela fala. Você leve aquele balde e traga ele cheio.

Ele deu uma olhada pra mim. Foi trupeçando. Eu ouvi ele falar alguma coisa pro Sinhô ___ sentado na varanda. Sinhô ___ chamou a irmã. Ela ficou na varanda falando um pouco, depois ela voltou, tremendo.

Tenho de ir, Celie, ela falou.

Ela tá com tanta raiva que as lágrima escorrem enquanto ela arruma as coisa dela.

Você tem de brigar com eles, Celie, ela fala. Eu num posso fazer isso por você. É você mesma que tem de brigar por você.

Eu num falo nada. Eu penso na Nettie, morta. Ela brigou, ela fugiu. Que que isso trouxe de bom? Eu num brigo, eu fico onde me mandam. Mas eu tô viva.

Querido Deus,

Harpo pergunta pro pai por que ele bate em mim. Sinhô ——
fala, Porque ela é minha mulher. Depois, ela é teimosa. Todas
mulher são boa pra —— ele num termina. Ele só infia a cara no
jornal como faz sempre. Me faz lembrar o Pai.

O Harpo me pergunta, Por que que você é teimosa? Ele
num pergunta Por que que você é mulher dele? Ninguém pergunta isso.

Eu falo, Eu nasci assim, eu acho.

Ele bate em mim como bate nas criança. Só que nas criança ele nunca bate muito forte. Ele fala, Celie, pega o cinto. As
criança ficam lá fora olhando pelas fresta. Tudo o queu posso
fazer é num gritar. Eu fico que nem tábua. Eu falo pra mim mesma, Celie, você é uma árvore. É por isso queu sei que as árvore
têm medo dos homem.

Harpo falou, Eu gosto de uma pessoa.

Eu falei, Hum?

Ele falou, Uma moça.

Eu falei, É mesmo?

Ele falou, É. A gente vai casar.

Casar, eu falei. Você num tem idade pra casar.

Eu tenho, ele falou. Tenho dezessete. Ela quinze. Já é idade bastante.

O que a mãe dela falou? eu perguntei.

Num falei com a mãe dela.

O que o pai dela falou?

Também num falei com ele.

Bom, o que é que *ela* falou?

A gente nunca falou. Ele baixa a cabeça. Ele num é feio. Alto e
magro, preto feito a mãe dele, com olho grande isbugalhado.

Onde vocês viram um o outro? eu perguntei. Eu vi ela na
igreja, ele falou. Ela me viu na rua.

Ela gosta de você?

Eu num sei. Eu pisquei pra ela. Ela parece que tem medo de olhar.

E onde tava o pai dela quando tudo isso conteceu?

Rezando, ele falou.

Querido Deus,

Shug Avery tá vindo pra cidade! Tá vindo com toda a orquestra dela. Ela vai cantar no Lucky Star, lá na rua Coalman. Sinhô ‗‗ vai escutar ela. Ele se veste todo na frente do espelho, olha pra ele mesmo, depois tira a roupa e veste tudo outra vez. Ele alisa o cabelo dele com brilhantina, depois lava tudo outra vez. Ele fica cuspindo nos sapato dele e isfregando com uma flanela.

Ele fala pra mim, Lava isso. Passa ferro naquilo. Procura isso. Procura aquilo. Acha isso. Acha aquilo. Ele geme com os buraco das meia.

Eu vou cerzindo, passando ferro, achando o que ele quer. Tá contecendo alguma coisa? Eu pergunto.

O que você quer dizer com isso? ele fala, como se tivesse louco. Só quero tirar um pouco desse ar de caipira. Qualquer outra mulher ia ficar contente.

Eu tô contente, eu falo.

Contente como? ele pergunta.

Você tá bunito. Qualquer mulher fica orgulhosa.

Você acha? ele fala.

Primeira vez que ele pergunta uma coisa pra mim. Fiquei tão surpresa, mas na hora queu ia dizer Acho, ele já tava na varanda, tentando fazer a barba onde a luz tava melhor.

Eu fiquei zanzando o dia inteiro com o folheto fazendo um buraco no meu bolso. É um folheto rosa. As árvore entre a virada da nossa estrada e a loja tão cheia deles. Ele tem quase cinco dúzia no baú dele.

Shug Avery tá em pé ao lado do piano, os cotovelo curvado, a mão no quadril. Ela tá usando um chapéu igual cacique índio. A boca aberta mostra todos os dente dela e nada parece tá perturbando ela. Venha, venha todo mundo, tá escrito. A rainha das Abelhas de Mel tá de volta na cidade.

Meu Deus, eu quero tanto ir. Num é pra dançar. Nem pra beber. Nem pra jogar baralho. Nem pra escutar Shug Avery cantar. Eu ficaria gradecida só de poder botar o olho nela.

Querido Deus,

Sinhô —— ficou fora a noite toda de sábado, a noite toda de domingo e quase todo o dia da segunda. Shug Avery tava na cidade pro fim de semana. Ele entrou cambaleando, se atirou na cama. Ele tava cansado. Triste. Fraco. Ele chorou. Depois durmiu o resto do dia e a noite toda.

Ele acordou quando eu tava na roça. Quando ele chegou, eu já tava cortando algodão pra mais de 3 hora. A gente num falou nada um pro outro.

Mas eu tinha mil pergunta pra fazer. Como ela tava vistida? Ela inda é a mesma Shug Avery, como na minha foto? Como é o cabelo dela? Qual a cor do baton? Piruca? Ela é forte? Magra? Ela canta bem? Tá cansada? Duente? Onde ficam as criança dela quando ela canta assim em todo lugar? Ela sente saudade delas? As pergunta ficam indo e vindo na minha cabeça. Parecem cobra. Eu rezo pedindo força, mordo minha língua.

Sinhô —— pega uma enxada e começa a cavar. Ele dá umas três enxadada e depois para. Ele deixa a enxada cair no chão, vira e volta pra casa, vai e pega um pouco dágua fria pra beber, pega o cachimbo, senta na varanda e fica olhando. Eu vou atrás porque penso que ele tá duente. Aí ele fala, É melhor você voltar pra roça. Num espera por mim.

Querido Deus,

Harpo num é melhor do que eu pra brigar com o pai dele. Todo dia o pai dele levanta, senta na varanda, fica olhando pro nada. Às vez olha pras árvore na frente da casa. Olha uma borboleta se ela pousa na grade. Bebe um pouco dágua, durante o dia. À noite, um pouco de vinho. Mas quase nunca se mexe.

Harpo se queixa porque ele é que fica arando sozinho.

O pai dele fala, Você tem que fazer isso.

Harpo é quase do tamanho do pai. Ele é forte de corpo mas fraco de vontade. Ele tem medo.

Eu e ele ficamo na roça o dia todo. A gente sua, arando e plantando. Eu tô da cor de café torrado agora. Ele tá preto como chaminé. Os olho dele ficam triste e pensativo. A cara dele começa a parecer cara de mulher.

Por que o senhor num trabalha mais? ele pergunta pro pai.

Eu num priciso trabalhar. O pai dele fala. Você táqui, num tá? Ele fala assim bem ofensivo. Harpo fica magoado.

E mais, ele inda tá paixonado.

Querido Deus,

O pai da garota do Harpo diz que o Harpo num é bom o bastante pra ela. Faz tempo que o Harpo tá namorando a garota. Ele fala que senta na sala com ela, o pai senta lá mesmo no canto até que todo mundo fica se sentindo horrível. Aí ele vai e senta na varanda na frente da porta pra puder escutar tudo. Quando chega nove hora, ele traz o chapéu pro Harpo.

Por queu num sou bom o bastante? Harpo perguntou pro Seu ___, Seu ___, falou, Sua mãe.

Harpo falou, O que tem de errado com minha mãe?

Seu ___, falou, Alguém matou ela.

Harpo tem problema de pesadelo. Ele vê a mãe dele correndo pelo pasto tentando chegar na casa. Seu ___, o homem que dizem que era o namorado dela, pega ela. Ela tá sigurando na mão do Harpo. Os dois tão correndo e correndo. Ele agarra o ombro dela, fala, Você num pode me deixar agora. Você é minha. Ela fala, Não, eu num sou. Meu lugar é junto das minhas criança. Ele fala, Puta, você num tem lugar. Ele atira na barriga dela. Ela cai no chão. O homem corre, Harpo pega ela nos braço, bota a cabeça dela no colo dele.

Ele começa a gritar, Mamãe, Mamãe. Aí eu acordo. As outras criança também. Eles choram como se a mãe deles tivesse cabado de morrer. Harpo acorda, tremendo.

Eu acendo a lamparina e fico perto dele, fazendo carinho nas costa dele.

Num é culpa dela se alguém matou ela, ele fala, Não é! Não é!

Não, eu falo. Num é.

Todo mundo fala do tanto queu sou boa pros filho do Sinhô ___. Eu sou boa pra eles. Mas eu num sinto nada por eles. Fazer carinho nas costa do Harpo num é nem como acarinhar as costa de um cãozinho. É mais como acarinhar um pedaço de madeira.

Não uma árvore que vive, mas uma mesa, um guarda-roupa. De toda maneira, eles também num gostam de mim, por melhor queu seja.

Eles num se importam. Fora o Harpo, eles num trabalham. As minina sempre tão olhando pra rua. Bub fica fora toda noite bebendo com mininos duas vez mais velho que ele. O pai deles fica fumando o cachimbo.

Agora Harpo conta pra mim todo o caso de amor dele. A cabeça dele tá sempre com Sofia Butler dia e noite.

Ela é bunita, ele me fala. Ela brilha.

É esperta?

Não. É a pele que brilha. Mas ela é esperta também, eu acho. Tem vez que a gente consegue levar ela pra longe do pai.

Eu sei na hora qual é a próxima coisa queu vou ouvir, ela tá de barriga.

Se ela é tão esperta, como é que ficou de barriga? Eu perguntei.

Harpo dá de ombro. De outro jeito ela num vai poder sair de casa, ele fala. Seu ___ num vai deixar a gente casar. Diz queu num sou bom o bastante pra entrar na casa dele. Mas se ela tá de barriga, eu vou ter o direito de tá com ela, bom o bastante ou não.

Onde vocês vão ficar?

Eles tem uma casa grande, ele fala. Quando a gente casar eu vou ser feito da família.

Huuumm, eu falo. Seu ___ num gostava de você antes dela ficar de barriga, agora num vai gostar de você *porque* ela tá de barriga.

Fala com Sinhô ___, eu falo. Ele é seu pai. Quem sabe ele tem um bom conselho.

Quem sabe não. Eu penso.

Harpo trouxe ela pra conhecer o pai dele. Sinhô ___ falou que queria dar uma olhada nela. Eu vi eles vindo pela estrada. Eles tavam parece que marchando, mão na mão, como se fossem pra guerra. Ela um pouquinho na frente. Eles chegaram na varanda, eu cumprimentei e trouxe umas cadeira pra perto da grade. Ela sentou e começou a se abanar com um lenço. Tá quente mesmo, ela falou. Sinhô ___ num fala nada. Ele só olha pra ela pra cima e pra baixo. Ela tá com quase 7 ou 8 mês de barriga, a ponto de rebentar o vistido dela. Harpo é tão preto que ele pensa que a pele dela brilha, mas ela num é tão clara assim. Pele meio castanha, brilhando como mobília boa. Cabelo cheio de nó, muito mesmo, preso na cabeça numa porção de trança. Ela num é tão alta que nem Harpo mas muito mais gorda, e forte e corada, como se a mãe dela tivesse criado ela com carne de porco.

Ela fala, Como vai o senhor, Seu ___.

Ele num responde a pergunta. Ele fala, Parece que você arranjou uma encrenca.

Não, senhor. Num arranjei uma encrenca. Eu tô é de barriga. Ela alisa os vinco sobre a barriga dela com as palma da mão.

Quem é o pai? ele pergunta.

Ela parece surpresa. O Harpo, ela fala.

Como ele sabe disso?

Ele sabe. Ela fala.

As jovem de hoje num são mais como antes, ele fala. Abrem as perna pra qualquer João, Pedro ou José.

Harpo olha pro pai como se nunca tivesse visto ele antes. Mas num fala nada.

Sinhô ___ falou, Num pricisa pensar queu vou deixar meu minino casar com você só porque você é de família. Ele é novo e limitado. Moça bunita como você pode consiguir qualquer coisa dele.

O Harpo inda continua sem dizer nada.

A cara da Sofia fica mais vermelha. A pele da testa mexe um pouco. As orelha ficam em pé.

Mas ela ri. Ela olha pro Harpo sentado com a cabeça baixa e as mão entre os juelho.

Ela fala, Pra que queu priciso casar com o Harpo? Ele inda tá vivendo aqui com o senhor. A cumida e a roupa que ele tem, é o senhor que compra.

Ele falou, Seu pai vai botar você pra fora de casa. Pra viver na rua, eu acho.

Ela fala, Não. Eu num vou viver na rua. Vou viver com minha irmã e o marido dela. Eles falaram queu posso viver com eles o resto da minha vida. Ela levanta, grande, forte, cheia de saúde, e fala, Bom, foi um prazer a visita. Agora eu vou voltar pra casa.

Harpo levantou pra ir também. Ela fala, Não, Harpo, você fica aqui. Quando você ficar livre, eu e o nenê vamo tá esperando.

Ele ficou um pouco assim meio parado entre eles, depois sentou de novo. Eu olhei pro rosto dela bem depressa e vi parece uma sombra passando. Então ela falou pra mim, Senhora ⎯ eu gostaria de tomar um pouco dágua antes de ir, se num for incomodar.

O balde tava lá mesmo na pratileira da varanda. Eu peguei um copo limpo do armário e peguei um pouco dágua pra ela. Ela bebeu, quase de um gole só. Depois passou a mão pela barriga outra vez e foi embora. Parecia que o exército tinha mudado de rumo e ela tava indo alcançar ele.

Harpo num levantava da cadeira. Ele e o pai ficaram sentado lá, ficaram e ficaram. Num falavam nada. Num mexiam nada. Finalmente eu jantei e fui pra cama. Eu levantei de manhã e parecia que eles inda tavam sentado lá. Mas o Harpo tava fora de casa, Sinhô ⎯ tava fazendo a barba.

Querido Deus,

O Harpo foi e trouxe a Sofia e o nenê pra casa. Eles casaram na casa da irmã da Sofia. O marido da irmã foi o padrinho do Harpo. Outra irmã deu uma fugida de casa pra ser madrinha dela. Outra irmã foi carregar o nenê. Dizem que ele chorou durante toda a cerimônia, e a mãe dele teve de parar tudo pra dar de mamar pra ele. Terminou falando o sim com um bebezão mamando nos braço.

O Harpo arrumou a casinha do riacho pra ele e a família dele. O pai do Sinhô ____ usava ela como galpão. Mas ela é boa. Agora tá com janela, uma varanda, porta dos fundo. Depois é fresco e verde lá perto do riacho.

Ele me pediu pra fazer umas curtina e eu fiz umas de saco de farinha. Ela num é grande, mas é uma casa. Tem uma cama, um armário, um espelho, e umas cadeira. Fornalha pra cuzinhar e pra aquecer também. O pai do Harpo agora tava pagando um salário pra ele trabalhar. Ele falava que o Harpo num tava trabalhando duro como devia. Quem sabe era o pouco dinheiro que tava tirando o interesse dele.

O Harpo me falou, Dona Celie, eu vou fazer greve.

Fazer o quê?

Eu num vou trabalhar.

E ele num trabalhou. Ele veio pra roça, tirou duas espiga de milho e deixou os passarinho e a praga comer o resto. A gente num colheu quase nada esse ano.

Mas agora que a Sofia veio, ele tá sempre ocupado. Ele ara, ele cava, ele planta. Ele canta e assubia.

Sofia tá com a metade do tamanho dela. Mas inda é uma moça forte. Os braço tem músclo. As perna, também. Ela gira e balança o nenê como se num fosse nada. Ela tá com uma pancinha agora e dá impressão de que ela é toda assim. Sólida. Como se se ela fosse sentar numa coisa, amassava.

Ela fala pro Harpo, Segura o nenê, quando ela vem pra casa comigo pra pegar um pouco de linha. Ela tá fazendo umas camisa.

Ele pega o nenê, dá um beijo nele, faz um carinho na buchecha. Ri, olha pra varanda pro pai dele.

Sinhô ⸺ solta fumaça, olha pra ele e fala, É, eu tô vendo agora que ela tá mudando o jogo pra prender você.

Querido Deus,

O Harpo quer saber como fazer pra Sofia obedecer ele. Ele senta lá na varanda com Sinhô ____. Ele fala, Eu falo pra ela uma coisa, ela faz outra. Nunca faz o queu falo. Sempre responde.

Pra dizer a verdade, ele parece até um pouco orgulhoso disso, eu acho.

Sinhô ____ num diz nada. Solta fumaça.

Eu falo pra ela que ela num pode tá toda hora visitando a irmã. A gente agora tá casado, eu falo pra ela. Seu lugar é aqui com as criança. Ela fala, eu levo as criança comigo. Eu falo, Seu lugar é comigo. Ela fala, E você num quer vir? Ela continua se infeitando na frente do espelho, e aprontando as criança ao mesmo tempo.

Você nunca bate nela? Sinhô ____ pergunta.

Harpo olha pras mão dele. Não senhor, ele fala baixo, sem graça.

Bom, então como você quer fazer ela obedecer? As esposa são feito criança. Você tem que fazer elas aprenderem quem manda. Nada resolve melhor esse problema que uma boa surra.

Ele chupa o cachimbo.

De qualquer maneira, Sofia pensa que ela é muita coisa, ele falou. Ela pricisa baixar um pouco a crista.

Eu gosto da Sofia, mas ela num faz como eu de jeito nenhum. Se ela tá falando quando o Harpo e Sinhô ____ entram na sala, ela continua. Se eles perguntam uma coisa pra ela, ela fala que num sabe. E continua conversando.

Eu penso nisso quando o Harpo pergunta pra mim o que ele deve fazer pra Sofia obedecer. Eu num faço ele ver como ele tá feliz agora. Como já passaram três ano e ele inda assubia e canta. Eu penso que toda vez queu pulo quando Sinhô ____ me chama, ela fica surpresa. E parece que ela fica com pena de mim.

Bate nela, eu falo.

Da próxima vez que o Harpo aparece, a cara dele tá cheia de machucado. O lábio tá cortado. Um dos olho tá fechado feito um punho. Ele anda duro e fala que os dente dele tão duendo.

Eu falei, O que que conteceu com você, Harpo?

Ele falou, Oh, eu e aquela mula. Ela é encrenqueira, você sabe. Ela ficou maluca outro dia na roça. Quando eu consegui puxar ela até na casa, eu já tava todo quebrado. Daí quando entrei em casa, eu bati a cara na porta. Acertou no meu olho e arranhou meu queixo. Depois quando veio aquela chuva de ontem de noite, eu fechei a janela na minha mão.

Bom, eu falei. Depois de tudo isso, acho que você num vai ter chance de ver se consegue fazer Sofia obedecer.

Não, ele falou.

Mas ele continua tentando.

Querido Deus,

Quando eu ia avisar queu tava chegando eu escutei uma coisa quebrar. Vinha de dentro da casa, então eu corri pra varanda. As duas criança tavam fazendo bolo de barro na beira do riacho, elas nem olharam.

Eu abri a porta com cuidado, pensando em ladrão e assassino. Ladrão de cavalo e fantasma. Mas era o Harpo e a Sofia. Ele tavam lutando que nem dois homem. Todo móvel que eles têm tava de perna pro ar. Todo prato parecia que tava quebrado. O espelho tava partido, as curtina rasgada. A cama parecia que o recheio do colchão foi puxado pra fora. Eles nem repararam. Eles lutam. Ele tenta dar um bufetão nela. Pra que que ele faz isso. Ela agacha e pega um pedaço da lenha do fugão e senta nele bem no meio da cara. Ele acerta ela na barriga, ela se dobra gemendo mas levanta com as duas mão agarrando bem a parte baixa dele. Ele rola no chão. Ele pega a bainha da saia dela e puxa. Ela continua de pé só com a roupa de baixo. Ela nunca mexe nem um olho. Ele pula pra dar uma porrada no queixo dela, ela joga ele longe. Ele cai *pumba!* contra o fugão.

Num sei quanto tempo isso vai durar. Nem sei quando cumeçou. Eu saio de mansinho, dou té logo pras criança no riacho, volto pra casa.

Sábado de manhã cedo, a gente escuta a carroça. Harpo, Sofia e as duas criança tão indo passar o fim de semana fora, na casa da irmã de Sofia.

Querido Deus,

Faz mais de mês, eu tô com problema pra dormir. Eu fico acordada até bem tarde o mais que posso, antes de Sinhô —— começar a resmungar por causa do preço do querosene, então eu mergulho num banho morno com leite e sais de banho, aí eu salpico um pouco de avelã no meu travesseiro e nas curtina, tudo à luz da lua. Tem vez queu consigo durmir umas hora. Então bem na hora que parece que vai ficar bom, eu acordo.

No começo, eu levantava dipressa e tomava um copo de leite. Depois eu pensava em contar carneiro pulando cerca. Depois eu pensei em ler a Bíblia.

O que será isso? Eu perguntei pra mim mesmo.

Uma vozinha disse, Alguma coisa que você fez de errado. O espírito de alguém contra quem você pecou. Quem sabe.

Uma noite bem tarde eu vi. Sofia. Eu pequei contra o espírito da Sofia.

Eu rezei pra ela num discobrir, mas ela discobriu.

O Harpo contou.

No minuto que ela ficou sabendo, ela veio marchando pelo quintal, puxando um saco. Um corte todo azul e vermelho bem dibaixo do olho dela.

Ela falou, Só queria que você subesse queu procurei você por ajuda.

E eu num ajudei? Eu perguntei.

Ela abriu o saco. Aqui tão suas curtina, ela falou. Aqui tá sua linha. Aqui toma um trocado por ter me deixado usar suas coisa.

Elas são sua, eu falei, tentando colocar tudo no saco outra vez. Fico feliz em ajudar. Faço o queu posso.

Você falou pro Harpo bater em mim, ela falou.

Não, eu num falei, eu disse.

Num mente, ela falou.

Eu num quis dizer isso, eu falei.

Então por que você disse? ela perguntou.

Ela tava de pé olhando pra mim bem no olho. Ela parecia cansada e a buchecha, cheia de ar.

Eu falei porque sou idiota, eu disse. Eu falei porque tava com inveja de você. Eu falei porque você faz o queu num dô conta de fazer.

O que que eu faço?, ela falou.

Briga. Eu falei.

Ela ficou lá parada um tempão, como se o queu tinha dito tivesse tirado o ar da boca dela. Ela tava furiosa, antes. Triste, agora.

Ela falou, Toda minha vida eu tive que brigar. Eu tive que brigar com meu pai. Tive que brigar com meus irmão. Tive que brigar com meus primo e meus tio. Uma criança mulher num tá sigura numa família de homem. Mas eu nunca pensei que ia ter que brigar na minha própria casa. Ela respirou fundo. Eu gosto do Harpo, ela falou. Deus sabe como eu gosto. Mas eu mataria ele antes de deixar ele me bater. Agora, se você quer um inteado morto então é só você continuar dando pra ele o conselho que você deu. Ela botou as mão no quadril. Eu costumava caçar animal selvagem com arco e flecha, falou.

Eu parei com o tremor que tinha começado quando eu vi ela chegando. Tô com tanta vergonha de mim mesma, eu falei. E o Senhor também já me castigou um pouco.

O Senhor num gosta do feio, ela falou.

Mas ele também num é só beleza.

Isso abriu caminho pra conversa da gente ir pra outro assunto.

Eu falei, Você sente pena de mim, num sente?

Ela pensou um minuto. Sim, senhora, ela falou devagar, eu sinto.

Eu acho queu sabia porque era, mas perguntei pra ela, de qualquer jeito.

Ela falou, Pra dizer a verdade, você me faz lembrar minha mãe. Ela tá debaixo do polegar do meu pai. Não, ela tá debaixo do pé do meu pai. Tudo que ele diz, ela faz. Ela nunca responde. Ela nunca se defende. Tenta às vezes defender um pouco as criança, mas isso sempre sai pela culatra. Quanto mais ela defende a gente, mais duro ele bate nela. Ele tem ódio das criança e tem ódio do lugar de onde elas vieram. Embora pelo tanto de criança que ele tem, você nunca poderia imaginar isso.

Eu nunca soube nada da família dela. Eu pensei, olhando pra ela, que ninguém na família dela divia ter medo.

Quantos ele tem? perguntei.

Doze. Ela falou.

Poxa, Eu falei. Meu pai teve seis da minha mãe antes dela morrer, falei. Ele teve mais quatro da mulher que ele tem agora. Eu num falei dos dois que ele fez em mim.

Quantas mulher? Ela perguntou.

Cinco, eu disse. E na sua família?

Seis homem, seis mulher. Todas as minina são grande e forte como eu. Os minino são grande e forte também, mas todas as minina ficam junta. Dois irmão também ficam do nosso lado, tem vez. Quando a gente entra numa briga, é mesmo uma coisa pra se ver.

Eu nunca bati numa coisa viva, eu falei. Ah, quando eu morava na minha casa, eu batia nos menorzinho nos fundilho pra fazer eles comportarem, mas nunca era muito forte.

Que é que você faz quando fica com raiva? ela perguntou.

Eu pensei, Eu nem posso me lembrar da última vez que fiquei com raiva, falei. Eu costumava ficar com raiva da minha mãe porque ela dava muito trabalho preu fazer. Depois eu vi que ela tava muito duente. Num pudia mais ficar com raiva dela. Num pudia ficar com raiva do meu pai porque ele era meu pai. A Bíblia fala, Honra seu pai e sua mãe num importa o quê. Então, depois de um tempo, toda vez queu ficava com raiva, ou começava a ficar com raiva, eu ficava doente. Tinha vontade de vumitar. Era horrível. Então eu comecei a num sentir mais nada.

Sofia franziu a testa. Nada de nada?

Bom, tem vez que o Sinhô ____ me bate muito mesmo. Eu te-nho que me queixar ao Criador. Mas ele é meu marido. Eu deixo pra lá. Essa vida logo acaba, eu falo. O céu dura pra sempre.

Você tinha era que esmagar a cabeça do Sinhô ____, ela falou. E pensar no céu depois.

Num tinha muita graça pra mim. Mas foi engraçado. Eu ri. Ela riu. Então nós duas rimo tanto que acabamo caindo no degrau.

Vamo fazer uma colcha de retalho dessas curtina toda, ela falou. E eu corri pra buscar meu livro de molde.

Agora eu durmo como um nenê.

Querido Deus,

A Shug Avery tá duente e ninguém na cidade quer cuidar da Rainha das Abelha de Mel. A mãe dela diz, Eu avisei pra você. O pai dela diz, Vagabunda. Uma mulher na igreja falou que ela tá morrendo — talvez de tuberculose ou de uma outra doença horrível de mulher. Qual? Eu queria perguntar, mas num tive coragem. As mulher da Igreja tem vez que são boas pra mim. Tem vez que não. Elas olham pra mim lá pelejando com as criança do Sinhô. Tentando fazer elas entrar na igreja, tentando fazer elas ficarem quieta depois que a gente entra. Algumas dessas mulher são as mesma que costumavam tá lá quando eu tava de barriga. Tem vez, quando elas acham que eu num tô vendo, elas ficam olhando pra mim. Um quebra-cabeça.

Eu fico com a cabeça pra cima, o melhor que posso. Eu capricho pro pastor. Limpo o chão e as janela, faço o vinho, lavo o linho do altar. Vejo se tem lenha na fornalha no inverno. Ele me chama de Irmã Celie. Irmã Celie, ele fala, você é tão fiel como um dia depois do outro. Então ele fala com as outras mulher e os marido delas. Eu escapulo dali, fazendo uma coisa, fazendo outra. Sinhô ____ senta lá atrás perto da porta, olhando pra lá e pra cá. As mulher dão um sorriso na direção dele sempre que podem. Ele nunca olha pra mim, nem me nota.

Até o pastor fala da Shug Avery, agora ela tá por baixo. Ele toma o exemplo dela pro sermão dele. Ele num fala no nome, mas nem pricisa. Todo mundo sabe de quem ele tá falando. Ele fala de uma mariposa de saia curta, que fuma cigarro, bebe gin. Canta por dinheiro e tira os homem das outra mulher. Chama de puta, sirigaita, novilha e mulher da rua.

Eu olho pra trás pro Sinhô ____, quando ele fala assim. Mulher da rua. Alguém tinha que defender Shug, eu acho. Mas ele num diz nada. Ele cruza as perna primeiro prum lado, depois pro outro. Ele olha pra fora da janela. As mesma mulher que riem pra ele, dizem amém contra Shug.

Mas depois que a gente chega em casa ele num para nem pra tirar a roupa. Ele chama o Harpo na casa da Sofia. Harpo vem correndo.

Pega a carroça, ele fala.

Onde a gente vai? Harpo pergunta.

Pega a carroça, ele fala outra vez.

O Harpo pega a carroça. Eles ficam lá e conversam um pouco perto do celeiro. Então Sinhô ___ vai embora.

Uma boa coisa desse jeito que ele tem de nunca trabalhar quando tá em casa, é que ninguém sente a falta dele quando ele tá fora.

Cinco dias depois eu olhei pra estrada e vi a carroça voltando.

Ela agora tava com uma espécie de capota, feita de cobertor velho ou coisa parecida. Meu coração começou a bater feito doido, e a primeira coisa queu pensei fazer foi ir mudar meu vistido.

Mas já era tarde dimais. Na hora queu puxei o vistido pela cabeça e pelos braço, eu vi a carroça entrar no pátio. Depois um vistido novo num ia ajudar muito com meu cabelo assaranhado e lenço cheio de pueira, meus sapato velho de bater e o jeito queu cheirava.

Eu num sabia o que fazer, tô tão fora de mim. Eu fico lá no meio da cuzinha. A cabeça girando. Eu sinto como Quem Teria Imaginado.

Celie, eu escuto Sinhô ___ chamar. *Harpo.*

Eu enfio minha cabeça e meu braço outra vez no vistido velho e limpo o suor e o pó da minha cara o melhor queu posso. Eu chego na porta. Sim sinhô? Eu pergunto, e trupeço na vassoura com queu tava varrendo quando vi a carroça.

O Harpo e a Sofia tão no pátio, agora, olhando pra dentro da carroça. As caras carrancuda.

Quem é essa? o Harpo pergunta.

Essa mulher devia ter sido sua mãe, ele fala.

Shug Avery? Harpo pergunta. Ele olha pra mim.

Me ajuda a levar ela pra casa, Sinhô ___ falou.

Eu acho que meu coração vai vuar pra fora da minha boca quando eu vejo um pé dela parecer.

Ela num tá deitada. Ela tá descendo entre o Harpo e Sinhô ＿. E ela tá vistida linda de morrer. Ela tá com um vistido de lã vermelho e o peito cheio de contas preta. Um chapéu preto brilhante com o que parece uma pena de gavião meio dobrada prum lado, e ela tá carregando uma bolsinha de couro de cobra, combinando com os sapato dela.

Ela parece tão na moda que é como se as árvore em volta da casa tivessem se espichado um pouco mais pra ver melhor.

Agora eu vejo ela trupeçar entre os dois homem. Ela num parece muito certa dos próprio pé.

Mais de perto eu vejo todo o pó de arroz amarelo passado no rosto dela. Rouge vermelho. Ela parece que num tá mais pra este mundo, só bem-vistida pro outro. Mas eu é que sei.

Entra, eu quero gritar. Berrar. Entra. Com a ajuda de Deus, Celie vai fazer você ficar boa. Mas eu num digo nada. A casa num é minha. Também, ninguém me pergunta nada.

Eles sobem metade dos degrau. Sinhô ＿ olha pra mim. Celie, ele fala. Essa aqui é Shug Avery. Velha amiga da família. Arruma o quarto vazio. Então ele olha pra ela, segura ela com um braço, segura na grade com outro. Harpo tá do outro lado, parecendo triste. Sofia e as criança tão no pátio, olhando.

Eu num mexo nada, porque num dô conta. Eu priciso ver os olho dela. Eu acho que depois queu ver os olho dela meus pé vão conseguir se disgrudar daquele lugar.

Continua andando, ele falou, bem claro.

E então ela olhou pra cima.

Dibaixo de todo aquele pó, o rosto dela é tão preto que nem o do Harpo. Ela tem um nariz longo e puntudo e uma boca grande carnuda. Os lábio parecem ameixa preta. Os olho grande, lustroso. Febril. E malvado. Como se, mesmo duente como ela tá, se uma cobra cruzasse o caminho dela, ela matava.

Ela olha pra mim da cabeça aos pé. Então ela dá uma risada. Parecia um istertor. Você *é* mesmo feia, ela falou, como se num tivesse acreditando.

Querido Deus,

Num tem nada grave com a Shug Avery. Ela só tá duente. Mais duente que qualquer pessoa queu já vi. Ela tá mais duente que minha mãe tava quando morreu. Mas ela é muito mais brava que minha mãe e isso faz ela ficar viva.

Sinhô ___ fica no quarto com ela o tempo todo de noite e de dia. Mas ele num sigura a mão dela. Ela é brava dimais pra isso. Deixa minha maldita mão solta, ela fala pro Sinhô ___. O que tá contecendo com você, você tá louco? Eu num priciso de nenhum fracote que num sabe dizer não pro pai grudado em mim. Eu priciso é de um homem, ela fala. Um homem. Ela olha pra ele, gira os olho e ri. Num é muita risada mas faz ele ficar longe da cama. Ele senta no canto, longe da lamparina. Tem vez que ela acorda à noite e nem vê nada. Mas ele fica lá. Sentado na sombra mastigando o cachimbo dele. Mas sem tabaco dentro. Primeira coisa que ela falou. Eu num quero cheirar nenhum cachimbo fedorento f. da p., tá me entendendo, Albert?

Quem é Albert, eu fiquei pensando. Então eu lembrei que Albert é o nome do Sinhô ___.

Sinhô ___ num fuma. Num bebe. Quase nem come. Ele só fica lá com ela naquele quartinho, vendo ela respirar.

O que conteceu com ela? eu perguntei.

Se você num quer ela aqui, diga, ele falou. Num vai adiantar nada. Mas se é assim que você quer... Ele num terminou.

Eu quero que ela fique aqui, eu falo, bem depressa. Ele olha pra mim como se quem sabe eu tô planejando uma coisa ruim.

Eu só quero saber o que conteceu, eu falei.

Eu olhei pra cara dele. Tá cansada e triste e eu vi que ele tá derrotado. Bem cabisbaixo. Eu tô melhor, eu acho. E as roupa dele suja, suja. Quando ele puxa elas pra fora, levanta pó.

Ninguém briga pela Shug Avery, ele falou. E um pouco dágua correu pros olho dele.

Querido Deus,

Eles dois fizeram três nenê junto mas ele fica com vergonha de dar banho nela. Quem sabe ele pensa que vai começar a pensar coisa que num deve. Mas e eu? A primeira vez queu vi inteiro o longo corpo negro da Shug Avery com os bico do peito que nem ameixa preta, parecendo a boca dela, eu pensei queu tinha virado homem.

O que que cê tá olhando? ela perguntou. Cheia de raiva. Ela tá fraca que nem uma gatinha. Mas a boca tá cheia de garra. Você nunca viu uma mulher pelada antes?

Não, senhora, eu falei. Eu nunca vi. Só a Sofia, e ela é tão gorda, corada e louca que parece minha irmã.

Ela fala, Bom, olha bem. Mesmo se agora eu tô que nem um saco de osso. E ela inda tem a ideia de botar uma mão no quadril pelado e piscar o olho pra mim. Depois ela chupa os dente e fica olhando pro teto enquanto eu dou banho nela.

Eu lavei o corpo dela, parece queu tava rezando. Minhas mão tremiam e minha respiração ficou presa.

Ela falou, Você já teve filho?

Eu falei, Sim senhora.

Ela falou, Quantos e num fale sim senhora pra mim queu num sou tão velha.

Eu falei, Dois.

Ela perguntou, Cadê eles?

Eu falei, Eu num sei.

Ela me olhou de um jeito engraçado.

Meus filho tão com a vó deles, ela falou. Ela pudia aguentar eles, eu tinha que ir.

Você sente falta deles? Eu perguntei.

Não, ela falou. Eu num sinto falta de nada.

Querido Deus,

Eu perguntei pra Shug Avery o que ela queria pro café da manhã. Ela falou. O que vocês todos comem? Eu falei Presunto, milho, ovos, biscoito, café, leite batido ou manteiga, panqueca. Geleia e compota.

Ela falou, Só isso? E suco de laranja, grapefruit, morango e creme. Chá. Então ela riu.

Eu num quero nada dessa comida disgraçada de vocês, ela falou. Me dê só uma xícara de café e me passa os meus cigarro.

Eu num discuti. Eu peguei o café e acendi o cigarro dela. Ela tava usando camisola branca cumprida e a mão preta e fina dela se esticando pra pegar um cigarro branco parecia que tava bem. Mas uma coisa nela, talvez as pequenina veia macia queu vi e as grande queu tentei num ver, me fizeram ficar com medo. Eu senti uma coisa me empurrando pra frente. Se eu num tivesse cuidado eu bem que tinha sigurado a mão dela pra sentir o gosto dos dedo dela na minha boca.

Posso sentar aqui e comer com você? perguntei.

Ela deu de ombro. Ela tá ocupada olhando uma revista. Mulheres branca tão lá, rindo, segurando o colar com um dedo, dançando na capota dos carro. Pulando nas fonte. Ela vira rápido as página. Parece chateada. Me lembra uma criança tentando brincar com um brinquedo que ela inda num sabe como funciona.

Ela toma o café, fuma o cigano. Eu mordo um pedaço bem suculento de presunto feito em casa. Você pode cheirar esse presunto a uma légua de distância quando ele tá cuzinhando. Ele perfuma todo o quarto dela num instante.

Eu lambuzo a manteiga num biscoito quente, fico passando bem devagar. Eu ensopo o presunto no molho de carne e misturo o ovo com o fubá.

Ela fuma e fuma. Olha pro café como pra ver se quem sabe tem uma coisa sólida lá no fundo.

Finalmente ela fala, Celie, Eu acho queu quero tomar um copo dágua. E essa aqui perto da cama num tá fresca.

Ela me dá o copo dela.

Eu ponho o meu prato na mesinha perto da cama. Eu vou buscar um pouco dágua pra ela. Eu volto, eu pego meu prato. Parece que um ratinho andou roendo o biscoito, um gato fugiu com o presunto.

Ela faz como se nada tivesse contecido. Começa a queixar que tá cansada. Cochila um pouco pra dormir.

Sinhô ___ me pergunta como eu consegui fazer ela comer.

Eu falei, Ninguém vivo guenta o cheiro de um presunto feito em casa sem provar um pouco. Se ele tá morto, ele inda tenta resistir. Quem sabe.

Sinhô ___ riu.

Eu reparei numa coisa doida nos olho dele.

Eu tava com medo, ele falou. Medo. E ele cubriu os olho dele com as mão.

Querido Deus,

Shug Avery sentou um pouquinho na cama hoje. Eu lavei e pintiei o cabelo dela. Ela tem o cabelo mais pincha, curto, e enroscado queu já vi, e eu amo cada fio dele. O cabelo que ficou no meu pente, eu guardei. Quem sabe um dia eu faço uma rede. uma malha pra botar no meu próprio cabelo.

Eu faço como se ela fosse uma boneca ou se fosse Olivia — ou como se fosse mamãe. Eu pinteio e mimo, pinteio e mimo. Primeiro ela falou, anda depressa e acaba logo. Depois ela se derreteu um pouco e se encostou no meu juelho. Tá gostoso, falou. É como mamãe custumava fazer. Ou quem sabe nem era mamãe. Era vovó. Ela pega outro cigarro. Começa a cantarolar uma musiquinha.

Que canção é essa? Eu pergunto. Parece um pouco sacana, eu acho. Como a que o pastor diz que é pecado escutar. Inda mais cantar.

Ela cantarola um pouco mais. Uma coisa que me chegou, ela falou. Uma coisa queu acabo de fazer. Uma coisa que você ajudou a tirar da minha cabeça.

Querido Deus,

O pai do Sinhô ___ apareceu essa noite. Ele é um homenzinho enculhido com a cabeça careca e óculo de ouro. Ele sempre fica limpando a garganta, como se tudo que ele dissesse pricisasse de aviso antes. Fala com a cabeça caída prum lado.

Ele foi direto ao assunto.

Num pudia descansar enquanto num trouxesse ela pra casa, num é verdade? ele falou, subindo a escada.

Sinhô ___ num disse nada. Olhou pras árvore, por cima da grade, pro topo do poço. Ficou olhando pro telhado da casa do Harpo e da Sofia.

O senhor num quer sentar? eu perguntei, pegando uma cadeira pra ele. Quer um pouco dágua fresca?

Pela janela eu escutei a Shug — cantarolando e cantarolando, praticando a musiquinha dela. Eu escapuli até o quarto dela e fechei a janela.

O velho Seu ___ falou pro Sinhô ___, Afinal, o que essa Shug Avery tem, ele falou. Ela é preta que nem piche, tem o cabelo pixaim. Tem as perna que nem jogador de beisebol.

Sinhô ___ num falou nada. Eu cuspi um pouquinho no copo dágua do velho Seu ___

Ora, o velho Seu ___ falou, ela num é nem limpa. Eu escutei dizer que ela tem a pior doença de mulher.

Eu mixi o cuspe com meu dedo. Eu fico pensando nos óculo de grau, imaginando como a gente quebra eles. Mas eu num tô zangada de jeito nenhum. Só interessada.

Sinhô ___ vira devagar a cabeça, olha o pai dele beber água. Depois ele fala, muito triste mesmo, O senhor num é capaz de entender isso, ele fala, eu amo a Shug Avery. Sempre amei, sempre vou amar. Eu divia ter casado com ela quando eu tive oportunidade.

É, o velho Seu ___ falou. E teria jogado fora sua vida. (Sinhô ___ resmungou bem aí). E um bom tanto do meu dinheiro junto.

O velho Seu ⎯ limpa a garganta. Ninguém num tem nem certeza de quem é o pai dela.

Eu nunca me importei com o pai dela, Sinhô ⎯ falou.

E a mãe dela até hoje pega as roupa dos branco. Depois cada um dos filho dela tem pai diferente. É tudo muito à toa e baixo.

Bom, Sinhô ⎯ falou e olhou direto pro pai, Todos os filho da Shug Avery tem um mesmo pai, isso eu posso garantir.

O velho Seu ⎯ limpou a garganta. Bom, essa casa é minha. Essa terra é minha. Seu minino Harpo tá numa das minha casa, na minha terra. As praga que cresce na minha terra, eu corto elas. O lixo que aparece, eu queimo. Ele levanta pra ir embora. Me dá o copo. Da outra vez que ele vier eu vou botar um pouco do pipi da Shug Avery no copo dele. Vamo ver se ele gosta.

Celie, ele falou, você tem minha simpatia. Num é toda mulher que deixa a puta do marido se curar na casa deles.

Mas ele num tá dizendo isso pra mim, tá dizendo pro Sinhô ⎯.

Sinhô ⎯ olhou pra mim, os olho da gente se encontrou. Foi a vez que a gente se sentiu mais próximo.

Ele falou, Dá o chapéu pro pai, Celie.

E eu dei. Sinhô ⎯ num levanta da cadeira perto da grade. Eu fico na porta. A gente fica olhando o velho Seu ⎯ ir resmungando e resmungando pela estrada.

O próximo que veio visitar foi o irmão dele, Tobias. Ele é muito gordo e alto, parece um grande urso amarelo. Sinhô é piqueno que nem o pai, o irmão dele é muito mais alto.

Cadê ela? ele perguntou, rindo. Cadê a Rainha das Abelha de Mel? Tenho uma coisa pra ela, falou. Ele botou uma caixinha de chocolate na grade.

Ela tá durmindo, eu falei. Num durmiu muito a noite passada.

Como tá você, Albert, ele falou, puxando uma cadeira. Ele passou a mão pelo cabelo lustroso e tentou sentir se tinha um bichinho no nariz. Enxugou a mão nas calça e olhou o vinco.

Eu acabei de escutar que a Shug Avery tava aqui, ele falou. Faz quanto tempo você tá com ela?

Ah, Sinhô ___ falou, faz mês.

Diabo, Tobias falou, eu escutei dizer que ela tava morrendo. Isso prova, num é, que a gente num pode acreditar em tudo que escuta. Ele alisa o bigode, passa a língua nos canto dos lábio.

O que você conta de bom, dona Celie? ele fala.

Quase nada, eu falo.

Eu e a Sofia tamo fazendo outra colcha de retalho. Eu já tenho quase cinco quadrado pronto, espalhado na mesinha perto do meu juelho. Meu cesto tá cheio de retalho, no chão.

Sempre ocupada, sempre ocupada, ele fala. Eu queria que Margaret fosse mais como você. Me pouparia um bom dinheiro.

Tobias e o pai dele sempre falam de dinheiro como se eles inda tivessem muito. O velho Seu ___ vendeu quase tudo que tinha e só restou as casa e as roça. As roça minha e do Harpo dão mais do que as dos outro.

Eu recorto mais um retalho. Olho as cores da peça.

Aí eu escuto a cadeira de Tobias se arrastar e ele fala, *Shug*.

Shug tá meio entre duente e sarada. Meio entre boa e má, também. Na maior parte dos dia agora ela mostra pra mim e pro Sinhô ___ o lado bom dela. Mas hoje ela tá toda brava. Ela ri, feito uma navalha se abrindo. Fala, Ora, ora, veja *quem* táqui hoje.

Ela tá usando um vistido meio florido que fiz pra ela e mais nada. Parece ter dez ano com o cabelo todo trançado. Ela tá magra que nem um grão, e a cara é só olho.

Eu e Sinhô ___, nós dois olhamo pra ela. Nós dois levantamo pra ajudar ela sentar. Ela num olha pra ele. Ela puxa uma cadeira perto de mim.

Ela pega um retalho do cesto. Olha ele na luz. Franze a testa. Como você custura essa maldita coisa? fala.

Eu dou pra ela o quadrado que tô fazendo, pego outro. Ela custura com grandes ponto torto, me faz lembrar da musiquinha sacana que ela canta.

Tá muito bom, pra quem tá começando, eu falo. Tá bunito e bacana. Ela olha pra mim e resmunga. Tudo queu faço é bunito e bacana pra você, dona Celie, ela fala. Mas isso é porque você num tem bom-senso. Ela riu. Eu baixei a cabeça.

Ela tem muito mais que a Margaret, Tobias fala. Margaret pega aquela agulha e custura suas narina junta.

Todas as mulher num são igual, Tobias, ela fala. Acredite ou não.

Ah, eu acredito, ele fala. Só que num posso provar pro mundo.

É a primeira vez queu penso no mundo.

O que o mundo tem a ver com as coisa, eu penso. Aí eu vejo eu mesma sentada ali custurando entre Shug Avery e Sinhô ___. Nós três tamo junto contra Tobias e sua caixa de chocolate cuberta de mosca. Pela primeira vez na minha vida, eu sinto que tô no meu lugar.

Querido Deus,

Eu e Sofia trabalhamo na colcha. Tamo armando ela na varanda. Shug Avery deu um vestido amarelo velho pra retalho e eu trabalho no recorte sempre queu posso. É um modelo bunito chamado A Escolha da Irmã. Se a colcha ficar perfeita, quem sabe eu dou pra ela. Eu queria a colcha pra mim, só por causa dos retalhinho amarelo, eles parecem estrelas, mas não. Sinhô ___ e Shug vão pela estrada até a caixa do correio. A casa tá quieta, a num ser pelas mosca. Elas zanzam pra lá e pra cá, bêbadas de tanto comer e de tanto calor, zumbindo tanto queu fico sonolenta.

Sofia parece que tá com uma coisa na cabeça, só que ela num sabe bem o que é. Ela curva sobre a armação, custura um pouco, aí encosta na cadeira e olha pro pátio. Finalmente, ela descansa a agulha, e fala, Por que as pessoa comem, dona Celie, me diga.

Pra ficar viva, eu falo. Pra que mais? Claro que tem pessoa que come porque gosta da cumida. Depois tem gente que é gulosa. Adora sentir a boca trabalhando.

São só esses motivo que você consegue pensar? ela pergunta.

Bom, tem vez que pode ser um caso de tá subnutrido, eu falei.

Ela cisma. Ele num tá subnutrido, ela fala.

Quem? eu pergunto.

O Harpo. Ela fala.

Harpo?

Ele ta comendo mais e mais todo dia.

Quem sabe ele tá com uma solitária?

Ela franze a testa. Não, ela fala. Num acho que é solitária. Solitária faz você ficar com fome. Harpo come mesmo quando num tá com fome.

Como, ele força pra comer? Isso é difícil de acreditar, mas a gente tá escutando coisa nova todo dia. Eu não, você sabe, mas tem gente que diz isso.

Ontem de noite ele comeu sozinho uma panela inteira de panqueca.

Não. Eu falei.

Sim, comeu. E tomou dois copo grande de leite batido. Isso depois do jantar, também. Eu tava dando banho nas criança, aprontando elas pra cama. Ele divia tá lavando os prato. Invés de lavar os prato, ele tava limpando tudo com a boca.

Bom, quem sabe ele tava extrafaminto. Vocês dois tão trabalhando muito.

Num é tanto assim, ela falou. E essa manhã, no café, diabos, ele comeu seis ovo. Depois de tanta cumida, ele parecia muito cheio pra andar. Quando chegamo na roça eu pensei que ele fosse dismaiar.

Se Sofia fala DIABOS, alguma coisa tá errada. Quem sabe ele num gosta de lavar os prato, falei. O pai dele nunca lavou um prato na vida.

Você acha? ela fala. Mas ele parece gostar. Pra falar a verdade ele gosta dessa parte de cuidar da cuzinha muito mais que eu. Eu prefiro ficar na roça ou tratando dos bicho. Até cortando madeira. Mas ele gosta de cuzinhar e limpar e de ficar fazendo coisa pela casa.

Ele é mesmo um bom cuzinheiro, eu falei. Foi uma grande surpresa pra mim ver que ele sabia cuzinhar. Ele nunca tinha feito nem um ovo quando ele vivia na casa.

Aposto que ele queria, ela falou. Parece tão natural pra ele. Mas Sinhô ___, você sabe como ele é.

Ah, ele é bom, eu falei.

Você tá falando sério, dona Celie? Sofia perguntou.

Eu quero dizer, ele é bom em umas coisa, noutras não.

Ah, ela falou. De qualquer jeito, da próxima vez que ele vier aqui, repara se ele come alguma coisa.

Eu reparo, sim, que ele tá comendo bem. A primeira coisa, quando ele tá subindo a escada, eu olho bem pra ele. Ele inda tá magro, quase metade do tamanho da Sofia, mas eu vejo uma pancinha começando debaixo do macacão dele.

O que você tem pra comer, dona Celie? ele fala, indo direto pro forno e prum pedaço de frango frito, depois pro armário prum pedaço de torta de morango. Ele fica perto da mesa e mastiga, mastiga. Você tem um pouco de creme? ele pergunta.

Tenho qualhada, eu falo.

Ele fala, Ótimo, eu adoro qualhada. E pega um tanto pra ele.

Sofia num deve tá dando de comer procê, eu falei.

Por que você fala isso? ele perguntou com a boca cheia.

Bom, inda num passou tanto tempo depois da hora do almoço e aí tá você com fome outra vez.

Ele num fala nada. Come.

E depois, eu falo, a hora do jantar também num tá longe. Umas três quatro hora.

Ele procura uma culher na gaveta pra comer a qualhada. Ele vê um pedaço de pão de milho na pratileira atrás do fugão, pega e esmigalha ele no copo.

A gente volta pra varanda e ele bota os pé na grade. Come a qualhada e o pão de milho com o copo quase dentro do nariz. Me faz lembrar do porco no chiqueiro.

Cumida tá com gosto de cumida pra você esses dia, argh, eu falo, escutando ele mastigar.

Ele num fala nada. Come.

Eu olho pro pátio. Eu vejo a Sofia puxando uma escadinha e depois encostando ela contra a casa. Ela tá usando uma calça velha do Harpo. Tá com um lenço amarrado no cabelo. Ela sobe na escada até o telhado e cumeça a martelar uns prego. O eco soa pelo pátio feito um tiro.

Harpo come, fica olhando pra ela.

Aí ele arrota. Disculpa, dona Celie, ele fala. Leva o copo e a culher de volta pra cozinha. Sai e diz té logo.

Num importa o que tá contecendo agora. Num importa quem chega. Num importa o que eles dizem ou não, Harpo continua comendo. Cumida tá na cabeça dele de manhã, de tarde, de noite.

A pança dele cresce e cresce, mas o resto dele não. Ele começa a parecer que tá grávido.

Quando vai nascer? a gente pergunta.

Harpo num diz nada. Vai e pega outro pedaço de torta.

Querido Deus,

Harpo tá ficando com a gente este fim de semana. Sexta de noite depois que Sinhô ⸻ e Shug e eu, todo mundo já tinha ido pra cama, eu escutei alguém chorando. O Harpo, sentado lá fora na escada, tava chorando que parecia que o coração dele tava partido. Oh, ai ai, e ai ai. Ele tava com a cabeça entre as mão, lágrima e muco correndo pra baixo no queixo. Eu dei um lenço pra ele. Ele suou o nariz, olhou pra mim com os olho fechado que nem punho.

Que foi que aconteceu com seus olho? eu perguntei.

Ele ficou rodeando na cabeça pra achar uma história pra contar, aí acabou caindo na verdade.

Sofia, ele falou.

Você inda tá chatiando a Sofia? eu perguntei.

Ela é minha esposa, ele falou.

Isso num quer dizer que você tem que ficar chatiando ela, eu falei. Sofia ama você, ela é uma boa esposa. Boa pras criança e bunita. Trabalhadeira. Temente a Deus e *limpa*. Eu num sei o que mais você quer.

Harpo fungou.

Eu quero que ela faça o queu digo, como você com o Pai.

Oh, Deus, eu falei.

Quando o Pai fala procê fazer uma coisa, você faz, ele falou. Quando ele fala pra num fazer, você num faz. Se você num faz o que ele quer, ele bate em você.

Tem vez que ele bate em mim de qualquer jeito, eu falei, quer eu faça o que ele falou, quer não.

Isso é verdade, Harpo falou. Mas a Sofia não. Ela faz o que ela quer, num importa o queu digo, de jeito nenhum. Eu tentei bater nela, ela me acertou no olho. Oh, ai ai, ele chorava. Ai ai ai.

Eu cumecei a puxar meu lenço. Quem sabe empurro ele e os olho preto pra baixo da escada. Eu penso na Sofia. Ela me diverte. Eu costumava caçar animal selvagem com arco e flecha, ela falou.

Tem mulher que num guenta apanhar, eu falei. Sofia é assim. Depois a Sofia ama você. Ela com certeza vai ficar contente de fazer quase tudo que você pedir, se você pedir direito. Ela num é má, ela num é rancorosa. Ela num tem raiva de ninguém.

Ele continuou sentado lá, sigurando a cabeça, olhando parado.

Harpo, eu falei, dando uma sacudida nele, Sofia *ama* você. Você *ama* Sofia.

Ele olhou pra mim o melhor que pôde com aqueles olhinho inchado. É mesmo? ele falou.

Sinhô ___ casou comigo preu cuidar das criança dele. Eu casei com ele porque meu pai forçou. Eu num amo Sinhô ___ e ele num me ama.

Mas você é a esposa dele, ele falou, como Sofia é a minha. A esposa deve obedecer.

A Shug Avery obedece Sinhô ___? eu perguntei. Ela é a mulher com quem ele queria casar. Ela chama ele de Albert, num vacila em falar pra ele que as cueca dele tão fedendo. Piqueno como ele é, quando ela recuperar o peso dela, vai poder sentar encima dele se ele tentar chatiar ela.

Pra que que eu fui falar em peso. O Harpo começou a chorar de novo. Aí ele começou a enjuar. Debruçou na grade e vomitou e vomitou. Parece que todo pedaço de torta do último ano veio pra fora. Quando ele parou eu botei ele na cama perto do quartinho da Shug. Ele caiu direto no sono.

Querido, Deus,

Eu fui visitar a Sofia, ela inda tá trabalhando no telhado.

A maldita goteira, ela falou.

Ela tava junto da pilha de madeira, fazendo ripas. Ela punha um enorme pedaço de madeira na pedra de cortar e corta, corta, ela tava fazendo ripas grande e chata. Ela botou o machado de lado e perguntou se eu queria um pouco de limonada.

Eu olhei e vi que ela tava bem. A num ser um machucado no punho, parecia que num tinha nenhum arranhão nela.

Como vão as coisa com você e o Harpo? eu perguntei.

Bom, ela falou, ele parou de comer tanto. Mas pode ser só um descanso.

Ele tá tentando ficar forte que nem você, eu falei.

Ela respirou fundo. Eu acho queu pensei nisso, ela falou, e deixou o ar sair bem devagar.

Todas as criança vieram correndo, mamãe, mamãe, a gente quer limonada. Ela encheu cinco copo pra elas, dois pra nós. A gente sentou num balanço de madeira que ela fez no verão passado e pindurou no canto sombreado da varanda.

Tô ficando cansada do Harpo, ela falou. Tudo que ele pensa desde que a gente casou é como fazer eu obedecer. Ele num quer uma esposa, ele quer um cachorro.

Ele é seu esposo, eu falei. Tem que ficar com ele. Se não, o que você vai fazer?

O marido da minha irmã foi convocado pro exército, ela falou. Eles num tem filho, Odessa ama as criança. Ele deixou ela num sitiozinho. Quem sabe eu vou ficar um pouco com eles. Eu e as criança.

Eu pensei na minha irmã Nettie. Um pensamento tão fundo que me cortou feito uma dor. Alguém pra onde fugir. Parecia bom dimais pra durar.

Sofia continuou, franzindo a testa.

Eu já nem gosto de ir pra cama com ele. Antes quando ele tocava em mim, eu perdia a cabeça. Agora quando ele me toca, eu só num quero ser incomodada. Quando ele trepa encima de mim, eu penso que é assim que ele sempre quer ficar. Ela toma um gole da limonada. Eu antes adorava essa parte, ela falou. Eu costumava caçar ele da roça pra casa. Ficava toda quente só de olhar ele colocando as criança pra dormir. Mas isso já passou. Agora eu fico cansada o tempo todo. Num tenho mais interesse.

Ora, ora, falei. Deixa passar um tempo, quem sabe volta tudo. Mas eu falei isso só pra falar alguma coisa. Eu num sei nada sobre isso. Sinhô ___ trepa encima de mim, faz o serviço dele, dez minuto depois a gente tá dormindo. A única vez queu sinto uma coisa atiçando lá embaixo é quando eu penso na Shug. Mas é como correr até o fim de uma estrada e voltar sozinha, num dá em nada.

Você sabe qual é a parte pior? ela falou. A parte pior é queu acho que ele nem repara. Ele trepa lá e tem o bem-bom dele do mesmo jeito. Num importa o que eu tô pensando. Num importa o queu sinto. É só ele. Sentimento parece que nem passa aí. Ela suspira. O fato dele poder fazer isso assim me dá vontade de matar ele.

A gente olhou pro lado da casa, vimo a Shug e Sinhô ___ sentando na escada. Ele esticou a mão e tirou uma coisa do cabelo dela.

Eu num sei, Sofia falou. Quem sabe eu num vou. Lá no fundo eu inda amo Harpo, mas — ele me faz mesmo ficar *muito* cansada. Ela abriu a boca. Riu. Eu priciso de umas férias, falou. Aí ela voltou pra pilha de madeira, começou a fazer mais ripa pro telhado.

Querido Deus,

Sofia tem razão sobre as irmã dela. Todas elas são moça de saúde, grande, forte, parecem amazona. Elas vieram cedo uma manhã em duas carroça pra apanhar Sofia. Ela num tinha muito pra levar, as roupas dela e das criança, um colchão que ela fez no inverno passado, um espelho e uma cadeira de balanço. As criança.

Harpo sentou na escada como se num tivesse se importando. Ele tá fazendo uma rede pra pescar. Ele olha pro riacho de vez em quando e assubia uma musiquinha. Mas num é nada comparado ao jeito que ele costuma assubiar. O assubiozinho dele soa como se tivesse perdido numa jarra, e a jarra no fundo do riacho.

No último minuto eu resolvi dar a colcha de retalho pra Sofia. Eu num sei como será a casa da irmã dela, mas a gente tá tendo um clima bem frio mesmo de uns tempo pra cá. Pelo queu sei, ela e as criança vão ter de durmir no chão.

Você vai deixar ela ir? eu perguntei pro Harpo.

Ele olha como se só um idiota pudesse fazer essa pergunta. Ele parece que tá cheio de si. Ela resolveu ir, ele falou. Como é queu vou parar ela? Deixa ir, ele falou, dando uma olhada pras carroça da irmã dela.

A gente sentou na escada junto. Tudo que a gente escuta vindo de lá de dentro é o pam, pam, pam de pés grande e firme. Todas as irmã da Sofia mexendo de lá pra cá juntas ao mesmo tempo faz a casa tremer.

Onde a gente vai? a filha mais velha perguntou.

Visitar a tia Odessa, Sofia falou.

Papai vem? ela perguntou.

Não, Sofia falou.

Por que papai num vem? outra perguntou.

Papai precisa ficar aqui e tomar conta da casa. Cuidar de Dilsey, Coco e Bu.

A criança vem pra junto do pai e fica olhando pra ele muito tempo.

Você num vem? ela pergunta.

Harpo fala, Não.

A criança vai cuchichar pro nenê que tá engatinhando no chão, Papai num vem com a gente, que que cê acha?

O nenê fica sentado quieto, faz uma cara de grande esforço, solta um pum.

A gente ri, mas também é triste... Harpo pega ele, tira o alfinete, e vai trocar a fralda.

Acho que ele num tá molhado, Sofia fala. É só gás.

Mas ele troca assim mesmo. Ele e o nenê ficam num canto da varanda, fora do movimento. Ele pega a fralda usada e seca pra enxugar os olho.

Por fim, ele dá o nenê pra Sofia e ela firma ele do lado, no quadril, joga um saco de fralda e cumida sobre o ombro, bota todas as criança junta, fala pra elas Digam Adeus pro Papai. Aí ela me abraça o melhor que pode com o nenê e tudo, e trepa na carroça. Cada uma das irmãs já tá com uma criança entre os juelho, a num ser as duas que tão dirigindo os cavalo, e todas vão quieta, enquanto deixam o pátio da Sofia e do Harpo e passam pela casa no rumo da estrada.

Querido Deus,

Sofia foi embora faz seis mês, o Harpo parece outro homem. Ele era bem caseiro, agora todo o tempo tá na rua.

Eu perguntei pra ele o que que tava contecendo. Ele falou, Dona Celie, eu tô aprendendo umas coisa.

Uma coisa que ele aprendeu é que ele é bunito. Outra é que é esperto. Mais, que ele sabe fazer dinheiro. Ele num fala quem é o professor.

Eu num tinha escutado tanto martelo desde antes da Sofia ir embora, mas toda tarde depois que ele sai da roça, ele fica derrubando coisas e pregando. Tem vez que o Swain, um amigo dele, vem ajudar. Os dois trabalham a noite inteira. Sinhô ___ tem que gritar pra eles parar com o barulho.

O que que vocês tão construindo? eu perguntei.

Um bar, ele falou.

Aqui nesse lugar tão longe?

Num é mais longe do que os outro.

Eu num sei nada sobre os outro, só sobre o Lucky Star.

Um bar deve ficar no meio das árvore, Harpo falou. Pra ninguém ser incomodado pela música alta. Os baile. As briga.

Swain falou, As morte.

Harpo falou, E os polícia num sabem onde procurar.

O que a Sofia vai dizer quando ver o que você tá fazendo com a casa dela? perguntei. Se ela e as criança chegarem. Onde vão dormir.

Elas num vão voltar, Harpo falou, pregando as madeira de um balcão.

Como você sabe? perguntei.

Ele num responde. Continua trabalhando, fazendo tudo com o Swain.

Querido Deus,

Na primeira semana, ninguém veio. Na segunda semana, três ou quatro. Na terceira semana, um. Harpo senta atrás do seu balcãozinho escutando o Swain com sua caixa de percussão.

Ele tem bebida gelada, tem churrasco, tem pastelzinho, tem pão comprado na loja. Ele tem um letreiro dizendo *Harpo's* preso num lado da casa e outro na estrada. Mas ele num tem freguês.

Eu vou até o pátio, fico de fora, olho pra dentro. O Harpo me vê e acena.

Entra, dona Celie, ele fala.

Eu falo, Não, obrigada.

Sinhô ___ tem vez que vai até lá, bebe alguma coisa, escuta o Swain. A Shug também vai lá, de vez em quando. Ela inda tá usando os vistido saco, e eu inda faço trança no cabelo dela, mas ele tá crescendo agora e ela fala que logo vai querer alisar ele a ferro.

Harpo fica confuso com a Shug. Uma razão é que ela fala o que vem na cabeça dela, nem se importa com a cortesia. Tem vez queu vejo ele olhando pra ela com muita tenção quando num sabe queu tô vendo.

Um dia ele falou, Ninguém vem até aqui só pra escutar o Swain. Será queu pudia conseguir a Rainha das Abelha de Mel?

Num sei, eu falei. Ela tá muito melhor agora, sempre cantarolando ou cantando alguma coisa. Ela na certa vai ficar contente de voltar ao trabalho. Por que você num pergunta pra ela?

A Shug fala que o bar dele num é muito comparado aos que ela tava costumada, mas ela acha que talvez possa dar uma mão cantando umas música.

O Harpo e o Swain conseguiram que Sinhô ___ desse pra eles um pouco dos velhos folheto da Shug que tavam no baú. Riscaram o Lucky Star da Estrada Coalman, colocaram no lugar Harpo's da fazenda ___. Pregaram eles nas árvore entre a virada da nossa estrada e a cidade. No primeiro sábado de noite veio tanta gente que muitos num conseguiram entrar.

Shug, Shug benzinho, a gente pensou que cê tava morta.

Cinco entre uma dúzia diziam alô pra Shug assim.

E veio pra discobrir que quem tava morto era você, a Shug respondia com um sorriso grande.

Finalmente eu pude ver Shug Avery trabalhar. Pude olhar e escutar.

Sinhô ＿ num queria queu fosse. Esposas num vão nesses lugares, ele falou.

É, mas a Celie vai, Shug falou, enquanto eu alisava o cabelo dela. E se eu ficar doente enquanto tô cantando? E se meu vistido se descusturar? Ela tava usando um vistido vermelho bem justo na pele que parecia que as alça eram feitas de dois fio de linha.

Sinhô ＿ resmungava enquanto punha as roupa dele. Minha esposa num pode fazer isso. Minha esposa num pode fazer aquilo. Nenhuma mulher minha... Ele ia falando assim.

A Shug Avery finalmente falou, É ótimo eu num ser sua maldita esposa.

Aí ele ficou quieto. Nós três fomo pro Harpo's. Sinhô ＿ e eu sentamo na mesma mesa. Sinhô ＿ tomou uísque. Eu tomei um refrigerante.

Primeiro a Shug cantou uma música de alguém chamado Bessie Smith. Ela falou que Bessie é uma pessoa que ela conhece. Velha amiga. O nome da música é "Um bom homem é difícil de encontrar". Ela olhou um pouquinho pro Sinhô ＿ enquanto tava cantando isso. Eu também olhei um pouquinho pra ele. Pra homem tão piqueno, ele tava todo cheio de orgulho. Parece que tudo que ele sabe fazer é ficar ali sentado na cadeira. Eu olhei pra Shug e senti que meu coração começava a pertar. Me doía tanto queu cobri meu peito com a mão. Eu acho que eu pudia tá até debaixo da mesa, que eles nem reparavam. Eu odiei a minha cara, odiei o jeito que eu tava vistida. Eu só tinha roupa de ir pra igreja no meu guarda-roupa. E Sinhô ＿ olhando pra pele preta brilhante da Shug no vistido vermelho justo, os pé dela nos sapatinho vermelho provocante. O cabelo dela resplandecendo em ondas.

Antes queu me desse conta, lágrimas correram pelo meu queixo.

E eu fiquei confusa.

Ele adora olhar pra Shug. Eu adoro olhar pra Shug.

Mas Shug só adora olhar pra um de nós. Ele.

Mas é desse jeito que deve ser. Eu sei. Mas se é assim, por que meu coração dói tanto?

Minha cabeça curvou tanto que quase bateu no meu copo.

Aí eu escutei meu nome.

Shug falando Celie. Dona Celie. E eu olhei pra onde ela tava.

Ela falou meu nome outra vez. Ela falou que essa música queu vou cantar chama música de dona Celie. Porque foi ela que tirou essa música da minha cabeça quando eu tava duente.

Primeiro ela cantarolou um pouco, como fazia em casa. Depois cantou as palavra.

Era sobre um homem que num prestava fazendo coisas ruim pra ela, outra vez. Mas eu num escutei essa parte. Eu olhei pra ela e cantarolei junto com a melodia.

É a primeira vez que alguém faz uma coisa e bota o meu nome.

Querido Deus,

Logo vai chegar a hora da Shug ir embora. Agora ela canta todo fim de semana no Harpo's. Ele tá fazendo um bom dinheiro com ela, e ela também tá ganhando. E ela tá ficando forte outra vez e engordando. Na primeira noite e nas outra ela cantava bunito mas um pouco fraco, agora ela canta que enche tudo. As pessoa lá fora no pátio escutam as música sem problema. Ela e o Swain cantam muito bem junto. Ela canta, ele toca a caixa. É bacana lá no Harpo's. Mesinha por todo lado com velas encima queu fiz, muitas mesinha também do lado de fora, perto do riacho. Tem vez queu olho da nossa casa e parece um inxame de pirilampo tudo em volta e dentro da casa da Sofia. De noite, a Shug num guenta esperar pra ir pra lá.

Um dia ela falou pra mim. Bom, dona Celie, eu acho que já é hora deu ir embora.

Quando? Eu perguntei.

No começo do outro mês. Junho. Junho é um bom mês pra sair pelo mundo.

Eu num disse nada. Senti como senti quando a Nettie foi embora.

Ela chegou perto e botou a mão no meu ombro.

Ele bate em mim quando você num tá aqui, eu falo.

Quem? Ela fala. Albert?

Sinhô ——, eu falo.

Num posso acreditar, ela fala. Ela sentou no banco perto de mim com toda a força, como se tivesse caído.

Por que ele bate em você? ela perguntou.

Porque eu sou eu e não você.

Oh, dona Celie, ela falou, e botou os braço ao redor de mim.

A gente ficou sentada assim por quase meia hora. Então ela me beijou na parte carnuda do meu ombro e levantou.

Eu num vou embora, ela falou, até eu saber que o Albert num vai nem pensar em bater em você.

Querido Deus,

Agora que todo mundo sabe que ela vai embora logo, eles tão durmindo junto de noite. Não toda noite, mas quase toda noite, de sexta a segunda.

Ele vai lá no Harpo's pra ver ela cantar. E só pra olhar pra ela. Depois bem tarde eles voltam pra casa. Eles dão risadinha e eles conversam e eles ficam no corpo a corpo até de manhã. Aí eles ficam na cama até que é hora dela aprontar pra voltar pro trabalho.

A primeira vez que aconteceu, foi um acidente. O sentimento arrebatou os dois. Foi o que a Shug falou. Ele num falou nada.

Ela perguntou pra mim, Me diga a verdade, ela falou, você se importa se o Albert durmir comigo?

Eu pensei, eu num me importo com quem o Albert dorme. Mas eu num falei isso.

Eu falei, Você pode ficar barriguda de novo.

Ela falou, Não, não com minha esponja e tudo.

Você inda ama ele, eu perguntei.

Ela falou, Eu tenho uma espécie de paixão por ele. Se alguma vez eu fosse me casar, seria com ele. Mas ele é fraco, ela falou. Num consegue dicidir o que quer. E pelo que você conta pra mim ele é um machão. Mas há umas coisa queu gosto nele, ela falou. Ele tem um cheiro gostoso. Ele é tão piqueno. Ele me faz rir.

Você gosta de durmir com ele? eu perguntei.

Gosto, Celie, ela falou, eu tenho que confessar. Eu *adoro*. Você não?

Não, eu falei, Sinhô —— pode dizer procê, eu num gosto de jeito nenhum. Como é? Ele trepa encima da gente, levanta a camisola até a cintura, infia. Na maioria das vezes eu fico imaginando que num tô lá. Ele nunca repara a diferença. Nunca me pergunta como eu me sinto, nada. Só faz o negócio dele, sai, vai dormir.

Ela começa a rir. Faz o negócio dele, ela fala. Faz o negócio dele. Ora, dona Celie. Do jeito que você fala parece que ele vai ao banheiro em você.

É assim queu me sinto, falei.

Ela parou de rir.

Você nunca gostou de jeito nenhum? ela perguntou, espantada. Nem com o pai de suas criança?

Nunca, eu falei.

Ora, dona Celie, falou, você inda é uma virgem.

O quê? eu perguntei.

Escuta, ela falou, bem lá embaixo na sua xoxota tem um piqueno butão que fica muito quente quando você faz você sabe o que com alguém. Ele fica cada vez mais quente e mais quente e então ele derrete. Essa é a parte boa. Mas outras parte são gostosa também, ela fala. Muita chupada aqui e ali, ela fala. Muito trabalho com os dedo e com a língua.

Butão? Dedo e *língua*? Minha cara tava tão quente que ela também pudia derreter.

Ela falou, Toma, pega esse espelho e dá uma olhada em você lá embaixo. Aposto como você nunca olhou lá, já?

Nãããão.

E aposto que você também nunca viu o Albert nessa parte.

Eu senti ele, eu falei.

Eu fiquei lá parada com o espelho.

Ela falou, Ora, a vergonha é dimais até pra olhar pra você mesma? E você tá tão bunita, também, ela falou, rindo. Toda vistida pra ir pro Harpo's, perfumada e tudo, mas com medo de olhar pra própria xoxota.

Você vem comigo enquanto eu olho, eu falei.

E a gente foi pro meu quarto como duas minina traquina.

Você vigia a porta, eu falei.

Ela deu risada. Tá bem, ela falou. Ninguém tá vindo. Costa livre.

Eu deitei na cama e puxei meu vistido. Desci minhas calcinha. Pus o espelho entre as perna. Argh. Todo aquele cabelo. Então os lábio da minha xoxota são preto. Então lá dentro parece uma rosa molhada.

É muito mais bunito do que você pensava, num é? ela falou da porta.

É minha, eu falei. Cadê o butão?

Bem aí na parte de cima, ela falou. A partezinha que fica meio saliente.

Eu olhei pra ela e toquei o butão com meu dedo. Um tremorzinho me sacudiu. Num foi grande. Mas foi o bastante pra mostrar que esse era o butão certo pra pertar. Quem sabe.

Ela falou, Já que você tá olhando, olhe pros seus peito também. Eu suspendi o meu vistido e olhei. Pensei nos meus bebê chupando eles. Lembrei do tremorzinho queu sentia naquela hora. Às vez um tremor grande. A melhor parte de ter um bebê era dar de mamar pra eles.

Albert e Harpo tão vindo, ela falou. Eu subi minhas calcinha e desci meu vistido. Senti como se a gente tivesse fazendo uma coisa errada.

Eu num importo se você dorme com ele, eu falei.

E ela me fez jurar que era verdade.

E eu jurei que era verdade.

Mas quando eu escuto eles junto, tudo queu posso fazer é puxar a cuberta e cobrir minha cabeça e botar o dedo no meu butão e nos meus peitinho e chorar.

Querido Deus,

Uma noite, quando a Shug tava cantando uma das quente, quem entrou empurrando a porta do Harpo's foi Sofia.

Ela tava com um homem tão grande e pesado que parecia um campeão.

Ela também tava como sempre grande e gorda.

Oh, dona Celie, ela gritou. É tão bom ver você de novo. Até ver o Sinhô __ é bom, ela falou. Ela pegou numa das mão dele. Mesmo o aperto de mão dele sendo um pouco fraco, ela falou.

Ele parecia muito contente de ver ela.

Aqui, puxa uma cadeira, ele falou. Toma um refrigerante.

Me dá uma dose de rum, ela falou.

O campeão puxou uma cadeira, escarranchou nela, abraçou Sofia como se tivesse em casa.

Eu vi o Harpo do outro lado da sala com a namoradinha sarará dele. Ele olhou pra Sofia como se ela fosse um fantasma.

Esse é Henry Broadnax, Sofia falou. Todo mundo chama ele de Buster. Bom amigo da família.

Como vão todos vocês? ele falou. Ele sorriu gentil e a gente continuou escutando a música. A Shug tava usando um vistido dourado que mostrava os peitinho dela até quase os bico. Todo mundo fica quase querendo que alguma coisa rasgue. Mas o vestido é forte.

Diabos, ah, incrível, Buster fala. O corpo de bombeiro num dá conta. Alguém tem que chamar a polícia.

Sinhô __ cuchicha pra Sofia. Onde tão suas criança?

Ela cuchicha de volta. Minhas criança tão em casa, e as sua?

Ele num diz nada.

As duas minina ficaram de barriga e saíram de casa. Bub vive entrando e saindo da cadeia. Se o avô dele num fosse tio do delegado, que é a cara do Bub, Bub já teria sido linchado faz tempo.

Eu num consigo acreditar como Sofia tá bem.

A maioria das mulher com cinco criança ficam meio acabada, eu falei pra ela por cima da mesa quando Shug acabou a música. Você parece que tá pronta pra mais cinco.

Oh, ela falou, eu tenho seis criança agora, dona Celie.

Seis. Eu fiquei chocada.

Ela vira a cabeça, olha pro Harpo. A vida num para só porque você sai de casa, dona Celie. Você sabe disso.

Minha vida parou quando eu saí de casa, eu penso. Mas então eu penso de novo. Ela parou com Sinhô ——, talvez, mas depois cumeçou de novo com a Shug.

Shug chegou perto e ela e Sofia se abraçaram.

Minina, você tá mesmo gostosa, hein, tá mesmo.

Aí foi queu reparei como a Shug fala e age às vez feito um homem. Homem é que fala coisa assim pras mulher, Minina, você tá mesmo gostosa. As mulher sempre falam do cabelo e da saúde. Quantos nenê tão vivendo ou morreram ou tão com dente nascendo. Num falam que a mulher que elas tão abraçando tá mesmo gostosa.

Todos os homem tão com os olho pregado no seio da Shug. Eu também tô com os olho pregado lá. Eu sinto meus biquinho se endurecendo dibaixo do meu vistido. Meu butão também parece que fica atiçado. Shug, eu falo pra ela na minha cabeça, Minina, você tá mesmo gostosa, só Deus sabe o quanto.

O que você tá fazendo aqui? o Harpo pergunta.

Sofia fala, Eu vim ver Shug cantar. Você tá com um lugar bacana aqui, Harpo. Ela olha em volta. Os olho dela vão admirando aqui e ali.

Harpo fala. É um iscândalo uma mulher com cinco criança rondando num bar de noite.

Os olho de Sofia ficaram gelado. Ela olhou pra ele pra cima e pra baixo.

Desque ele parou de se intupir de comida, ele ganhou um bocado de peso, na cara, cabeça e tudo, principalmente bebendo cerveja feita em casa e cumendo os resto de churrasco. Agora ele tá quase do tamanho dela.

Uma mulher pricisa de se divertir de vez em quando, ela falou.

Uma mulher pricisa de ficar em casa, ele falou.

Ela falou, Esta é minha casa. Embora eu ache que ela fica melhor como bar.

Harpo olhou pro campeão. O campeão empurra um pouco a cadeira pra trás, pega o copo.

Eu num brigo as briga da Sofia, ele fala. Meu negócio é amar ela e levar ela pra onde ela quer ir.

Harpo respirou com um pouco de alívio.

Vamos dançar, ele falou.

Sofia, riu, levantou. Botou os dois braço ao redor do pescoço dele. Devagar eles se arrastam pelo salão.

A namoradinha sarará do Harpo bebe, encostada no bar. Ela é uma garota boa, amiga e tudo, mas ela é igual a mim. Ela faz tudo que o Harpo fala.

Ele deu pra ela um apelido, também, chama ela de Tampinha.

Logo Tampinha tomou coragem e foi lá tentar parar os dois.

Harpo tenta virar Sofia pra que ela num possa ver. Mas Tampinha fica dando e dando tapinha no ombro dele.

Por fim ele e Sofia param de dançar. Eles tão a quase quatro metro de nossa mesa.

Shug fala, Uh, uh, e aponta com o queixo, alguma coisa tá pra acontecer ali.

Quem é essa mulher, Tampinha fala, naquela vozinha de taquara rachada dela.

Você sabe quem ela é, Harpo fala.

Tampinha vira pra Sofia. Fala, É melhor você deixar ele em paz.

Sofia fala, Comigo num tem problema. Ela vira pra ir embora.

Harpo agarra ela pelo braço. Fala, Você num tem que ir pra nenhum lugar. Diabos, essa casa é sua.

Tampinha fala, O que você quer dizer, essa casa é dela? Ela largou você. Largou a casa. Tudo acabou, ela fala pra Sofia.

Sofia fala, Comigo num tem problema. Ela tenta tirar o braço do punho do Harpo. Ele aperta mais.

Escuta Tampinha, Harpo fala, Um homem num pode dançar com a própria esposa?

Tampinha fala, Não se ele for meu homem, ele num pode. Você escutou bem, sua puta, ela falou pra Sofia.

Sofia tá ficando um pouco cansada de Tampinha, eu posso dizer pelas orelha dela. Elas parecem que se incolhem pra trás. Mas ela fala de novo, tipo fim de briga, Ei, comigo num tem nenhum problema.

Tampinha dá um tapa nela.

Pra que que ela foi fazer isso. Sofia nem pra começar usa o estilo de dama, como tapa. Ela cerra os punho, puxa o corpo pra trás e dá um murro que arranca dois dente da Tampinha. Tampinha cai no chão. Um dente tá pindurado no lábio dela, e outro dentro do meu copo de refrigerante.

Aí Tampinha começa a bater na perna do Harpo com o sapato.

Tira essa puta daqui, ela grita, sangue e baba correndo pelo queixo dela.

Harpo e Sofia tão de pé, lado a lado, olhando pra Tampinha, mas eu acho que eles nem escutam ela. O Harpo inda tá sigurando o braço da Sofia. Acho que passa talvez um minuto. Finalmente ele solta o braço dela, agacha e pega a pobre Tampinha nos braço. Ele nina e nina ela como se ela fosse um nenê.

Sofia volta e chama o campeão. Eles passam pela porta e nem olham pra trás. Aí a gente escuta um motor de carro saindo.

Querido Deus,

Harpo tá que nem doido. Limpa o balcão, acende um cigarro, olha pra fora, anda pra cima e pra baixo. Tampinha fica zanzando em volta dele tentando chamar a atenção. Amorzinho isso, ela fala, amorzinho aquilo. Harpo olha através da cabeça dela, sopra a fumaça.

Tampinha vem até o canto onde eu e Sinhô ___ tamo. Ela tá com dois dente de ouro brilhando no lado da boca. Ela geralmente ri o tempo todo. Agora ela tá chorando. Dona Celie, ela fala, O que tá contecendo com o Harpo?

Sofia tá na cadeia, eu falei.

Na cadeia? Pela cara dela, parece queu falei que Sofia tá na lua. Como que ela tá na cadeia? ela perguntou.

Disacatou a esposa do prefeito, eu falei.

Tampinha puxou uma cadeira. Olhou pra minha cara.

Qual é o seu nome verdadeiro? eu perguntei pra ela. Ela falou, Mary Agnes.

Faz o Harpo chamar você pelo seu nome verdadeiro, eu falei. Aí quem sabe ele vai ver você mesmo quando tiver com um problema.

Ela olhou pra mim espantada. Eu deixei pra lá. Eu contei pra ela o que uma das irmã da Sofia contou pra mim e pra Sinhô ___.

Sofia e o campeão e todas as criança entraram no carro do campeão e foram pra cidade. Ficaram disfilando na rua como se fossem gente. Foi aí que o prefeito e a mulher dele apareceram.

Todas essas criança, a mulher do prefeito falou, fuçando na bolsa. Mas tão bunitinhas como butão, ela falou. Ela parou, botou a mão na cabeça de uma das criança. E falou, e esses dente branco tão forte.

Sofia e o campeão num disseram nada. Esperaram ela passar. O prefeito também esperou, ficou um pouco pra trás, batendo o pé e olhando pra ela com um sorrisinho. Vamos Millie, ele falou. Sempre falando com os preto. A dona Millie passou a mão nas criança um pouco mais, finalmente olhou pra Sofia e pro campeão. Ela olhou pro carro do campeão. Ela reparou no relógio de pulso da Sofia. Ela falou pra Sofia, Todas as criança sua são tão limpa, ela falou, você num quer trabalhar pra mim, ser minha impregada?

Sofia falou, Diabos não.

Ela falou, O que você falou?

Sofia falou, Diabos não.

O prefeito olhou pra Sofia, puxou a mulher dele da frente. Esticou o peito. Moça, o que foi que você falou pra dona Millie?

Sofia falou, Eu falei, Diabos não.

Ele deu um tapa nela.

Eu parei de falar bem aí.

Tampinha tava na beira da cadeira. Ela esperou. Olhou pra minha cara de novo.

Nem é priciso contar mais, Sinhô —— falou. Você sabe o que contece se alguém dá um tapa na Sofia.

Tampinha ficou branca que nem lençol. *Nããão*, ela falou.

Nããão nada, eu falei. Sofia derrubou o homem.

Os polícia veio, começaram a tirar as criança de cima do prefeito, batendo com as cabeça dela uma na outra. A Sofia aí começou mesmo a brigar. Eles arrastaram ela pelo chão.

Parece queu só consigo chegar até aqui com a história. Meus olho ficam cheio de lágrima e minha garganta fecha.

Pobre Tampinha toda enculhida na cadeira, tremendo.

Eles bateram pra valer na Sofia, Sinhô —— falou.

Tampinha vuou como se tivesse mola, correu até o balcão onde Harpo tava, botou os braço dela ao redor dele. Eles ficaram pindurado um no outro muito tempo, chorando.

O que que o campeão fez durante tudo isso? Eu perguntei pra irmã da Sofia, Odessa.

Ele queria pular encima também, ela falou. Sofia falou, Não, leva as criança pra casa.

Os polícia também tavam com o revólver encima dele. Um movimento e ele tava morto. Seis polícia, sabe.

Sinhô —— foi suplicar pro delegado pra deixar a gente ver Sofia. Bub dá tanto problema, parece tanto com o delegado, ele e Sinhô são quase família. Desque Sinhô —— conheça o seu lugar.

O delegado falou, Ela é uma mulher doida, a esposa do seu garoto. Você sabia disso?

Sinhô —— falou, sinsinhô, a gente sabe disso sim. Tô tentando dizer pro Harpo que ela é doida faz doze ano. Desde antes deles casar. Sofia é de uma família de gente doida Sinhô —— falou, num é só culpa dela. E depois também o delegado sabe como as mulher são, de qualquer maneira.

O delegado pensou nas mulher que ele conhece, falou, É você tá certo nisso.

Sinhô —— falou, A gente também vai dizer pra ela que ela é doida, se a gente der um jeito de poder ver ela.

O delegado falou, Bom, diga mesmo. E diga pra ela que ela tem sorte de tá viva.

Quando eu vi Sofia eu num entendi como ela inda tava viva. Eles quebraram a cabeça dela, eles quebraram as custela dela. Eles deixaram o nariz dela solto de um lado. Eles cegaram ela de um olho. Ela tava inchada da cabeça ao pé. A língua dela tava do tamanho do meu braço, saía de dentro dos dente feito um pedaço de borracha. Ela num pudia falar. E tava da cor de uma biringela.

Eu fiquei tão assustada que quase deixei minha bolsa cair. Mas num deixei. Eu coloquei ela no chão da cela, peguei o pente e a escova, a camisola, glicerina e álcool e comecei a trabalhar. O vigilante preto trouxe água preu lavar ela, e comecei primeiro pelas duas fenda que eram os olho dela.

Querido Deus,

Eles puseram a Sofia pra trabalhar na lavanderia da prisão. Durante todo o dia das 5 às 8 ela fica lavando roupa. Uniforme sujo de prisioneiro, lençol e cobertor fedorento impilhado encima da cabeça dela. A gente vê ela duas vez por mês durante meia hora. A cara dela tá amarela e duentia, os dedo dela parecem linguiça.

Tudo é horrível aqui, ela falou, até o ar. A cumida é tão ruim que pode até matar. Tem barata, rato, pulga, piolho e até uma ou duas cobra. Se você diz qualquer coisa, eles tiram sua roupa e botam você pra dormir num chão de cimento sem nenhuma luz.

Como você faz? a gente pergunta.

Toda vez que eles me mandam fazer alguma coisa, dona Celie, eu faço como se eu fosse você. Eu me levanto e faço do jeitinho que eles querem.

Ela parecia louca quando disse isso, e o olho ruim dela vagou pelo quarto.

Sinhô ⸺ prendeu a respiração. Harpo resmungou. Shug praguejou. Ela veio de Memphis especialmente pra ver Sofia.

Eu num consigo fazer minha boca dizer o que eu tô sentindo.

Eu sou uma boa prisioneira, ela fala. A melhor condenada que eles já tiveram. Eles num podem acreditar que fui eu mesma que disacatei a mulher do prefeito e dei um soco que derrubou o prefeito. Ela riu. Parecia uma parte de uma música. A parte onde todo mundo vai pra casa menos você.

Mas doze ano é muito tempo pra ser boazinha, ela falou.

Quem sabe você sai por bom comportamento, o Harpo falou.

Bom comportamento num é bom o suficiente pra eles. Sofia falou. Nada menos do que se arrastar no chão com sua barriga e lamber as bota deles com sua língua num consegue nem chamar a tenção deles. Eu sonho com matar, ela falou, eu sonho com matar durmindo ou acordada.

A gente num falou nada.

Como tão as criança? ela falou.

Elas tão todas bem, o Harpo falou. Entre a Odessa e a Tampinha, elas vão indo.

Diz obrigada pra Tampinha, ela fala. Diga pra Odessa queu penso nela.

Querido Deus,

Todo mundo senta ao redor da mesa depois da janta. Eu, Shug, Sinhô —, Tampinha, o campeão, Odessa e mais duas irmã da Sofia.

Sofia num vai durar, Sinhô — fala.

É, Harpo fala, eu acho que ela tá louca.

E o que ela disse, Shug falou. Meu Deus.

A gente tem que fazer alguma coisa, Sinhô — falou, e tem que ser bem rápido.

O que que a gente pode fazer? Tampinha perguntou. Ela parecia esgotada com todas as criança da Sofia e do Harpo encima dela de uma vez, mas tava guentando. O cabelo um pouco oleoso, a anágua aparecendo, mas ela tava guentando.

Tirar ela de lá, o Harpo falou. Pegar um pouco de dinamite com o pessoal que tá construindo aquela ponte enorme lá embaixo na estrada, explodir a prisão inteira até o fim do mundo.

Cala a boca, Harpo, Sinhô — falou, a gente tá tentando pensar.

Tenho uma ideia, o campeão falou, contrabandiar um revólver pra dentro da prisão. Bom, ele coçou o queixo, talvez contrabandiar uma lima.

Não, Odessa falou. Eles vão vir atrás dela se ela sair desse jeito.

Eu e Tampinha não falamo nada. Eu num sei o que ela tava pensando, mas eu tava pensando nos anjo, Deus vindo numa charrete, cantando mesmo muito baixinho e levando a velha Sofia pra casa. Eu via tudo isso claro como dia. Anjos todo de branco, cabelo branco e os olho branco, parecendo albino. Deus também todo de branco, parecendo com um grande homem branco que trabalha no banco. Os anjo tocando os címbalo, um deles tocando uma corneta. Deus sopra um grande sopro de fogo e de repente a Sofia tá livre.

Quem são os parente preto do diretor da prisão? Sinhô — falou.

Ninguém falou nada.

Finalmente o campeão falou. Qual é o nome dele? ele perguntou.

É o minino do velho Henry Hodge, Sinhô — falou. Costumava morar na casa do velho Hodge.

Tem um irmão chamado Jimmy? Tampinha perguntou.

É, Sinhô — falou. O irmão chama Jimmy. Casado com aquela moça dos Quitman. O pai dela é o dono da loja de ferragem. Você conhece eles?

Tampinha baixou a cabeça. Resmungou alguma coisa.

O que você disse? Sinhô — perguntou.

Tampinha ficou vermelha. Ela resmungou de novo.

Ele é seu o quê? Sinhô — perguntou.

Primo, ela falou.

Sinhô — olhou pra ela.

Meu pai, ela falou. Ela olhou pro Harpo. Olhou pro chão.

Ele sabia alguma coisa disso? Sinhô — perguntou.

Sabia, ela falou. Ele tem três filho com minha mamãe. Dois mais novo queu.

O irmão dele sabe alguma coisa disso? Sinhô — perguntou.

Uma vez ele foi lá em casa com Seu Jimmy, ele deu pra todo mundo umas mueda e falou que a gente parecia mesmo Hodges.

Sinhô — afastou a cadeira dele, olhou pra Tampinha da cabeça ao pé. Tampinha puxou o cabelo oleoso da testa.

É, Sinhô — falou. Eu vejo que parece. Ele voltou a ajeitar a cadeira.

Bom, parece que é você que tem que ir.

Ir onde, perguntou Tampinha.

Ir ver o diretor da prisão. Ele é seu tio.

Querido Deus,

A gente vistiu a Tampinha como mulher branca, só que seu vistido tava remendado. Ela botou um vistido engomado e passado, sapato de salto alto arranhado, e um chapéu velho que alguém deu pra Shug. A gente deu pra ela uma bolsa velha que parecia de retalho e uma piquena bíblia preta. A gente lavou o cabelo dela e tiramo fora toda a gordura, aí eu fiz duas trança cruzando a cabeça dela. A gente lavou e deixou ela tão limpa que ela cheirava que nem o chão quando tá bem limpinho.

O que queu vou dizer? ela perguntou.

Fala que você tá vivendo com o marido da Sofia e que o marido dela diz que Sofia num tá sendo punida o suficiente. Diz que ela ri de como faz os guarda de bobo. Diz que ela tá muito bem onde ela tá. Até feliz, já que ela num tem que ser impregada de nenhuma madame branca.

Meu Deus do Céu, Tampinha fala, como eu vou fazer pra minha boca dizer tudo isso?

Quando ele perguntar quem você é, faça ele lembrar. Diga pra ele como aquela mueda que ele deu foi importante pra você.

Isso foi quinze ano atrás, Tampinha falou, ele num vai lembrar.

Faz ele ver como você é uma Hodges, Odessa falou. Ele vai lembrar.

Diga pra ele que você acha que a justiça tem que ser feita, você mesma. Mas faça ele saber que você tá vivendo com o marido da Sofia, Shug falou. Num deixa de dizer aquela parte de que ela tá feliz lá onde ela tá, que a pior coisa que podia acontecer pra ela era ser impregada de alguma madame branca.

Num sei não, o campeão falou. Isso pra mim tá parecendo coisa do velho pai Tomás.

Shug suspirou, Bom, ela falou, o Pai Tomás num era chamado de Pai à toa.

Querido Deus,

A pobre Tampinha voltou pra casa mancando. O vistido dela rasgado. Sem o chapéu e um dos sapato sem o salto.

Que que conteceu? a gente perguntou.

Ele viu queu era uma Hodges, ela falou. E ele num gostou nada disso.

Harpo saiu do carro e subiu a escada. Minha esposa espancada, minha mulher currada, ele falou. Eu devia era ir lá com um revólver, botar fogo naquele lugar, queimar os branco.

Cala a boca, Harpo, a Tampinha falou. Eu tô contando.

E ela contou.

Falou, No minuto queu entrei na sala, ele lembrou de mim.

O que que ele falou? a gente perguntou.

Falou, O que você quer? Eu falei, Eu vim por causa do interesse queu tenho de ver a justiça feita. O que você diz que quer? ele perguntou de novo.

Eu falei tudo que vocês me disseram pra falar. Que Sofia num tava sendo punida o bastante. Que ela tá feliz na prisão, uma mulher forte como ela. Que a maior preocupação dela é só o pensamento de alguma vez ser impregada de alguma madame branca. Que foi isso que começou a briga, o senhor sabe, eu falei. A mulher do prefeito perguntou pra Sofia se ela queria ser impregada dela. Sofia disse que ela nunca ia ser nada de mulher branca nenhuma, muito menos impregada.

Foi isso? ele perguntou, todo o tempo olhando bem pra mim.

Sim senhor, eu falei. Falei, A prisão tá ótima pra ela. Poxa, lavar e passar todo dia é tudo que ela faz em casa. Ela tem seis criança, o senhor sabe.

Isso é mesmo verdade? ele perguntou.

Ele levantou de trás da mesinha dele, dibruçou na minha cadeira.

Quem é sua família? ele perguntou.

Eu falei pra ele o nome da minha mãe, da minha avó. O nome do meu avô.

Quem é o seu pai? ele perguntou. De onde você tirou esse olho?

Eu num tenho pai, eu falei.

Ora essa, ele falou. Eu num vi você antes?

Eu falei, Sim senhor. E uma vez há dez ano atrás, quando eu era uma minininha, o senhor me deu uma mueda. Eu realmente agradeço muito isso, eu falei.

Eu num lembro disso, ele falou.

O senhor veio na nossa casa junto com um amigo da mamãe, o Seu Jimmy, eu falei.

Tampinha olhou em volta pra todo mundo. Depois respirou fundo. Resmungou.

O que foi? Odessa perguntou.

É, Shug falou, se você num vai contar pra gente, pra quem vai contar, pra Deus?

Ele tirou meu chapéu, Tampinha falou. Falou pra mim tirar meu vistido. Ela baixou a cabeça, botou a cara nas mão.

Meu Deus, Odessa falou, e ele é seu tio.

Ele falou que se ele fosse meu tio ele num fazia isso comigo. Ia ser pecado. Mas isso era só uma fornicaçãozinha. Todo mundo é culpado disso.

Ela virou e olhou pro Harpo. Harpo, ela falou, você me ama mesmo ou é só minha cor?

Harpo falou, Eu amo você, Tampinha. Ele ajuelhou e tentou botar os braço em volta da cintura dela.

Ela levantou. Meu nome é Mary Agnes, falou.

Querido Deus,

Seis mês depois que a Mary Agnes foi tirar Sofia da cadeia, ela começou a cantar. Primeiro ela cantava as música da Shug, depois ela mesma começou a fazer as música dela.

Ela tem o tipo da voz que você nunca pensa que vai conseguir cantar uma música. É fraquinha, é aguda, parece um miado. Mas a Mary Agnes nem liga.

Logo a gente ficou acustumado com a voz dela. Aí a gente começou a gostar muito.

O Harpo num sabe o que fazer com isso.

Eu acho engraçado, ele falou pra mim e pra Sinhô ___. Tão de repente. Me faz pensar num gramofone. Fica parado num canto mais de ano quieto como um túmulo. Aí você bota um disco e ele começa a viver.

Será que ela inda tá zangada porque a Sofia arrancou os dente dela? eu perguntei.

É, ela tá. Mas que adianta ficar zangada? Ela num é má, ela sabe que a vida da Sofia agora tá difícil de aguentar.

Como é que ela tá indo com as criança? Sinhô ___ perguntou.

Eles adoram ela, Harpo falou. Ela deixa eles fazer o que eles querem.

Ah, ah, eu falei.

Depois, ele falou, Odessa e as outras irmã da Sofia tão sempre pronta pra indireitar isso. Elas criam as criança como militar.

Tampinha canta.

Eles me chamam Sarará
como se Sarará meu nome fosse

Eles me chamam Sarará
como se Sarará meu nome fosse

Mas se Sarará é um nome
preta também divia ser igual

Mas se eu digo, Oi, pretinha
Deus, ela me leva a mal.

Querido Deus,

Sofia falou pra mim hoje, Eu num çonsigo entender isso.

O quê? Eu perguntei.

Porque a gente inda num matou eles.

Três ano depois que ela foi espancada, ela saiu da lavanderia, voltou a pegar a cor e o peso dela outra vez, parecia que tinha voltado a ser como era antes, só que todo tempo ela fica pensando em matar alguém.

Tem branco dimais pra matar, eu falei. A gente é minoria desde o começo. Mas eu espero que a gente acabe com um ou dois, aqui e ali, pelos ano afora, eu falei.

A gente tá sentada num caixote velho perto da cerca do quintal da dona Millie. Pregos inferrujado tão saindo do lado de baixo e quando a gente mexe eles rangem na madeira.

O trabalho da Sofia é olhar as criança jogando bola. O minininho joga a bola pra minininha, ela tenta agarrar com os olho fechado. A bola rola debaixo do pé da Sofia.

Joga a bola pra mim, fala o minininho, com as mão no quadril. Joga a bola.

Sofia resmunga pra ela mesma, um pouco pra mim. Eu tô aqui pra olhar, num é pra jogar, ela fala. Ela num faz nenhum movimento no rumo da bola.

Você num tá escutando eu falar com você? ele grita. Ele tem quem sabe seis ano, cabelo castanho, olho azul gelado. Ele vem como um raio, pula e dá um puntapé na perna da Sofia. Ela gira o pé prum lado e ele berra.

O que que conteceu? eu pergunto.

Ele machucou o pé no prego inferrujado, Sofia fala.

Realmente, o sangue veio vazando pelo sapato dele.

A irmãzinha dele veio ver ele chorar. Ele fica mais e mais vermelho. Chama a mamãe dele.

Dona Millie veio correndo. Ela tem medo da Sofia. Toda vez que ela fala com Sofia parece que tá esperando o pior. Ela também nem chega muito perto. Quando ela tava uns poucos metro de onde a gente tava sentada, ela chamou Billy pra ir até lá.

Meu pé, ele fala pra ela.

Sofia fez isso? ela pergunta.

A minininha fala. Foi Billy mesmo que fez, ela falou. Ele tentou bater na perna da Sofia. A minininha é louca pela Sofia, sempre tá defendendo ela. Sofia nunca repara, ela é tão cega pra ela como é pro irmão dela.

Dona Millie olha pra ela, bota um braço ao redor do ombro de Billy e eles vão mancando de volta pra casa. A minininha vai atrás, dá té logo pra gente.

Ela parece uma minininha doce e boa, eu falo pra Sofia.

Quem? Ela franze a testa.

A minininha, eu falo. Como eles chamam ela, Eleanor Jane?

É, Sofia falou, com um olhar muito espantado mesmo, eu nem posso imaginar como foi que ela nasceu.

Bom, eu falei, as pretinha a gente bem que sabe como é que nascem.

Ela riu. Dona Celie, ela falou, você num é mais danada porque num pode.

Essa foi a primeira risada dela queu escutei em três ano.

Querido Deus,

Sofia faz até um cachorro rir contando os caso dessas pessoa da casa onde ela trabalha. Eles tem o displante de querer fazer a gente pensar que a escravidão acabou por nossa culpa. Que a gente num teve juízo bastante pra fazer ela durar. Sempre quebrando o cabo da inxada e deixando os animal solto nas roça. Mas como é que as coisa que eles fazem consegue durar um dia é que é um mistério pra mim. Eles são atrasado, ela fala. Desajeitado, e agourento.

O Prefeito ___ comprou um carro novo pra dona Millie, porque ela falou que já que os preto tinham carro então era mais do que devido ela ter um. Aí ele comprou um carro pra ela, só que ele num quis mostrar pra ela como guiar. Todo dia quando ele chega de volta pra casa ele olha pra ela, olha pela janela pro carro dela, fala, Você tá gostando, dona Millie? Ela pula do sofá furiosa, bate a porta e vai pro banheiro.

Ela num tem amigos.

Aí um dia ela falou pra mim, o carro tá parado aí no quintal há dois mês, Sofia, você sabe guiar? Eu acho que ela lembrou que a primeira vez que ela me viu eu tava no carro de Buster Broadnax.

Sim senhora, eu falei. Eu tava escravizada limpando aquele pilar enorme que eles têm no começo da escada. Eles são mesmo engraçado com esse pilar. Num pode ter nenhuma marca de dedo nele, nunca.

Você acha que dá conta de me ensinar? ela falou.

Uma das criança de Sofia aparece, o minino mais velho. Ele é alto e simpático, todo o tempo sério. E muito zangado.

Ele fala, Num fala escravizada, mamãe.

Sofia fala, Por que não? Eles me botam num porãozinho debaixo da casa, que é quase do tamanho da varandinha da Odessa, e quase tão frio no inverno. Eu fico às ordem deles o dia todo e a noite toda. Eles num deixam eu ver minhas criança. Eles num deixam eu ver nenhum homem. Bom, depois de cinco ano eles me deixam ver você uma vez por ano. Eu sou uma escrava, ela fala. Como você chamaria isso?

Uma cativa, ele fala.

Sofia continuou com a história dela, só olhou pra ele como se tivesse contente dele ser dela.

Aí eu falei, Sim senhora. Eu dou conta de ensinar, se é o mesmo tipo de carro queu aprendi.

A próxima coisa queu vi foi eu e dona Millie pra cima e pra baixo na estrada. Primeiro eu guiei e ela ficou olhando, aí ela começou a pelejar pra conseguir e eu olhando ela. Pra cima e pra baixo na estrada. Logo queu acabava de fazer o café da manhã, de botar a mesa, lavar os prato e limpar o chão — e antes de ir pegar as carta na caixa do correio lá embaixo na estrada — eu ia ensinar dona Millie a guiar.

Bom, depois de um tempo, ela pegou o jeito, mais ou menos. Depois ela aprendeu mesmo. Aí um dia quando a gente tava voltando pra casa depois de uma volta, ela falou pra mim, Eu vou guiando levar você até sua casa. Assim mesmo.

Minha casa? Eu perguntei.

É, ela falou. Sua casa. Faz tempo que você num vai pra casa nem vê suas criança, ela falou. Num vai ser bom?

Eu falei, Sim senhora. Faz cinco ano.

Ela falou, Isso é uma vergonha. Você vai lá pegar suas coisa, agora. É um presente de Natal, pronto. Vai pegar suas coisa. Você pode ficar o dia todo.

Pra ficar o dia todo eu num priciso de nada, só o que já tá comigo, eu falei.

Ótimo, ela falou. Ótimo. Bom, entra.

Bom, Sofia falou, eu tava tão custumada a sentar lá na frente ensinando ela a guiar queu muito naturalmente subi pro banco da frente.

Ela ficou parada do lado de fora do carro limpando a garganta.

Finalmente, ela falou, Sofia, com uma risadinha, Nós estamos *é* no Sul.

Sim senhora, eu falei.

Ela limpou a garganta, deu uma outra risadinha. Olha onde você tá sentada, ela falou.

Eu tô sentada onde sempre sentei, eu falei.

Mas é esse o problema, ela falou. Alguma vez você já viu uma pessoa branca e uma negra sentada lado a lado num carro, quando uma delas num tá ensinando a outra como guiar ou mostrando como limpar o carro?

Eu saí do carro, abri a porta de trás e entrei. Ela sentou na frente. A gente rodou pela estrada. O cabelo de dona Millie vuava com o vento.

É mesmo muito bunito esse lugar por aqui, ela falou, quando a gente chegou na estrada dos Marshall, vindo pra casa da Odessa.

Sim senhora, eu falei.

Aí a gente entrou no pátio e todas as criança vieram correndo ao redor do carro. Ninguém falou pra elas que eu tava vindo, e eles num sabiam quem eu era. Só os dois mais velho. Eles caíram encima de mim, e me abraçaram. E aí todos os piqueno também começaram a me abraçar. Eu acho que eles nem repararam queu tava sentada no banco de trás. Odessa e Jack apareceram depois queu já tinha saído, então, eu acho que eles também num viram.

A gente ficou lá abraçando e beijando um ao outro, a dona Millie só olhando. Finalmente, ela dibruçou na janela e falou, Sofia, você só tem o resto do dia. Eu venho buscar você às 5 horas. As criança tavam me puxando pra dentro da casa, aí meio assim por cima do ombro eu falei, Sim senhora, e eu acho que escutei ela indo embora.

Mas quinze minuto depois, Marion falou, Aquela madame branca inda tá lá fora.

Quem sabe ela vai esperar pra levar você de volta, Jack falou.

Quem sabe ela tá duente, Odessa falou. Você sempre fala que eles são tudo aduentado.

Eu fui lá fora no carro, Sofia falou, e imagina o que era? Era que ela só sabia ir pra frente no carro, e o pátio de Jack e Odessa é muito cheio de árvore e num dá.

Sofia, ela falou, como a gente faz essa coisa ir pra trás?

Eu dibrucei na janela e tentei mostrar pra ela de que jeito mexer a marcha. Mas ela ficou atrapalhada e todas as criança e Odessa e Jack, todo mundo tava ao redor da varanda vendo ela.

Eu dei a volta pro outro lado. Tentei explicar com minha cabeça infiada pela janela. Nessa altura ela já tava confundindo todas as marcha. Depois o nariz dela ficava cada vez mais vermelho e ela tava zangada e frustrada ao mesmo tempo.

Eu subi no banco de trás, me dibrucei no banco da frente, pelejando pra mostrar pra ela como fazer com a marcha. Nada conteceu. Finalmente o carro parou de fazer qualquer som. O motor morreu.

Num se preocupe, eu falei, Jack, o marido da Odessa, vai levar a senhora pra casa. Aquela lá é a perua dele.

Ah, ela falou, eu num posso andar numa perua com um preto desconhecido.

Eu vou pedir a Odessa pra ir também, eu falei. Isso me dava uma chance de passar um tempinho com as criança, eu pensei. Mas ela falou, Não, eu também num conheço ela.

Então acabou que eu e Jack fomo levando ela pra casa na perua dele, depois Jack me levou pra cidade pra conseguir um mecânico, e às 5 horas eu tava guiando o carro de dona Millie de volta pra casa dela.

Eu passei quinze minuto com minhas criança.

E ela ficou falando durante muitos mês como eu era malagradecida.

É um milagre como os branco conseguem afligir tanto a gente, Sofia falou.

Querido Deus,

A Shug escreveu que tinha uma grande surpresa que queria trazer no Natal.

O que será? a gente ficou imaginando.

Sinhô —— pensa que é um carro pra ele. Shug tá ganhando muito dinheiro agora, tá o tempo todo vistida de peles. Seda e cetim também, e chapéu dourado.

Na manhã do Natal a gente escutou esse motor lá fora. A gente correu pra olhar.

Oba oba, Sinhô —— falou vistindo suas calça. Ele correu pra porta. Eu fiquei parada na frente do espelho tentando fazer alguma coisa com meu cabelo. Ele tá curto dimais pra ficar preso, tá grande dimais pra ficar solto. Pixaim dimais pra ficar inrolado, inrolado dimais pra num ficar pixaim. Também tá sem nenhuma cor. Eu disisti, amarrei um lenço.

Corri pra porta. *Shug,* eu falei, e estiquei meus braço. Mas antes queu me desse conta um homem magro e dentuço usando suspensório vermelho tava na minha frente. Antes queu imagine quem diabos ele é, ele já tá me abraçando.

Dona Celie, ele falou. Ah, dona Celie. Eu escutei falar tanto de você. Parece que já somo velhos amigo.

Shug tá parada atrás com um sorriso enorme.

Esse é Grady, ela falou. Esse é o meu esposo.

No minuto que ela falou isso eu vi que num gostei do Grady. Eu num gostei do jeito dele, num gostei do dente dele, num gostei das roupa dele. Eu achei que ele cheirava.

A gente viajou de carro a noite toda, ela falou. Num tinha lugar pra parar, você sabe. Mas já tamo aqui. Ela chegou perto do Grady e botou os braço dela ao redor dele, olhou pra ele como se ele fosse bunito e ele baixou a cabeça e deu um beijo nela.

Eu dei uma olhada pra Sinhô ——. Ele parecia que o mundo tava acabado. Eu sei queu num tava parecendo melhor.

E esse é meu presente de casamento pra gente, a Shug falou.

O carro grande e azul iscuro e escrito Packard na frente. Novinho, ela falou. Ela olhou pro Sinhô ——, pegou o braço dele, deu um piqueno apertão. Enquanto a gente tiver aqui, Albert, ela falou, eu quero que você aprenda a guiar. Ela riu. O Grady guia como um louco, ela falou. Eu pensei que os polícia na certa fossem pegar a gente.

Finalmente Shug parece que me viu de verdade. Ela chegou perto de mim e me abraçou muito tempo. Nós duas somos senhoras casada agora, ela falou. Duas senhoras casada. E morrendo de fome, ela falou. O que que a gente vai comer?

Querido Deus,

Sinhô ⎯ bebeu o tempo todo no Natal. Ele e o Grady. Eu e Shug, a gente cuzinhou, conversou, limpou a casa, conversou, arrumou a mesa, conversou, acordou de manhã, conversou.

Ela tá cantando no país inteiro nesses dia. Todo mundo conhece o nome dela. Ela conhece todo mundo também. Conhece Sophie Tucker, conhece Duke Ellington, conhece gente queu nunca nem ouvi falar. E dinheiro. Ela ganha tanto dinheiro que num sabe o que fazer com ele. Ela tem uma casa linda em Memphis, outro carro. Ela tem cem vistidos bunitos. Um quarto cheio de sapato. Ela compra pro Grady tudo que ele acha que quer.

Onde você encontrou ele? eu perguntei.

Encima do meu carro, ela falou. O que tá lá em casa. Eu guiei o carro depois que o óleo acabou, o motor fundiu. Ele foi o homem que cunsertou. Foi amor a primeira vista, e pronto.

Sinhô ⎯ tá sofrendo, eu falei. Eu num falei de mim.

Ah, ela falou. Finalmente se acabou essa velha história. Você e o Albert tão como uma família agora. De qualquer jeito, depois que você me contou que ele batia em você e num trabalhava, eu comecei a sentir diferente a respeito dele. Se você fosse minha mulher, ela falou, eu cubria você de beijos invés de pancadas, e trabalhava duro procê.

Ele num tá mais batendo muito em mim desque você fez ele parar, eu falei. Só um tapa uma ou outra vez quando ele num tem mais nada pra fazer.

Vocês dois tão fazendo amor direito? ela perguntou.

A gente tá tentando, eu falei. Ele tenta brincar com o meu butão mas parece que o dedo dele fica duro. A gente num consegue muita coisa.

Você inda é virgem? ela perguntou.

Eu acho que sou. Eu falei.

Querido Deus,

Sinhô ___ e o Grady saíram junto no carro. Shug perguntou pra mim se ela pudia durmir comigo. Ela tá sentindo frio sozinha na cama dela e do Grady. A gente conversou sobre isso e aquilo. Logo a gente começou a conversar sobre fazer amor. Shug na verdade num fala fazer amor. Ela fala uma coisa indecente.Ela fala fuder.

Ela me perguntou, Como foi com o pai de suas criança?

As minina tinham um quartinho separado, eu falei, fora, ligado na casa por um curredorzinho de tábua. Ninguém nunca passava ali, só mamãe. Mas uma vez quando mamãe num tava em casa, ele veio. Falou pra mim que ele queria queu cortasse o cabelo dele. Ele pegou a tisoura e o pente e a escova e um banquinho. Enquanto eu cortava o cabelo dele ele olhava pra mim de um jeito engraçado. Ele tava um pouco nervoso também, mas eu num sabia porque, até que ele me agarrou e fez o que queria comigo entre as perna dele.

Eu fiquei quieta, escutando o respirar da Shug.

Dueu, você sabe, eu falei. Eu tava entrando nos quatorze. Eu nunca nem pensava que os homem tinham nada lá embaixo tão grande assim. Me dava medo até de olhar. E do jeito que ele mixia e crescia.

A Shug tava tão quieta queu pensei que ela tava durmindo.

Depois que ele acabou, eu falei, ele fez eu terminar de cortar o cabelo dele.

Eu dei uma olhadinha pra Shug.

Ah, dona Celie, ela falou. E botou os braço dela ao redor de mim. Eles são preto e macio e meio que brilham com a luz da lamparina.

Eu comecei a chorar. Eu chorei e chorei e chorei. Parece que tudo voltou pra mim, deitada lá nos braço da Shug. Como dueu e como eu fiquei assustada. Como ardia quando eu acabava de cortar o cabelo dele. Como o sangue descia por minha perna e sujava toda minha meia. Como ele nunca jamais olhou pra mim de frente depois disso. E a Nettie.

Num chora, Shug falou. Num chora. Ela começou a beijar as lágrima que ia descendo no meu rosto.

Depois de um tempo eu falei, Mamãe finalmente perguntou como ela achou cabelo dele no quarto das minina se ele nunca tinha entrado lá como ele falou. Foi aí que ele falou pra ela queu tinha um namorado. Um rapaz que ele viu isgueirando pela porta da cuzinha. É cabelo do rapaz, ele falou, num é meu. Você sabe como ela gosta de cortar o cabelo dos outro, ele falou.

Eu gosto mesmo de cortar cabelo, eu falei pra Shug, desde que eu era piquinininha. Eu corria pra pegar uma tisoura quando eu via um cabelo crescido, e cortava e cortava, tanto quanto eu pudia. Era por isso que era eu que cortava o cabelo dele. Mas antes eu sempre cortava na varanda da frente. E depois acontecia que toda vez queu via ele chegar com a tisoura e o pente e o banquinho, eu começava a chorar.

Shug falou, Sim senhora, e eu pensava que era só os branco que faziam coisas monstruosa assim.

Minha mamãe morreu, eu contei pra Shug. Minha irmã Nettie fugiu. Sinhô ___ veio e me levou pra cuidar das criança malcriada dele. Ele nunca me perguntou nada sobre mim. Ele trepa encima de mim e fode, fode, mesmo quando minha cabeça tá enfaixada. Nunca ninguém gostou de mim, eu falei.

Ela falou, eu gosto de você, dona Celie. E aí ela virou e me beijou na boca.

Uhm, ela falou, como se tivesse ficado surpresa. Eu beijei ela de volta, falei, *uhm*, também. A gente beijou e beijou até que a gente já num conseguia beijar mais. Aí a gente tocou uma na outra.

Eu num sei nada sobre isso, eu falei pra Shug.

Eu também num sei muita coisa, ela falou.

Aí eu senti uma coisa muito macia e molhada no meu peito, senti como a boca de um dos meu nenê perdido.

Um pouco depois, era eu que era também como um nenê perdido.

Querido Deus,

O Grady e Sinhô ___ voltaram cambaleando em plena luz do dia. Eu e a Shug durmindo que nem pedra. A costa dela virada pra mim, meus braço ao redor da cintura dela. Como era? Era quase igual durmir com mamãe, só queu num consigo lembrar de nunca ter durmido com ela. Era quase igual durmir com a Nettie, só que durmir com a Nettie nunca era assim tão bom. Era quente e macio, e eu senti os peito grande da Shug meio caindo encima do meu braço como espuma. Parecia como o céu deve ser parecido, num era de jeito nenhum igual durmir com Sinhô ___.

Acorda Shug, eu falei. Eles tão de volta. E Shug virou, me abraçou e saiu da cama. Ela foi cambaleando pro outro quarto e caiu na cama com o Grady. Sinhô ___ caiu na cama perto de mim, bêbado e roncando antes mesmo de puxar as cuberta.

Eu tentei muito gostar do Grady, mesmo ele usando suspensório vermelho e gravata de laço. Mesmo ele gastando o dinheiro da Shug como se fosse dele. Mesmo ele tentando falar como alguém do Norte. Memphis, Tennessee, num é o norte, até eu sei disso. Mas uma coisa eu num posso mesmo aguentar, o jeito como ele chama a Shug de mãezinha.

Eu num sou a puta da sua mãe, ela fala. Mas ele num presta tenção.

Feito quando ele fica fazendo olho mole pra cima da Tampinha e Shug meio que se chateia com ele por causa disso, ele fala, Ah, mãezinha, você sabe que num é por mal.

Shug também gosta da Tampinha, tenta ajudar ela a cantar. Elas sentam na varanda da Odessa com todas as criança em volta delas cantando e cantando. Tem vez que o Swain vem com a caixa dele, Harpo cuzinha o jantar, e eu e Sinhô ___ e o campeão ficamo apreciando.

É bunito.

Shug fala pra Tampinha, quer dizer, Mary Agnes. Você divia cantar em público.

Mary Agnes fala, *Nãããoo*. Ela acha que por que num canta forte e cheio como a Shug ninguém vai querer escutar ela. Mas Shug diz que ela tá errada.

E o que você diz de todas essas vozes engraçada que a gente escuta cantando na igreja? Shug fala. E todos esses som que são bunito mas num são os som que a gente pensa que as pessoa vão fazer? E então? Aí ela começou a gemer. Parecia a morte chegando, os anjo num conseguindo impedir. Levantava o cabelo da nuca da gente. Mas era um som que parecia como se fosse as pantera se elas pudessem cantar.

Eu até vou dizer mais, a Shug falou pra Mary Agnes, escutando você cantar as pessoa ficam pensando numa boa foda.

Ah, dona Shug, Mary Agnes falou, mudando de cor.

Shug falou, Quê, muito envergonhada pra botar música e dança e foda junto? Ela riu. É por isso que eles chamam o que nós cantamo de música do diabo. O diabo adora fuder. Escuta, ela falou, vamo cantar uma noite no bar do Harpo. Vai ser como nos velho tempo pra mim. E se eu apresento você pra turma, eles vão escutar com respeito. Os negro num sabem como agir, mas se você consegue chegar até a primeira metade de uma música, eles ficam com você.

Você acha mesmo que é verdade? Mary Agnes falou. Ela tava toda surpresa e deliciada.

Eu num sei se quero que ela cante, Harpo falou.

Como? Shug falou. Aquela mulher que você agora botou lá cantando inda num tirou a bunda da igreja. As pessoas num sabem se devem dançar ou ajuelhar nos banco pra rezar. Depois, você veste Mary Agnes do jeito que deve ser e você vai fazer rios de dinheiro. Sarará como ela é, cabelo arrumado e olhos nublado, os homem vão ficar louco com ela. Num é verdade, Grady, ela falou.

Grady parecia sem graça. Riu. Mãezinha, você num deixa passar nada, ele falou.

E você num se esqueça disso, Shug falou.

Querido Deus,

Essa é a carta que eu tô sigurando na minha mão.

Querida Celie,

Eu sei que você acha que eu estou morta. Mas eu não estou. Eu escrevi para você também, todos esses anos, mas Albert disse que você nunca ouviria falar de mim outra vez e já que eu nunca recebi uma resposta sua todo esse tempo, eu acho que ele estava falando sério. Agora eu só escrevo no Natal e na Páscoa esperando que minha carta fique perdida entre os cartões do Natal e da Páscoa, ou que Albert sinta o espírito das festas e fique com pena de nós.

Há tanta coisa para contar para você que eu não sei, realmente, por onde começar. E provavelmente você também não vai receber esta carta. Tenho certeza que Albert ainda é o único que tira as cartas da caixa do correio.

Mas se esta conseguir passar, uma coisa eu quero que você saiba, eu amo você e não estou morta. E Olivia está ótima e também o seu filho.

Nós todos vamos voltar para casa antes do fim de outro ano.

Sua irmã que ama você,

Nettie

Uma noite na cama a Shug me pediu pra contar pra ela como era a Nettie. Com quem ela parecia? Onde ela estava?

Eu contei pra ela como Sinhô ⎯ tentou virar a cabeça dela. Como Nettie recusou ele, e como ele falou que a Nettie tinha que ir embora.

Pra onde ela foi? ela perguntou.

Eu num sei, eu falei. Ela saiu daqui.

E até hoje nenhuma palavra dela? ela perguntou.

Não, eu falei. Todo dia quando Sinhô ⎯ vai buscar as carta na caixa do correio eu fico esperando notícia. Mas num chega nada. Ela tá morta, eu falei.

Ela falou, Será que ela num tá num lugar que tem um selo engraçado, você acha? Ela parecia que tava matutando. Falou. Quando o Albert e eu vamo lá na caixa do correio tem vez que tem uma carta lá com um monte de selo engraçado. Ele nunca fala nada sobre isso, só bota a carta dentro do bolso. Uma vez eu pedi pra ver os selo mas ele falou que me dava mais tarde. Mas nunca deu.

Ela tava querendo ir pra cidade, eu falei. Os selo de lá parecem os mesmo selo daqui. Homem branco com cabelo branco cumprido.

Hum, ela falou, parece que um era uma mulherzinha gorda. Como era sua irmã Nettie? ela perguntou, Esperta?

Sim, Nossa, eu falei. Esperta como ninguém. Lia os jornais quando mal conseguia falar. Fazia desenho como se fosse nada. Falava muito direitinho também. E era meiga. Nunca houve uma minina mais meiga que ela, eu falei. Os olho tavam cheio de doçura. Ela gostava de mim também, eu falei pra Shug.

Ela é alta ou baixa? Shug perguntou. Que tipo de vistido ela gosta de usar? Quando é o aniversário dela? Qual é a cor favorita dela? Ela sabe cuzinhar? Custurar? E o cabelo dela?

Ela queria saber tudo sobre a Nettie.

Eu falei tanto que minha voz começou a sumir. Por que você quer saber tanta coisa sobre a Nettie? eu perguntei.

Porque ela é a única pessoa que você já amou, ela falou, além de mim.

Querido Deus,

De repente Shug ficou outra vez unha e carne com Sinhô ___. Eles ficam sentado na escada, vão lá no Harpo's. Andam até a caixa do correio.

Shug ri e ri quando ele fala alguma coisa. Mostra todos os dente e os peito.

Eu e o Grady, a gente tenta levar a coisa como civilizado. Mas é duro. Quando eu escutava Shug rir eu queria ir lá e sufocar ela, dar um tapa na cara do Sinhô ___.

Toda essa semana eu sofri. Grady e eu ficamo tão na pior que ele foi pra maconha, eu fui pras oração.

Sábado de manhã Shug botou a carta da Nettie no meu colo. A rainha gordinha da Inglaterra tava num selo, depois mais selo com amendoim, palmeira, seringueira e dizia África. Eu num sei onde é a Inglaterra. Também num sei onde é a África. Por isso, eu ainda num sei onde a Nettie tá.

Ele tava escondendo suas carta, Shug falou.

Não, eu falei. Tem vez que Sinhô ___ é ruim, mas ele num é tão ruim assim.

Ela falou, Hum, ele é tão ruim sim.

Mas como ele fez isso? eu perguntei. Ele sabe que a Nettie é tudo no mundo pra mim.

Shug falou que ela num sabia, mas que a gente ia discobrir.

A gente fechou o envelope de novo e botou de volta no bolso do Sinhô ___.

Ele andou com ela o dia inteiro no paletó. Ele num falou uma palavra. Só conversou e riu com Grady, Harpo e Swain, e tentou aprender a guiar o carro da Shug.

Eu olhei ele bem, eu comecei a sentir um raio na cabeça. Antes queu me desse conta eu tava parada atrás da cadeira dele com a navalha aberta.

Então eu escutei Shug rir como se uma coisa fosse muito engraçada. Ela falou pra mim, eu sei queu disse procê queu pricisava de uma coisa pra cortar esse cachinho, mas o Albert fica todo implicante com essa navalha.

Sinhô ⸺ olhou pras costa dele. Larga isso, ele falou. Mulher, sempre querendo cortar isso e barbear aquilo, e sempre emporcalhando a navalha.

Shug agora pega a navalha. Ela fala, Ah, ela parece cega mesmo. E bota ela de volta na caixa de barbear.

Durante todo o dia eu agi como a Sofia. Eu gaguejei. Eu resmunguei sozinha. Eu vaguei pela casa louca pelo sangue do Sinhô ⸺. Na minha cabeça, ele caía morto de todo jeito. Quando a noite chegou, eu num podia falar. Toda vez queu abria minha boca, só saía um arroto fraquinho.

Shug falou pra todo mundo queu tava com febre e ela me levou pra cama. É bem capaz de ser febre que pega, ela falou pra Sinhô ⸺. É melhor você ir durmir em outro lugar. Mas ela ficou comigo a noite toda. Eu num durmi. Eu num chorei. Eu num fiz nada. Eu tava fria também. Logo eu pensei quem sabe eu tô morta.

Shug me segurou bem junto dela e às vez ela falava.

Uma das coisa que minha mãe detestava em mim era queu adoro fuder, ela falou. Ela nunca gostou de fazer nada que tivesse coisa alguma a ver com tocar nas pessoa, ela falou. Eu tentava beijar ela, ela virava a cara. Falava, Para com isso Lillie, ela falou. Lillie é o nome verdadeiro da Shug. É que ela é tão doce que as pessoas chamam ela de Shug.[1]

Meu pai gostava queu beijasse e abraçasse ele, mas ela num gostava de ver. Então quando eu encontrei o Albert, e quando eu me vi nos braço dele, ninguém conseguia me tirar dali. Era bom também, ela falou. Você sabe, pra mim ter três criança com o Albert, e Albert sendo fraco como ele é, tinha que ser muito bom.

Eu também tive todos os meus filho em casa. A parteira vinha, o padre vinha, um punhado das carola da igreja. É que quando tava

---

1 Shug: diminutivo de *suggar*, em português, "açúcar". (*N. da E.*)

duendo tanto queu num sabia nem meu nome, eles achavam que era uma boa hora pra falar em arrependimento.

Ela riu. Eu era teimosa dimais pra me arrepender. Então ela falou, Eu amava um outro Albert ___.

Eu num queria dizer nada. Onde eu tava tava em paz. Tava calmo. Num havia Albert. Nem Shug. Nada.

Shug falou, O último nenê foi a gota. Eles me botaram pra fora. Eu fui viver com a irmã louca da minha mãe em Memphis. Ela era igualzinha a mim, mamãe falava. Ela bebia, ela brigava, ela era doida por homem. Ela trabalhava num bar de estrada. Cuzinhava. Dava comida pra cinquenta homem, trepava com cinquenta e cinco.

Shug falava e falava.

E a gente dançava, ela falou. Ninguém dançava como o Albert quando ele era jovem. Às vez a gente dançava durante horas. Depois disso, num havia nada a fazer sinão ir pralgum lugar e fuder. E ele era engraçado. Albert era tão *engraçado*. Ele me matava de rir. Como é que ele já num é mais engraçado? ela perguntou. Como é que agora ele quase nem ri? Como é que ele num dança? ela falou. Por Deus, Celie, ela falou, O que aconteceu com o homem queu amava?

Ela ficou quieta um pouco. Depois ela falou, Eu fiquei tão surpresa quando fiquei sabendo que ele ia casar com Annie Julia, ela falou. Surpresa dimais pra sofrer. Eu num acreditei. Afinal, Albert sabia tanto quanto eu que o amor tinha que ser dimais pra ser melhor que o nosso. A gente tinha o tipo de amor que num dava pra melhorar. Isso era o queu pensava.

Mas, ele é fraco, ela falou. O pai dele disse queu era um lixo, que minha mãe já era um lixo antes de mim. O irmão dele disse a mesma coisa. Albert tentou defender a gente, mas perdeu. Uma razão que eles deram pra ele num casar comigo era porque eu já tinha filho.

Mas são filhos *dele*, eu falei pro velho pai do Sinhô ___.

Como é que a gente vai saber? Ele perguntou.

Pobre Annie Julia, Shug falou. Ela nunca teve uma chance. Eu era tão má, e tão louca, meu Deus. Eu costumava sair dizendo, Eu num me importo se ele tá casado, eu vou fuder com ele. Ela parou de falar um minuto. Aí ela falou, E eu fudi mesmo. A gente fudeu tanto e de um jeito tão discarado!

Mas ele trepava com a Annie Julia também, ela falou, e ela num tinha nada, nem mesmo um carinho por ele. A família dela se esqueceu dela assim que ela casou. E aí o Harpo e todas as criança começaram a chegar. Finalmente ela começou a durmir com aquele homem que matou ela. Albert batia nela. As criança montavam nela. Tem vez queu fico imaginando o que será que ela pensou quando tava morrendo.

Eu sei o queu tô pensando, eu penso. Nada. E cada vez mais nada se eu conseguir.

Eu fui à escola com Annie Julia, Shug falou. Ela era bunita, poxa. Preta como ninguém e a pele macia, macia. Olhos preto enorme, como lua. E meiga também. Diabos. Shug falou, eu gostava dela. Por que eu fiz ela sofrer tanto? Eu costumava fazer o Albert ficar fora de casa mais de uma semana às vez. Ela vinha e implorava dinheiro pra ele pra comprar cumida pras criança.

Eu senti umas gotinha de água na minha mão.

E quando eu cheguei aqui, Shug falou, eu tratei você tão mal. Como se você fosse uma impregada. E tudo porque o Albert tinha casado com você. E eu nem mesmo queria ele como esposo, ela falou. Eu na verdade nunca quis Albert como esposo. Só queria que ele me escolhesse, você sabe, porque a Natureza já tinha escolhido. A Natureza falou, Vocês dois aí, juntem-se, porque vocês são um bom exemplo de como deve ser. Eu num queria que nada fosse capaz de ir contra isso. Mas o que era bom entre a gente num deve ter sido nada a num ser corpo, ela falou. Porque eu num conheço o Albert que num dança, que mal pode rir, que nunca conversa sobre nada, que bate em você e esconde as carta da sua irmã Nettie. Quem é ele?

Eu num sei de nada, eu pensei. E fico contente por num saber.

Querido Deus,

Agora queu sei que o Albert tá escondendo as carta da Nettie, eu sei o lugar exato onde elas tão. Tão no baú dele. Tudo que é importante de algum jeito pro Albert vai pro baú dele. Ele fica sempre bem fechado, mas a Shug pode conseguir pegar a chave.

Uma noite quando Sinhô ___ e o Grady saíram, a gente abriu o baú. A gente encontrou uma porção das roupa de baixo da Shug, uns cartão com fotografia indecente, e lá no fundo, bem debaixo do fumo dele, as carta da Nettie. Muitas e muitas. Algumas gordinha, outras fina. Algumas aberta, outras não.

Como é que a gente vai fazer? eu perguntei pra Shug.

Ela falou. É simples. Nós tiramo as carta dos envelope, deixamo os envelope do jeitinho que eles tão. Eu num acho que ele olha muito essas coisa no fundo do baú, ela falou.

Eu esquentei o fugão, botei a chaleira. A gente foi botando os envelope no vapor até que todas as carta tavam lá encima da mesa. Aí a gente botou os envelope de volta no fundo do baú.

Eu vou botar elas em ordem pra você, Shug falou.

É, eu falei, mas num vamo fazer isso aqui, vamos lá pro quarto seu e do Grady.

Aí ela levantou e a gente foi pro quartinho deles. Shug sentou numa cadeira perto da cama com todas as carta da Nettie espalhada em volta, eu sentei na cama com os travesseiro nas minha costa.

Essas são as primeira, Shug falou. As data tão bem aí.

Querida Celie, diz a primeira carta,

Você tem que lutar e se livrar do Albert. Ele não presta.

Quando eu deixei vocês todos na casa, fui andando, e ele me seguiu de cavalo. Quando a gente tava bem fora da vista da casa ele me alcançou e começou a tentar conversar. Você sabe como ele faz, você está realmente bonita, Nettie, e coisa assim. Eu tentei fazer de conta que nem tava ouvindo ele, andando cada vez mais depressa, mas meus pacotes pesavam e o sol tava quente. Depois de um tempo, eu tive que descansar e foi aí que ele desceu do cavalo e começou a tentar me beijar e me arrastar pro mato.

Bem, eu comecei a lutar contra ele, e com a ajuda de Deus, eu machuquei ele bastante pra que me deixasse em paz. Mas ele tava muito enfezado. Ele falou que por causa do que eu tinha feito eu jamais receberia notícias suas, e você nunca receberia notícias de mim.

Eu tava tão furiosa, eu mesma, que tremia.

Mesmo assim, eu consegui pegar uma carona pra cidade na carroça de alguém. E esse mesmo alguém me mostrou o caminho pra casa do Reverendo ____. E qual não foi minha surpresa quando uma menininha abriu a porta e ela tinha os seus olhos e a sua cara.

Com amor,

Nettie

A próxima dizia,

Querida Celie,

Eu fico pensando que ainda é cedo demais pra esperar uma carta sua. Eu sei o tanto que você está ocupada com todas essas crianças do Sinhô __. Mas eu tenho tantas saudades de você. Por favor me escreva assim que você tiver uma chance. Todo dia eu penso em você. Cada minuto.

A senhora que você conheceu na cidade se chama Corrine. A menininha se chama Olivia. O marido é Samuel. O nome do menino é Adam. Eles são religiosos praticantes e me tratam muito bem. Vivem numa boa casa ao lado da igreja onde o Samuel prega, e nós passamos muitas horas cuidando das coisas da igreja. Eu digo "nós" porque eles sempre procuram me incluir em tudo que fazem, assim eu não me sinto tão à parte e sozinha.

Mas, meu Deus, Celie, como sinto sua falta! Eu penso naquela vez que você se entregou por mim. Eu amo você com todo o meu coração.

Sua irmã,

Nettie

A próxima dizia,

Minha querida Celie,

Nestas alturas eu estou quase louca. Eu acho que o Albert me falou a verdade, e que ele não está dando minhas cartas pra você. A única pessoa que me vem à cabeça que poderia nos ajudar seria o Pai, mas eu não quero que ele saiba onde estou.

Eu pedi pro Samuel fazer uma visita pra você e o Sinhô ___, só para ver como você está. Mas ele diz que não pode arriscar a se colocar entre marido e mulher, mais ainda quando ele nem os conhece. E eu me senti mal por ter tido que pedir pra ele porque ele e a Corrine têm sido muito bons para mim. Mas meu coração está partindo. Está partindo porque eu não consigo achar emprego nesta cidade, e vou ter que ir embora. Depois que eu for embora, o que vai acontecer conosco? Como vamos conseguir saber o que está acontecendo?

A Corrine, o Samuel e as crianças fazem parte de um grupo de pessoas chamadas Missionários, da Sociedade Missionária Africana e Americana. Eles assistiram os índios no Oeste e estão assistindo os pobres desta cidade. Tudo em preparação para o trabalho para o qual eles acreditam que nasceram, o de missionários na África.

Eu tenho medo de me separar deles porque no pouco tempo que ficamos juntos eles foram que nem uma família pra mim. Quer dizer, como uma família deveria ser.

Escreva se puder. Aqui estão alguns selos.

Com amor,

Nettie

A próxima, gordinha, datada de seis meses depois, dizia,

Querida Celie,

No navio que vinha para a África, quase todo dia eu escrevi uma carta para você, mas, quando atracamos finalmente, eu estava tão desanimada, eu rasguei tudo em pedacinhos e deixei cair na água. O Albert não vai mesmo deixar você ler minhas cartas, então que adianta escrever. Era assim que eu estava me sentindo quando rasguei elas todas e mandei para você pelas ondas do mar. Mas agora eu estou sentindo diferente.

Eu me lembro de certa vez quando você me contou que sua vida deixava você tão envergonhada que nem com Deus você conseguia falar a respeito, você tinha que escrever, apesar de achar que você escrevia muito mal. Bem, agora eu entendo o que você quis dizer. E independente de se Deus lê cartas ou não, eu sei que você vai continuar escrevendo, o que é inspiração suficiente para mim. De qualquer forma, quando não escrevo para você, eu me sinto tão mal como quando não rezo, trancada dentro de mim mesma, meu próprio coração me sufocando. Estou me sentindo tão sozinha, Celie.

Acabei vindo para a África porque uma das missionárias que era para ter acompanhado a Corrine e o Samuel para ajudar com as crianças e a organização da escola de repente casou-se com um homem que ficou com medo de deixar que ela viesse e também se recusou a acompanhá-la. Então aí estavam eles, todos prontos para viajar, com um bilhete de repente sobrando e nenhum missionário a quem dá-lo. Ao mesmo tempo, eu não conseguia achar um emprego em lugar nenhum na cidade. Mas eu nunca nem sonhei em ir para a África! Eu nem sequer a considerava como um lugar real, apesar do Samuel e da Corrine e os meninos falarem todo o tempo a respeito.

A dona Beasley costumava dizer que era um lugar cheio de bárbaros que não usavam roupas. Até mesmo a Corrine e o Samuel pensavam assim às vezes. Mas eles sabiam bem mais sobre o assunto do que a dona Beasley ou qualquer um de nossos outros professores, e, além do mais, eles falavam de todas as coisas boas que poderiam fazer para esse povo tão sofrido de quem eles próprios eram descendentes. Um povo precisando de Cristo e de bons conselhos médicos.

Um dia eu estava na cidade com a Corrine e vimos a mulher do prefeito e sua empregada. A mulher do prefeito estava fazendo compras — entrando e saindo das lojas — enquanto sua empregada esperava por ela e carregava seus pacotes. Eu não sei se você viu alguma vez a mulher do prefeito. Ela parece um gato molhado. E aí estava essa empregada com jeito de ser a última pessoa no mundo que alguém podia imaginar servindo alguém, e especialmente alguém como essa mulher.

Eu falei com ela. E parece que só o fato de eu falar com ela a deixou envergonhada e de repente foi como se ela tivesse se apagado por dentro. Foi uma coisa tão estranha, Celie! Um minuto eu estava cumprimentando uma mulher viva. No outro minuto não tinha mais nada vivo. Só sua forma.

Durante toda a noite eu pensei naquilo. Depois Samuel e Corrine me contaram o que eles ouviram falar sobre como ela se tornou a empregada do prefeito. Que ela tinha atacado o prefeito, e que o prefeito e sua mulher tiraram ela da prisão para trabalhar na casa deles.

Na manhã seguinte eu comecei a fazer perguntas sobre a África e a ler todos os livros do Samuel e da Corrine sobre o assunto.

Você sabia que existiam grandes cidades na África maiores que Milledgeville e até Atlanta, milhares de anos atrás? Que os egípcios que construíram as pirâmides e escravizaram os israelitas eram pretos? Que a Etiópia sobre a qual nós lemos na Bíblia era antigamente a África toda?

Pois eu li e li até que achei que meus olhos iam cair. Eu li que os africanos nos venderam porque gostavam mais do dinheiro do que dos próprios irmãos e irmãs. Como viemos para a América em navios. Como fomos obrigados a trabalhar.

Eu nunca tinha percebido o tanto que eu era ignorante, Celie. O pouco que eu sabia sobre mim mesma não teria dado nem para encher um dedal! E imagine que a dona Beasley sempre dizia que eu era a criança mais inteligente que ela já tinha ensinado! Mas eu agradeço a ela por uma coisa em particular que ela me ensinou, me mostrando como aprender por mim mesma, lendo e estudando e escrevendo claramente. E por ter mantido dentro de mim de alguma forma vivo o desejo de saber. Então quando o Samuel e a Corrine perguntaram se eu iria com eles ajudá-los a montar uma escola no meio da África, eu disse que sim. Mas só se eles me ensinassem tudo que sabiam para que eu fosse útil como missionária e para que eles não tivessem vergonha de me ter como amiga. Eles concordaram com esta condição, e a minha verdadeira educação começou aí.

Eles têm sido ótimos comigo e também cumpriram com sua palavra. E eu estudo todo dia e noite.

Ah, Celie, neste mundo tem pessoas pretas que querem que a gente aprenda! Querem que a gente enxergue as coisas com clareza! Nem todos são maus que nem papai e o Albert ou esmagados que nem mamãe. A Corrine e o Samuel têm um casamento maravilhoso. A única tristeza deles no início foi não poder ter filhos. E aí, eles falam, "Deus" enviou Olivia e Adam para eles.

Eu queria dizer, "Deus" enviou também a irmã e a tia deles, mas não falei. Sim, Celie, os filhos que "Deus" enviou para eles são os seus filhos. E eles estão sendo criados com muito amor, caridade cristã e consciência de Deus. E agora "Deus" me enviou aqui para olhá-los, protegê-los e amá-los. Cobri-los com todo o amor que eu sinto por você. É um milagre, não é? E sem dúvida impossível para você acreditar.

Mas por outro lado, se você pode acreditar que estou na África, como estou, você pode acreditar em qualquer outra coisa.

Sua irmã,

Nettie

A próxima depois dessa dizia,

Querida Celie,

Quando nós estávamos na cidade, a Corrine comprou tecido para fazer para mim dois conjuntos para viajar. Um verde-oliva e o outro cinza. Saias godês compridas e jaquetinhas para serem usadas com blusas brancas de algodão e botas com laços. Ela também comprou para mim um chapeuzinho de palha com fita xadrez.

Apesar de trabalhar para a Corrine e o Samuel e cuidar das crianças, eu não me sinto como uma empregada. Acho que é porque eles me ensinam, eu ensino as crianças e não têm começo nem fim o ensino, a aprendizagem e o trabalho — tudo acaba juntando.

Despedir de nosso grupo de igreja foi duro. Mas feliz também. Todos têm tantas esperanças sobre o que pode ser feito na África! Sobre o púlpito tem um ditado: "Etiópia estenderá suas mãos para Deus." Pense no que significa a Etiópia ser a África! Todos os etíopes da Bíblia eram pretos. Isto nunca tinha me passado pela cabeça, se bem que quando a gente lê a Bíblia isso fica perfeitamente claro se a gente prestar atenção só nas palavras. São os desenhos na Bíblia que enganam. Os desenhos que ilustram as palavras. Neles, todas as pessoas são brancas e por isso você pensa que todos os personagens da Bíblia também são brancos. Mas os verdadeiros brancos viviam num outro lugar naquela época. É por isso que a Bíblia fala que o cabelo de Jesus Cristo era que nem lã de cordeiro. Lã de cordeiro não é lisa, Celie. Não é nem anelada.

O que posso contar para você de Nova York — ou mesmo do trem que nos levou até lá! Tivemos que viajar na seção do trem onde só havia bancos, mas Celie, tem camas no trem! E restaurante! E banheiros! As camas descem das paredes, por cima dos bancos e são chamadas de leitos. Somente os brancos podem viajar de leito e usar o restaurante. E os banheiros deles também são diferentes dos banheiros que os pretos usam.

Um homem branco que estava na plataforma na Carolina do Sul nos perguntou para onde íamos — nós tínhamos descido do trem para tomar um pouco de ar e tirar a poeira encardida da nossa roupa. Quando dissemos que íamos para a África, ele ficou ofendido e divertido ao mesmo tempo. Crioulos indo para a África, ele disse para a mulher. Agora eu já vi de tudo!

Quando chegamos a Nova York, nós estávamos cansados e sujos. Mas tão animados! Escuta, Celie, Nova York é uma cidade linda. *E os negros têm um bairro inteiro só deles chamado Harlem. Tem mais negro andando de carro de luxo do que eu poderia imaginar existir e morando em casas mais bonitas que qualquer branco da nossa cidade. Tem mais de cem igrejas! E nós visitamos todas elas. E eu fiquei de pé diante de cada congregação junto com a Corrine, o Samuel e as crianças e às vezes ficamos de boca aberta perante a generosidade e a bondade que vinham dos corações dessa gente do Harlem. Eles vivem com tanta dignidade e beleza, Celie. E eles dão e dão e vão mais fundo ainda para dar até mais quando é mencionado "ÁFRICA".*

Eles amam a África. Eles a defendem a qualquer instante! E, se tivéssemos passado o nosso chapéu, não teria tido chapéu suficientemente grande para caber todas as doações que fizeram para a nossa causa. Até mesmo as crianças vinham com as suas moedinhas. Favor dar isso às crianças africanas, elas diziam. Elas estavam tão bem-vestidas também, Celie. Como eu gostaria que você pudesse ver essas criancinhas! A moda no Harlem atualmente é os rapazinhos usarem uma coisa chamada "bombacha" — uma espécie de calça bem frouxa e larga na perna, mas apertada logo abaixo dos joelhos — e as meninas usam guirlandas de flores na cabeça.

Elas devem ser as crianças mais bonitas da terra, e a Olivia e o Adam não conseguiam despregar os olhos de cima delas.

E tinha os jantares, os almoços, os cafés da manhã e os lanches para os quais fomos convidados. Eu engordei dois quilos só de provar tanta coisa. Eu estava excitada demais para comer de verdade.

E todo mundo tem banheiro dentro de casa, Celie. E luzes, ou elétricas ou de gás.

Bem, estudamos durante duas semanas o dialeto Olinka, que é a língua do povo desta região. Depois nós fomos examinados por um médico (negro!) e a Sociedade Missionária de Nova York deu remédios tanto para nós como para a aldeia africana que ia nos hospedar. Ela é administrada por pessoas brancas e eles nada disseram sobre se importam ou não com a África, mas apenas que estão cumprindo com seu dever. Já tem uma missionária branca vivendo não muito longe da nossa aldeia. Ela já está na África há vinte anos.

Dizem que os nativos querem muito bem a ela, apesar dela os considerar uma espécie completamente diferente daqueles que ela chama de europeus. Os europeus são brancos que vivem num lugar chamado Europa. Foi de lá que vieram os brancos da nossa cidade, Celie. Essa mulher diz que tanto uma margarida africana como uma margarida inglesa são flores, mas de espécies totalmente diferentes. O homem da Sociedade diz que ela faz sucesso porque ela não "mima" seus tutelados. Ela também fala a língua deles. Ele é um homem branco que nos olha com o jeito de quem acha que nós nunca conseguiremos nos dar tão bem com os africanos quanto essa mulher.

Fiquei meio de moral baixa após sair da Sociedade. Em cada parede tinha a fotografia de um homem branco. Um fulano chamado Speke, um outro chamado Livingstone. Outro chamado Daly. Ou era Stanley? Procurei pela fotografia da mulher branca, mas não achei nenhuma. O Samuel também estava com um jeito meio triste, mas logo ele se animou um pouco e nos lembrou que temos uma grande vantagem. Nós não somos brancos. Não somos europeus. Somos pretos que nem os africanos. E nós e os africanos estaremos trabalhando juntos por um objetivo comum: uma vida melhor para os negros do mundo todo.

Sua irmã,

Nettie

Querida Celie,

O Samuel é um homem grande. Ele quase sempre se veste de preto, com exceção do colarinho clerical. E ele é preto mesmo. Até você ver os olhos dele, você fica com a impressão de que ele é um homem muito sério, até mesmo mau, mas ele tem os olhos castanhos mais pensativos e meigos que eu já vi. As coisas que ele fala tranquilizam você porque ele nunca fala sem pensar e nunca tenta desanimar você ou ferir. A Corrine é uma mulher de sorte por tê-lo como marido.

Mas deixe eu contar sobre o navio! O navio, chamado A Málaga, tinha três andares de altura! E nós tínhamos quartos (chamados cabines) com camas. Ah, Celie, deitar numa cama no meio do oceano! E o oceano! Celie, mais água num só lugar do que você pode imaginar. Levamos duas semanas para atravessá-lo! E aí chegamos à Inglaterra, que é um país cheio de gente branca, e alguns deles são muito gentis e têm sua própria Sociedade Antiescravista e Missionária. As igrejas inglesas também estavam muito interessadas em nos ajudar, e homens e mulheres brancos, que se parecem exatamente com aqueles da nossa cidade, nos convidaram para suas reuniões e para tomar chá em suas casas, para falar sobre nosso trabalho. Para os ingleses, o "chá" é na verdade um piquenique dentro de casa, cheio de sanduíches e bolachas e chá quente, é claro. Todos nós usamos os mesmos copos e pratos.

Todos me acharam muito jovem para ser missionária, mas o Samuel disse que tenho muita boa vontade, e, de qualquer forma, meus deveres principais seriam os de cuidar das crianças e dar uma ou outra aula no jardim da infância.

Na Inglaterra o nosso trabalho começou a ficar mais claro, pois há mais de cem anos os ingleses estão enviando missionários para a África, a Índia e a China e sabe Deus aonde mais. E as coisas que eles trazem de volta! Nós passamos uma manhã num dos museus deles e estava cheio de joias, móveis, tapetes de pele, espadas, roupas e até mesmo túmulos dos países por onde passaram. Da África eles têm milhares de vasos, jarras, máscaras, vasilhas, cestas, estátuas — e é tudo tão lindo que é difícil acreditar que as pessoas que fizeram tudo isso não existem mais. Mas os ingleses nos garantem que eles já não existem. Apesar de ter havido uma época quando a civilização africana superava a da Europa (claro que não foram os ingleses que disseram isto; eu aprendi lendo um homem chamado J. A. Rogers), há vários séculos já que eles estão passando por tempos difíceis. "Tempos difíceis" é uma expressão que os ingleses adoram usar quando falam da África. E é fácil eles esquecerem que os "tempos difíceis" da África ficaram mais difíceis ainda por causa deles mesmos. Milhões e milhões de africanos foram capturados e vendidos como escravos — você e eu, Celie! E cidades inteiras foram destruídas durante as guerras de caça aos escravos. Hoje o povo da África — tendo perdido na morte ou vendido como escravos seus membros mais fortes — é um povo enfraquecido por doenças e mergulhado na confusão espiritual e física. Eles acreditam no diabo e veneram os mortos. E não sabem ler nem escrever.

Por que eles nos venderam? Como é que eles puderam fazer isso? E por que será que nós ainda assim os amamos? Estes eram os meus pensamentos quando percorríamos as ruas geladas de Londres. Eu estudei um mapa da Inglaterra, tudo tão arrumadinho e sereno, e, apesar de mim, mesma eu comecei a ter esperanças de que é possível fazer ainda muita coisa boa pela África com trabalho duro e atitude certa. E depois nós partimos para a África. Deixamos Southampton, Inglaterra, no dia 24 de julho, e chegamos na Monróvia, Libéria, no dia 12 de setembro. No caminho paramos em Lisboa, Portugal e Dakar, Senegal.

Monróvia foi o último lugar onde nós nos sentimos entre gente de uma certa forma familiar, pois este é um país africano que foi "fundado" por ex-escravos da América que voltaram para viver na África. Será que os pais ou os avós dessa gente foram vendidos da Monróvia?, eu pensava, e em como eles se sentiram de volta, após terem sido vendidos como escravos, e agora já com laços estreitos com o país que os havia comprado, e no poder.

Celie, tenho que parar agora. O sol não está mais tão quente e tenho que me preparar para as aulas e as Vésperas.

Eu queria que você estivesse comigo. Ou eu com você.

Com meu amor,

sua irmã,

Nettie

Minha querida Celie,

Foi muito engraçado parar na Monróvia após ter dado minha primeira olhada na África, no Senegal. A capital do Senegal é Dakar e o povo de lá fala sua própria língua, acho que a chamam de senegalês, e o francês. É o povo mais preto que eu já vi, Celie. São tão pretos como as pessoas que a gente fala que "Fulano de tal é mais do que preto, é preto-azulado". Eles são tão pretos, Celie, que brilham. O que é outra coisa que o pessoal da nossa cidade gosta de dizer sobre gente realmente preta. Mas Celie, tente imaginar uma cidade cheia dessa gente brilhando, pessoas preto-azuladas vestindo túnicas magníficas, azuis com desenhos como as mais chiques colchas de retalhos. Altos, magros, com pescoços alongados e costas retas. Será que você consegue imaginar isso, Celie? Porque eu senti como se estivesse vendo pretos pela primeira vez. E Celie, tem alguma coisa mágica nisso tudo. Porque o preto é tão preto que o nosso olho fica simplesmente ofuscado, e aí tem esse brilho que parece vir, na verdade, da luz da lua, de tão luminoso, mas a pele deles também brilha sob a luz do sol.

Mas eu não gostei realmente dos senegaleses que conheci no mercado. Eles só se importavam com a venda de suas mercadorias. Se nós não comprávamos, eles nos olhavam com a mesma indiferença com que olhavam para os franceses brancos que vivem lá. Por alguma razão, eu não esperava ver gente branca na África, mas eles estão aqui aos montes. E nem todos são missionários.

Tem montes deles também na Monróvia. E o presidente, cujo sobrenome é Tubman, tem alguns em seu gabinete. Ele tem também muitos homens negros, com jeito de branco, no seu gabinete. Na nossa segunda noite na Monróvia tomamos chá no palácio presidencial. Parece muito com a Casa Branca americana (onde mora o nosso presidente), disse o Samuel. O presidente falou um bocado sobre seus esforços para desenvolver o país e sobre seus problemas com os nativos, que não querem trabalhar para construir o país. Foi a primeira vez que eu ouvi um homem preto usar essa palavra. Eu sabia que para os brancos todos os negros são nativos. Mas aí ele limpou a garganta e falou que ele só queria dizer "nativo" no sentido de ter nascido na Libéria. Eu não vi nenhum desses "nativos" no seu gabinete. Tampouco nenhuma das esposas dos membros do gabinete podia passar por nativa. Em comparação com elas e suas sedas e pétalas, a Corrine e eu não só estávamos malvestidas, como também não estávamos vestidas de acordo com a ocasião. Mas eu acho que essas mulheres que vemos no palácio passam boa parte de seu tempo se vestindo. Mesmo assim, elas pareciam insatisfeitas. Não como as professoras animadas que nós vimos por acaso levando suas crianças para a praia para nadar.

Antes de partir nós visitamos uma das grandes plantações de cacau que eles têm. Só árvores de cacau a perder de vista. E aldeias inteiras construídas bem no meio dos campos. Vimos as famílias cansadas voltando para casa depois do trabalho, ainda levando na mão os baldes para as sementes de cacau (que também servem de marmita no dia seguinte para levar o almoço), e algumas vezes — no caso das mulheres — com as crianças amarradas nas costas. Mesmo cansados do jeito que estavam eles cantavam! Celie. Como nós fazemos em casa. Por que é que as pessoas cansadas cantam? Perguntei para Corrine. Estão cansados demais para fazer qualquer outra coisa, ela disse. Além do mais eles não são os donos das fazendas de cacau. Celie, nem o presidente Tubman. Tudo pertence a um pessoal que mora num lugar chamado Holanda. O pessoal que faz o chocolate holandês. E tem os supervisores para ver se o pessoal está trabalhando duro, que vivem nas casas de pedra nos cantos das plantações.

Outra vez, preciso ir. Todo mundo já está na cama e eu estou escrevendo à luz de lanterna. Mas a luz está atraindo tanto bichinho que estou sendo comida viva. Estou com picadas por toda parte, inclusive no couro cabeludo e nas solas dos pés.

Mas...

Eu já falei na primeira visão que tive do litoral africano? Alguma coisa me tocou na alma, Celie, e, como se eu fosse um grande sino, eu simplesmente vibrei. A Corrine e o Samuel também se sentiram assim. E nós ajoelhamos lá mesmo no convés e agradecemos a Deus por nos ter deixado ver a terra pela qual nossas mães e pais choraram — e viveram e morreram — para ver outra vez.

Ah, Celie? Será que algum dia eu vou poder contar tudo para você?

Não me atrevo a perguntar, eu sei. Mas deixo tudo com Deus.
Sua irmã que ama você para sempre,
Nettie

Querido Deus,

O tanto que foi de susto, de choro, de suar o nariz, tentando entender todas as palavra, eu num sei. Foi priciso muito tempo só pra ler as primeira duas ou três carta. Quando a gente chegou onde ela tava bem e morando na África, Sinhô ___ e Grady voltaram pra casa.

Você vai dar conta de se controlar? Shug perguntou.

Como eu vou conseguir num matar ele, eu falei.

Num mata, ela falou. A Nettie vai voltar logo pra casa. Num faz ela ter que ver você como a gente tem que ver a Sofia.

Mas é tão duro, eu falei, enquanto Shug tirava as coisa da bolsa dela e botava as carta dentro.

Também foi duro ser Cristo, Shug falou. Mas ele deu conta. Lembra disso. Não matarás, Ele falou. E na certa ele queria inda dizer, começando por mim. Ele conhecia bem os idiota com que tava tratando.

Mas Sinhô ___ num é o Cristo. Eu num sou o Cristo, eu falei.

Você é importante pra Nettie, ela falou. E ela vai ficar danada com você se você fizer isso com ela agora que ela já tá voltando pra casa.

A gente escutou o Grady e Sinhô ___ na cozinha. Barulho de prato, de porta abrindo e fechando.

Não, eu acho queu vou ficar melhor se eu matar ele, eu falei. Eu sinto que tô doente. Paralisada, agora.

Não, você num vai. Ninguém fica melhor por matar nada. Eles só sentem *uma coisa* e é só.

Isso é melhor que nada.

Celie, ela falou, não é só com a Nettie que você tem que se preocupar.

Com quem mais, eu perguntei.

Comigo, Celie, pensa um pouco em mim. Dona Celie, se você matar o Albert, só vai me restar o Grady. Eu num posso nem pensar numa coisa dessa.

Eu dei uma risada, pensando nos dente grande do Grady.

Faz o Albert deixar eu durmir com você de agora em diante, enquanto você tiver aqui, eu falei.

E de um jeito ou de outro, ela conseguiu.

Querido Deus,

A gente tá durmindo que nem irmãs, eu e Shug. Por mais queu inda quero ficar com ela, por mais queu inda goste de olhar, meus biquinho continua mole, meu butão nunca levanta. Agora eu sei que tô morta. Mas ela falou, Não, é só porque você tá brava, tá com mágua, querendo matar alguém é que você fica assim. Num vá se preocupar. Os biquinho vão se atiçar e o butão vai levantar de novo.

Eu gosto de abraçar, e pronto, ela falou. Ficar agarradinha. Num precisa mais nada agora.

É, eu falei. Abraçar. Ficar agarradinha é bom. Tudo isso é bom.

Ela falou, Em tempo assim, de folga, a gente divia era fazer alguma coisa diferente.

Como o quê? eu perguntei.

Bem, ela falou, olhando pra mim pra cima e pra baixo, vamos fazer umas calça procê.

Mas eu priciso de calça? eu falei. Eu num sou homem.

Num fica zangada, ela falou. Mas vistido num fica bem procê. Você num tem jeito pra vistido nenhum.

Num sei, eu falei. Sinhô ___ num vai deixar a mulher dele vistir calça.

Porque que num vai? Shug falou. Você é que faz todo trabalho aqui. É iscandaloso você ficar de vistido lá fora trabalhando na roça. Num entendo é como você num trupeça nele ou engancha no arado.

É. Eu falei.

É. E outra coisa, eu usava as calça do Albert quando a gente tava de namoro. E uma vez ele vistiu um vistido meu.

Não ele num vistiu.

Sim ele vistiu. Ele era muito engraçado. Não era como agora. E ele gostava de me ver com as calça. Era que nem uma bandeira vermelha prum touro.

Argh, eu falei. Eu bem que pudia imaginar isso, e num gostava nem um pouco.

Bem, você sabe como elas são, Shug falou.

Do que é que a gente vai fazer elas? eu falei.

A gente vai ter que pegar a farda de alguém, Shug falou. Pra praticar. O pano é bom e de graça.

Jack, eu falei. O marido da Odessa.

Tá certo, ela falou. E todo o dia nós vamos ler as carta da Nettie e custurar.

Uma agulha invés de navalha na minha mão, eu pensei.

Ela num disse mais nada, só chegou perto de mim e me abraçou.

Querido Deus,

Agora queu sei que a Nettie tá viva eu comecei a levantar um pouco minha cabeça. Eu pensei, Quando ela voltar pra casa a gente vai embora. Ela e eu e nossas duas criança. Como será que elas são, eu fico pensando. Mas é difícil pensar nelas. Eu sinto vergonha. Mais que amor, pra falar a verdade. De qualquer jeito, será que elas tão bem? Será que tem juízo e tudo? Shug falou que criança que nasce de incesto fica boba. Incesto é uma parte do plano do Diabo.

Mas eu penso na Nettie.

Aqui é quente, Celie, ela escreve. Mais quente que em julho. Mais quente que agosto *e* julho. Quente como cuzinhar num fugão enorme numa cuzinha pequena em agosto e julho. Quente.

Querida Celie,

Um africano da aldeia onde nós vamos morar nos recebeu quando o navio chegou. O nome cristão dele é Joseph. Ele é baixo e gordo, com mãos que parecem não ter ossos. Quando ele me cumprimentou, dando a mão, parecia que eu tinha pegado numa coisa mole e molhada que caía. Ele fala um pouco de inglês, o que eles chamam de inglês pidgin. É muito diferente do nosso jeito de falar inglês, mas de certa forma é familiar. Ele nos ajudou a descarregar nossas coisas do navio, colocando-as nos barcos que vieram até o navio nos buscar. Esses barcos, na verdade, são canoas cavadas, que nem aquelas que os índios tinham, aquelas que você vê em fotografias. Com toda a nossa bagagem nós enchemos três delas, e uma quarta carregou nosso material médico e escolar.

Já nas canoas nos divertimos com as canções que nossos barqueiros cantavam, tentando chegar antes dos outros. Eles prestaram pouca atenção em nós ou em nossa carga. Quando chegamos em terra, eles nem se deram ao trabalho de nos ajudar a descer dos barcos e alguns dos nossos embrulhos eles colocaram mesmo na água. Assim que eles conseguiram arrancar uma boa gorjeta do coitado do Samuel, que o Joseph disse ter sido demais, já deram em cima de um outro grupo de pessoas que estava esperando na praia para serem levadas até o navio.

O porto é bonito, mas pequeno demais para ser utilizado pelos navios grandes. Então é um bom negócio para os barqueiros, durante a temporada, quando os navios passam por lá. Todos esses barqueiros eram bem maiores e mais musculosos que o Joseph, e todos eles, incluindo o Joseph, são da cor do chocolate escuro. Não são pretos como os senegaleses. E Celie, eles têm os dentes mais fortes, limpos e brancos que já vi! Durante boa parte da viagem para cá eu pensei em dentes, pois fiquei com dor de dente quase o tempo todo. Você sabe o tanto que meus dentes de trás são podres. E na Inglaterra os dentes dos ingleses me impressionaram muito. São tortos, na maioria, e meio pretos de tantas cáries. Eu pensei que talvez fosse a água inglesa. Mas os dentes dos africanos me lembraram os dentes dos cavalos de tão bem formados, retos e fortes que são.

A "cidade" do porto é do tamanho do armazém da cidade. Dentro tem um conjunto de barracas cheias de tecido, lamparinas e azeite de lamparina, mosquiteiros, roupas de cama para acampar, redes, machados e enxadas e facões e outras ferramentas. Tudo é administrado por um homem branco, mas algumas das barracas que vendem comidas são alugadas para africanos. Joseph nos mostrou o que precisávamos comprar. Um caldeirão grande de ferro para ferver água e nossas roupas, uma bacia de zinco. Mosquiteiro. Pregos. Martelo e serrote e picareta. Azeite de lamparina e lamparinas.

Como não havia onde dormir no porto, Joseph contratou uns carregadores entre os jovens à toa em volta do posto comercial e saímos direto para Olinka, quatro dias a pé pelo mato. Selva, para você. Ou talvez não. Você sabe o que é uma selva? Bem. Árvores e árvores e ainda mais árvores. E grandes. São tão grandes que parecem que foram construídas. E trepadeiras. E samambaias. E pequenos animais. Sapos. Cobras, também, de acordo com o Joseph. Mas graças a Deus não vimos nada disso, só lagartixas corcundas do tamanho do seu braço que o povo daqui caça e come.

Eles adoram carne. Todos desta aldeia. Às vezes, se você não consegue motivá-los a fazer algo, de nenhuma outra maneira, você começa a falar em carne, ou num pedacinho a mais que você tem ou talvez, se você quer que eles façam algo realmente grande, você fala em churrasco. Sim, churrasco. Eles me fazem lembrar do pessoal lá de casa!

Bem, chegamos aqui. E eu achei que jamais conseguiria endireitar meus quadris depois de ter sido carregada numa rede pelo caminho inteiro. Todo mundo na aldeia se amontoou em volta de nós. Eles saíram de cabanas redondas cobertas por uma coisa que eu pensei que fosse palha, mas na verdade é uma folha que cresce por toda parte. Eles colhem e deixam secar essas folhas, e as colocam de tal maneira que elas se sobrepõem e o teto fica à prova d'água. Essa parte é trabalho das mulheres. Os homens enterram as estacas das cabanas e às vezes ajudam a construir as paredes com o barro e as pedras do córrego.

Você nunca viu rostos tão curiosos como os do povo da aldeia quando nos cercaram. No início, eles apenas olharam. Aí uma ou duas mulheres tocaram no vestido da Corrine e no meu. O meu vestido estava tão sujo em volta da barra de tanto arrastar a bainha no chão cozinhando na fogueira por três noites que eu estava morta de vergonha. Mas aí eu olhei para os vestidos que elas usavam. A maioria parecia ter sido arrastada pelo chiqueiro. E eles não servem direito nelas. Depois elas se aproximaram um pouquinho mais — ninguém dizendo nada ainda — e tocaram nosso cabelo. Olharam para nossos sapatos. Nós olhamos para o Joseph. Ele nos explicou que eles estavam se comportando assim porque os missionários que vieram antes de nós eram brancos, e vice-versa. Os homens tinham ido ao porto, alguns deles, e tinham visto o comerciante branco, portanto sabiam que homem branco podia ser outra coisa também. Mas as mulheres jamais foram ao porto e a única pessoa branca que elas tinham visto foi o missionário que tinham enterrado um ano atrás.

O Samuel perguntou se eles já tinham visto a missionária branca que morava a quarenta quilômetros da aldeia, e ele disse que não. Atravessar quarenta quilômetros pela selva é uma viagem muito longa. Os homens podem chegar a caçar até vinte quilômetros em volta da aldeia, mas as mulheres ficam perto das cabanas e roças.

Então uma das mulheres fez uma pergunta. Nós olhamos para Joseph. Ele disse que a mulher queria saber se as crianças eram minhas, da Corrine ou de ambas. O Joseph respondeu que eram da Corrine. As mulheres olharam nós duas e disseram outra coisa. Nós olhamos para o Joseph.

Ele disse que as mulheres acharam as crianças parecidas comigo. Todos nós rimos cordialmente.

Depois uma outra mulher fez outra pergunta. Ela queria saber se eu também era esposa do Samuel.

Joseph disse que não, que eu também era missionária como o Samuel e a Corrine. Aí alguém disse que nunca imaginou que os missionários pudessem ter filhos. Outro disse que nunca sonhou que os missionários pudessem ser pretos.

Aí alguém disse que os novos missionários seriam pretos e que duas seriam mulheres, foi exatamente o que ele tinha sonhado, e na noite anterior.

Nessas alturas já havia bastante movimentação. Pequenas cabeças começaram a aparecer detrás das saias de suas mães e dos ombros de suas irmãs mais velhas. E nós fomos mais ou menos conduzidos pelos moradores da aldeia, aproximadamente uns trezentos, até um lugar sem paredes, mas com um teto daquelas folhas, e onde nós sentamos no chão, os homens na frente, mulheres e crianças atrás. Aí houve sussurros agitados entre uns velhinhos que pareciam muito com os velhos da igreja da nossa cidade — com suas calças largas e paletós brilhantes mal-ajustados: "Os missionários pretos bebiam vinho de palmeira?"

Corrine olhou para o Samuel, e o Samuel olhou para a Corrine. Mas eu e as crianças já estávamos bebendo o vinho, pois alguém já tinha colocado os pequenos copos de barro nas nossas mãos e nós estávamos muito nervosos para não começar logo a bebericar.

Nós chegamos lá por volta das quatro horas e ficamos sentados sob a cobertura de folhas até as nove. Ali nós tivemos a nossa primeira refeição, uma galinha e amendoins cozidos que comemos com as mãos. Mas principalmente nós ficamos escutando as canções e olhando as danças que levantavam um montão de poeira.

A maior parte da cerimônia de boas-vindas dizia respeito às folhas-de-teto, e Joseph ia traduzindo para a gente enquanto um deles contava a história. O povo dessa aldeia acredita que eles sempre viveram exatamente no lugar onde a aldeia está agora. E esse lugar tem sido bom para eles. Eles plantam roça de mandioca que dão boas colheitas. Eles plantam amendoim que também dá boas colheitas. Eles plantam inhame e algodão e milho. Todo tipo de coisas. Mas uma vez, há muito tempo atrás, um homem da aldeia quis mais do que a sua parte de terra para plantar. Ele queria mais colheita para usar sua sobra para vender para o homem branco na costa. E como ele era o chefe naquele tempo, ele foi pouco a pouco tomando mais e mais terra comunal e pegou mais e mais mulheres para trabalhar essa terra. Como sua ganância ia aumentando, ele também começou a cultivar a terra onde crescia a folha-de-teto. Aí as suas mulheres ficaram preocupadas com isso e tentaram se queixar, mas elas eram mulheres preguiçosas e ninguém prestou atenção a elas. Ninguém podia se lembrar de um tempo em que não existissem abundância e abundância de folhas-de-teto. Mas com o passar do tempo o chefe ganancioso tomou tanta terra que aí os mais velhos começaram a se preocupar também. Então ele simplesmente comprou tudo com os machados, as roupas e as panelas que ele conseguia dos comerciantes da costa.

Mas então veio uma grande tempestade durante a estação das chuvas e destruiu todos os tetos de todas as cabanas da aldeia, e para seu desespero o povo descobriu que já não havia mais nenhuma folha-de-teto. Na terra onde a folha-de-teto tinha florescido desde o começo dos tempos, agora havia mandioca. Milho. Amendoim.

Por seis meses os céus e os ventos maltrataram o povo Olinka. A chuva caiu em torrente, acabando com o barro das paredes. O vento era tão forte que soprava as pedras das paredes e elas caíam dentro das panelas. Depois pedras geladas, como grãos de milho, caíam do céu, ferindo todo mundo, homem, mulher e crianças, e provocando uma febre. As crianças caíram doentes primeiro, depois seus pais. Logo toda a aldeia começou a morrer. No final da estação das chuvas, metade da aldeia tinha morrido.

O povo rezava ao seu deus e esperava com impaciência que terminasse a estação chuvosa. Logo que a chuva acabou eles correram para os velhos campos de folha-de-teto e tentaram encontrar as velhas raízes. Mas, das intermináveis folhas que tinham crescido ali, só umas poucas raízes ainda existiam. Demorou cinco anos para que as folhas-de-teto se tornassem abundantes outra vez. Nesses cinco anos morreu muito mais gente. Muitos foram embora, e nunca retornaram. Muitos foram comidos pelos animais. Muitos, muitos ficaram doentes. Eles devolveram para o chefe todos os objetos comprados nas lojas e o expulsaram da aldeia para sempre. As esposas dele foram dadas a outros homens.

No dia em que todas as cabanas estavam outra vez cobertas com as folhas-de-teto, o povo celebrou cantando e dançando e contando a história da folha-de-teto. Esta se tornou, então, o objeto de adoração deles.

Olhando por sobre as cabeças das crianças, no final dessa história, eu vi vindo bem devagar em nossa direção uma coisa enorme, marrom, como uma espiga, mas do tamanho de uma sala, com uma dúzia de pernas caminhando devagar e cuidadosamente debaixo dela. Era o nosso teto.

Enquanto essa coisa ia se aproximando, as pessoas se curvavam.

Os missionários brancos que vieram antes de vocês não nos deixaram fazer essa cerimônia, Joseph falou. Mas os Olinka a prezam muito. Nós sabemos que uma folha-de-teto não é Jesus Cristo, mas, a seu modo humilde, ela também não é um deus?

Então lá sentamos nós, Celie, cara a cara com o deus dos Olinka. E Celie, eu estava tão cansada e com tanto sono e tão cheia de galinha e de amendoim cozido, meus ouvidos retinindo tanto com as músicas, que tudo o que Joseph falou me pareceu cheio de sentido.

Eu fico imaginando o que será que você vai pensar de tudo isso?

Com todo o meu amor.

Sua irmã,

Nettie

Querida Celie,

Faz muito tempo que não tenho tido tempo para escrever. Mas sempre, não importa o que eu estou fazendo, eu estou escrevendo para você. Querida Celie, eu digo na minha cabeça no meio das Vésperas, no meio da noite, enquanto estou cozinhando. Querida, querida Celie. E eu imagino que você realmente recebe minhas cartas e que você está me escrevendo também: Querida Nettie, é assim que é a minha vida.

Nós levantamos às 5 horas para um ligeiro café da manhã de pudim de milho e frutas, e vamos para as aulas. Nós ensinamos às crianças inglês, ler, escrever, história, geografia, aritmética e as histórias de nossa Bíblia. Às onze horas a gente para para o almoço e as tarefas domésticas. De uma até às quatro horas, é quente demais para se mexer, mas algumas mães se sentam atrás de suas cabanas e costuram. Às quatro horas nós ensinamos às crianças mais velhas e à noite nós estamos disponíveis para os adultos. Algumas das crianças mais velhas estão acostumadas com as escolas das missões, mas as menores não. As mães muitas vezes as arrastam até aqui gritando e chutando. Todos são meninos. Olivia é a única menina.

Os Olinka não acham que as meninas devam ser educadas. Quando eu perguntei a uma das mães por que ela pensava assim, ela falou: uma menina não é nada por ela mesma; ela só pode se tornar alguma coisa para seu esposo.

E o que ela pode se tornar? perguntei.

Ora, ela falou, a mãe dos filhos dele.

Mas eu não sou a mãe dos filhos de ninguém, eu falei, e eu sou alguma coisa.

Você não é muito, ela falou. A servente dos missionários.

É verdade que eu trabalho aqui mais duro do que jamais pensei que pudesse trabalhar, e eu varro a escola e arrumo as coisas depois do serviço, mas não me sinto como uma escrava. Eu fiquei surpresa que essa mulher, cujo nome cristão é Catherine, me visse desse jeito.

Ela tem uma pequena filha, Tashi, que brinca com Olivia depois da escola. Adam é o único menino que fala com Olivia na escola. Eles não são ruins com ela, é apenas — o que é? Porque ela está no lugar onde eles estão fazendo coisas "de meninos", eles não olham para ela. Mas não tenha medo, Celie, Olivia tem a sua teimosia e a sua lucidez, e ela é mais esperta do que todos eles, inclusive Adam, juntos.

Por que Tashi não pode vir para a escola?, ela me perguntou. Quando eu falei para ela que os Olinka não acreditavam na educação das mulheres, ela falou, rápida como um raio, Eles são como os brancos da nossa terra que não querem que os negros aprendam.

Ah, ela é muito inteligente, Celie. No final do dia, quando Tashi pode escapulir de todas as tarefas que sua mãe dá para ela fazer, ela e Olivia se escondem na minha cabana e tudo que Olivia aprendeu ela ensina para Tashi. Para Olivia agora Tashi, sozinha é a África. A África que ela veio pelo oceano sorrindo, esperando encontrar. Tudo o mais é difícil para ela.

Os insetos, por exemplo. Por alguma razão, todas as picadas nela se tornam perebas fundas, infectadas, e ela tem muito problema para dormir à noite porque os barulhos da floresta a amedrontam. Está lhe custando muito se acostumar com a comida que é nutritiva, mas, na maioria das vezes, preparada com muita indiferença. As mulheres da aldeia têm turnos para cozinhar para a gente, e algumas são mais limpas e mais conscienciosas que as outras. Olivia fica doente com a comida preparada por todas as esposas do chefe. Samuel acha que pode ser da água que elas usam que vem de uma fonte separada que corre transparente mesmo na estação seca. Mas para o resto de nós ela não tem esse efeito. É como se Olivia temesse a comida dessas mulheres porque todas elas parecem tão infelizes e trabalham tanto. Sempre que elas falam com Olivia, falam do dia em que Olivia vai se tornar a esposa/irmãzinha delas. É apenas uma brincadeira, e elas gostam da Olivia, mas eu gostaria que elas não fizessem isso. Embora sejam infelizes e trabalhem como mulas, elas consideram uma honra ser esposa do chefe. Ele passeia para cima e para baixo o dia todo segurando sua barriga e conversando e bebendo vinho de palmeiras com o curandeiro.

Por que elas dizem que eu vou ser esposa do chefe? Olivia pergunta.

Isso é a melhor coisa que elas podem pensar, eu falo para ela.

Ele é gordo e brilhante e tem grandes dentes perfeitos. Ela acha que tem pesadelos com ele à noite.

Você vai crescer para ser uma forte mulher cristã, eu falo para ela. Alguém que ajuda seu povo a progredir. Você será uma professora ou uma enfermeira. Você vai viajar. Você conhecerá muitas pessoas muito mais importantes do que o chefe.

E Tashi? ela quer saber.

Sim, eu falo para ela, Tashi também.

A Corrine me falou essa manhã, Nettie, para acabar com qualquer tipo de confusão na cabeça dessas pessoas, eu acho que nós devemos nos chamar uns aos outros de irmão e irmã, todo o tempo. Alguns deles parecem não conseguir colocar em suas cabeças estúpidas que você não é a outra esposa de Samuel. Eu não gosto disso, ela falou.

Quase desde o dia que nós chegamos, eu notei uma mudança na Corrine. Ela não está doente. Ela trabalha mais do que nunca. Ela ainda é doce e bem-humorada. Mas algumas vezes eu sinto que seu espírito está sendo testado e que alguma coisa nela não está em paz.

Está bem, falei. Fico contente por você ter falado nisso.

E não deixe as crianças chamarem você de Mamãe Nettie, ela falou, nem de brincadeira.

Isso me chateou um pouco, mas eu não disse nada. As crianças me chamam de Mamãe Nettie às vezes porque eu mimo muito elas, é verdade, mas nunca tentei tomar o lugar da Corrine.

E outra coisa, ela falou. Eu acho que não devemos tomar emprestado a roupa uma da outra.

Bom, ela nunca tomou nada meu emprestado porque eu não tenho muita coisa. Mas eu sempre estou pedindo emprestado alguma roupa dela.

É isso mesmo que você quer? perguntei para ela.

Ela falou que era.

Eu gostaria que você pudesse ver minha cabana, Celie. Eu adoro ela. Ao contrário da nossa escola que é quadrada e ao contrário da nossa igreja que não tem paredes — pelo menos durante a estação seca — minha cabana é redonda, com paredes, e um teto redondo de folha-de-teto. Tem vinte passos até o meio e é perfeita para mim. Nas paredes de barro eu pendurei as travessas e esteiras e peças das roupas tribais. Os Olinka são conhecidos pelos lindos tecidos de algodão que tecem à mão e tingem com grãos, argila, anil e casca de árvore. Depois tem o meu fogão de acampamento no centro e minha cama de campanha de um lado, coberta com um mosquiteiro e assim ela fica parecendo a cama de uma noiva. Depois eu tenho uma pequena mesinha de escrever onde escrevo para você, uma lamparina, e um banquinho. Umas esteiras maravilhosas no chão. É tudo muito colorido e quente e caseiro. Para mim a única coisa que está faltando agora é uma janela! Nenhuma das cabanas da aldeia tem janelas, e quando eu falei de janela com as mulheres elas riram muito. A estação chuvosa aparentemente torna ridículo o mero pensamento de uma janela. Mas estou decidida a ter uma, mesmo se isso inundar diariamente o meu chão.

Eu daria qualquer coisa por um retrato seu. No meu baú eu tenho gravuras doadas pelas sociedades missionárias da Inglaterra e dos Estados Unidos. São gravuras de Cristo, os Apóstolos, Maria, a Crucificação. Speke, Livingstone, Stanley, Schweitzer. Talvez um dia eu as pendure, mas uma vez quando eu as segurei contra as minhas paredes cobertas de esteira e tecido, elas me fizeram sentir muito pequena e infeliz, então eu as guardei de novo. Até a gravura de Cristo que geralmente fica bem em qualquer lugar parece esquisita aqui. Na escola, claro, todas essas gravuras estão penduradas e tem muitos Cristos atrás do altar da igreja. Isso basta, eu acho, mas o Samuel e a Corrine têm gravuras e relíquias (cruzes) na cabana deles também.

Sua irmã,
Nettie

Querida Celie,

O pai e a mãe de Tashi acabaram de sair daqui. Eles estavam chateados porque ela passa muito tempo com Olivia. Ela está mudada, está ficando quieta e muito pensativa, eles disseram. Ela está se tornando uma outra pessoa; sua face está começando a mostrar o espírito de uma de suas tias que foi vendida para um comerciante porque não mais se integrava na vida da aldeia. Essa tia se recusou a casar com o homem escolhido para ela. Recusou a se curvar para o chefe. Não fazia nada, só ficava deitada, rebentando castanha de cola entre os dentes e dando risadinhas.

Eles queriam saber o que Olivia e Tashi fazem na minha cabana quando todas as outras meninas estão ocupadas ajudando suas mães.

Tashi é preguiçosa em casa? eu perguntei.

O pai olhou para a mãe. Ela falou, Não, até pelo contrário, Tashi trabalha mais do que a maioria das meninas da sua idade. E é mais rápida para terminar o trabalho. Mas é só porque ela quer passar as tardes com Olivia. Ela aprende tudo que eu ensino para ela como se já soubesse, disse a mãe, mas esse conhecimento realmente não entra em sua alma.

A mãe parecia confusa e amedrontada.

O pai, raivoso.

Eu pensei: Aha! Tashi sabe que está aprendendo um jeito de vida que ela nunca vai viver. Mas eu não disse isso.

O mundo está mudando, eu falei. Já não é mais um mundo só para meninos e homens.

Nossas mulheres são respeitadas aqui, o pai falou. Nós nunca deixaríamos elas errarem pelo mundo como as mulheres americanas. Sempre há alguém para cuidar das mulheres Olinka. Um pai. Um tio. Um irmão ou um sobrinho. Não fique ofendida, Irmã Nettie, mas nosso povo tem pena de mulheres como você que foram tiradas de não sabemos onde e jogadas num mundo desconhecido onde você deve lutar sozinha, por você mesma.

Então eu sou um objeto de pena e desprezo, eu pensei, tanto para os homens quanto para as mulheres.

Além disso, o pai de Tashi falou, nós não somos simplórios. Nós sabemos que há lugares no mundo onde as mulheres vivem de uma maneira diferente das nossas mulheres, mas nós não aprovamos essa maneira diferente para nossas crianças.

Mas a vida está mudando, mesmo em Olinka, eu falei. Aqui estamos nós.

Ele bateu com o pé no chão. O que são vocês? Três adultos e duas crianças. Na estação chuvosa provavelmente algum de vocês vai morrer. O seu povo não dura muito no nosso clima. Se vocês não morrerem, ficarão enfraquecidos pela doença. Ah, é sim. Nós já vimos tudo isso antes. Vocês cristãos vêm aqui, tentam por tudo mudar a gente, ficam doentes e voltam para a Inglaterra ou para o lugar de onde vocês vieram. Só o comerciante na costa permanece, e, ainda assim, ele não é o mesmo homem branco, ano após ano. Nós sabemos porque nós mandamos mulheres para ele.

Tashi é muito inteligente, eu falei. Ela poderia ser uma professora. Uma enfermeira. Ela poderia ajudar o povo da aldeia.

Não há lugar aqui para uma mulher fazer essas coisas, ele falou.

Então nós devemos ir embora, eu falei. A Irmã Corrine e eu?

Não, não, ele falou.

Ensinar apenas aos meninos? eu perguntei.

Sim, ele falou, como se minha pergunta fosse uma concordância.

Esses homens falam com as mulheres de um jeito que me lembra muito o Pai. Eles escutam só o bastante para dar as instruções. Eles nem olham para as mulheres quando elas estão falando. Eles olham para o chão e dobram a cabeça em direção ao chão. As mulheres também não "olham o homem na face" como elas dizem. "Olhar um homem na face" é uma coisa descarada. Elas olham para os pés ou os joelhos deles. E o que posso eu dizer sobre isso? Era também assim o nosso comportamento na frente do Pai.

Da próxima vez que Tashi chegar na sua porta, você vai mandá-la direto para casa, o pai dela falou. Aí ele sorriu. Sua Olivia pode visitá-la, e aprender para o que servem as mulheres.

Eu sorri também. Olivia deve aprender a se educar sobre a vida onde for possível, eu pensei. A sua oferta lhe dará uma magnífica oportunidade.

Adeus e até a próxima vez, querida Celie, de uma mulher jogada fora, que dá pena e que pode morrer durante a estação chuvosa.

Com amor, sua irmã,

Nettie

Querida Celie,

No começo foi só um pequeno barulho de movimento na floresta. Uma espécie de murmúrio. Depois apareceu o som de corte e de arraste. Depois, alguns dias, o cheiro de fumaça. Mas agora, depois de dois meses, durante os quais eu ou as crianças ou a Corrine ficamos doentes, tudo que a gente ouve é o som do corte e de derrubada e o arraste. E todo o dia sentimos o cheiro de fumaça.

Hoje um dos meninos da minha classe da tarde anunciou quando entrou, A estrada está chegando! A estrada está chegando! Ele estava na floresta caçando com seu pai e viu.

Agora todo dia as pessoas da aldeia se juntam perto das plantações de mandioca e olham a construção da estrada. E olhando para eles, alguns nos seus tamboretes e alguns agachados, todos mascando castanha de cola e desenhando no chão, eu sinto uma grande onda de amor por eles. Pois eles não se aproximam dos construtores de estrada de mãos vazias. Oh, não. Todos os dias, desde que eles viram a estrada se aproximando, eles empanturram os construtores com carne de cabra, papa de milho, inhame e mandioca cozidos, castanha e vinho de palmeira. Todo dia é como um piquenique, e eu acredito que muitas amizades foram feitas, embora os trabalhadores da estrada sejam de tribo diferente, mais distante para o norte e mais perto da costa, e sua língua seja um pouco diferente. Eu não entendo o que está acontecendo, de qualquer modo, mas o povo de Olinka parece entender. Eles são pessoas muito espertas sobre quase tudo e entendem as coisas novas muito rapidamente.

É difícil acreditar que já estamos aqui há cinco anos. O tempo anda devagar, mas passa depressa. Adam e Olivia estão quase tão altos quanto eu e estão indo muito bem nos estudos. Adam tem um dom especial para somas e o Samuel se preocupa porque em pouco tempo ele não vai ter mais nada para ensinar sobre o assunto, tendo exaurido o seu próprio conhecimento.

Quando estávamos na Inglaterra, nós conhecemos missionários que mandavam suas crianças de volta para casa quando não era mais possível ensiná-las na selva. Mas é difícil imaginar a vida aqui sem as crianças. Elas amam a sensação de liberdade da aldeia e adoram morar nas cabanas. Elas estão encantadas com a perícia dos caçadores e com a autossuficiência das mulheres nas plantações. Não importa o quanto eu esteja deprimida, e às vezes eu fico realmente muito deprimida, um abraço da Olivia ou do Adam me recoloca em funcionamento outra vez. A mãe deles e eu não somos tão amigas quanto já fomos antes, mas eu me sinto mais que nunca como tia deles. E nós três a cada dia que passa ficamos mais parecidos um com o outro.

Mais ou menos um mês atrás, a Corrine me pediu para não convidar mais o Samuel para minha cabana a não ser quando ela estivesse presente. Ela falou que isso dava às pessoas da aldeia uma ideia errada. Isso foi um choque para mim porque eu dou muito valor à companhia dele. Já que a Corrine quase nunca me visita, eu dificilmente terei alguém para conversar, assim só por amizade. Mas as crianças ainda me visitam e às vezes passam a noite comigo quando seus pais querem ficar sozinhos. Eu adoro essas vezes. Nós assamos amendoins no meu fogão, sentamos no chão e estudamos os mapas de todos os países do mundo. Às vezes Tashi vem e nos conta histórias que são populares entre as crianças Olinka. Eu estou encorajando ela e Olivia a escreverem essas histórias em Olinka e em inglês. Seria um bom exercício para elas. Olivia acha que, comparada com Tashi, ela não sabe contar nenhuma história tão boa. Um dia ela começou a contar a história do "pai Tomás" só para descobrir que Tashi tinha a sua versão original! Sua carinha caiu. Mas aí nós começamos a conversar sobre como as histórias do povo de Tashi foram parar nos Estados Unidos, e isso fascinou Tashi. Ela chorou quando Olivia contou como sua avó foi tratada como escrava.

Ninguém mais na aldeia quer ouvir falar sobre a escravidão. Eles se recusam a assumir qualquer responsabilidade. Isso é uma coisa que eu definitivamente não gosto neles.

Nós perdemos o pai da Tashi durante a temporada da chuva. Ele caiu doente com malária e nada que o curandeiro arranjou conseguiu salvá-lo. Ele se recusou a tomar qualquer remédio que nós usamos ou a deixar o Samuel visitá-lo. Foi o meu primeiro funeral Olinka. As mulheres pintam os rostos de branco e usam túnicas brancas e choram numa voz aguda bem alta. Eles enrolaram o corpo em panos e o enterraram debaixo de uma grande *árvore na floresta. Tashi ficou com o coração partido. Em toda sua jovem vida, ela tentou agradar seu pai, nunca percebendo que, como uma menina, jamais o conseguiria. Mas a morte fez com que ela e sua mãe se aproximassem mais, e agora Catherine se sente como um de nós. Dizendo um de nós eu quero dizer eu e as crianças e às vezes o Samuel. Ela ainda está de luto e continua sem sair de casa, mas falou que nunca mais irá se casar de novo (já que tem cinco filhos homens, ela pode fazer agora o que quiser. Ela se tornou um homem honorário) e, quando eu fui visitá-la, ela deixou bem claro que Tashi deve continuar com seus estudos. Ela é a mais trabalhadeira de todas as viúvas que o pai de Tashi deixou, e seus campos são elogiados por sua limpeza, produtividade e pelo seu aspecto geral. Talvez eu possa ajudá-la no seu trabalho. É no trabalho que as mulheres ficam se conhecendo e gostando umas das outras. Foi através do trabalho que Catherine se tornou amiga de todas as outras esposas de seu marido.*

Essa amizade entre as mulheres é uma coisa sobre a qual o Samuel sempre fala. Porque as mulheres repartem o marido, mas o marido não reparte a amizade delas, isso faz o Samuel se sentir incômodo. É confuso, eu reconheço. E é o dever cristão do Samuel como pastor apregoar a orientação da Bíblia de um esposo e uma esposa. O Samuel fica confuso porque para ele, já que as mulheres são amigas e fazem tudo uma pela outra — não sempre, mas mais frequentemente do que qualquer pessoa dos Estados Unidos poderia esperar — e desde que elas riem e fofocam e cuidam uma dos filhos da outra, então elas devem estar felizes com as coisas como são. Mas muitas das mulheres raramente passam algum tempo com seu marido. Algumas foram prometidas para velhos ou para homens maduros quando nasceram. A vida delas sempre gira em torno do trabalho, das crianças e das outras mulheres (já que uma mulher não pode nunca ter um homem como amigo sem causar o pior tipo de isolamento e de fofoca). Elas satisfazem a vontade do marido, e pronto. Você deveria ver como elas mimam o esposo. Louvam suas menores realizações. Enchem eles com vinho de palmeira e doces. Não é de se admirar que os homens quase sempre sejam tão infantis. E uma criança adulta é uma coisa perigosa, especialmente quando, como entre os Olinka, o marido tem o poder de vida e morte sobre sua esposa. Se ele acusar uma de suas mulheres de feitiçaria ou infidelidade, ela pode ser morta.

Graças a Deus (e às vezes à intervenção do Samuel), isso não aconteceu depois que chegamos aqui. Mas os casos que Tashi conta são muitas vezes sobre esses acontecimentos cruéis acontecidos no passado recente. E Deus que não permita que o filho de uma esposa favorita adoeça! Esse é o ponto onde até a amizade das mulheres acaba, pois cada mulher teme ser acusada de feitiçaria pela outra, ou pelo esposo.

Feliz Natal para você e os seus, querida Celie. Aqui no continente "negro", nós celebramos com orações e canções e um grande piquenique completo com melancias, ponche de frutas frescas e churrasco!

Deus abençoe você,

Nettie

Querida Celie,

Eu queria ter escrito para você antes da Páscoa, mas não foi uma boa época para mim e eu não quis sobrecarregar você com más notícias. Então um ano inteiro se passou. A primeira coisa que devo contar para você é sobre a estrada. A estrada finalmente alcançou as plantações de mandioca há quase nove meses atrás e os Olinka, que adoram uma comemoração, se desdobraram preparando uma festa para os construtores da estrada que conversavam e riam e olhavam para as mulheres Olinka o dia todo. À noite muitos foram convidados para ir até a própria aldeia e houve muita alegria até tarde da noite.

Eu acho que os africanos são muito parecidos com os brancos daí de nossa terra, no sentido de que eles pensam que são o centro do universo e que tudo o que está sendo feito, está sendo feito para eles. Os Olinka definitivamente têm esse ponto de vista. E então naturalmente eles pensaram que a estrada que estava sendo construída era para eles. E, na verdade, os construtores falaram muito de como os Olinka agora iam poder chegar mais depressa à costa. Com a estrada pavimentada seria uma viagem de apenas três dias. De bicicleta seria até mais rápido. É claro que nenhum dos Olinka tem bicicleta, mas um dos construtores tem uma e todo homem Olinka ficou cobiçando e falando que um dia iria comprar uma.

Bem, na manhã depois que a estrada "terminou" no que dizia respeito aos Olinka (afinal, a estrada já havia chegado à aldeia) nós fomos descobrir que os construtores da estrada estavam de volta ao trabalho. Eles tinham instruções para continuar a estrada por mais uns sessenta quilômetros! E para continuar na direção em que estavam, isto é, exatamente através da aldeia dos Olinka. Na hora que a gente levantou da cama, a estrada já estava passando pelo campo de inhame que Catherine acabara de plantar. É claro que os Olinka ficaram em pé de guerra. Mas os construtores também estavam literalmente em pé de guerra. Eles tinham armas, Celie, e ordens de atirar!

Foi lamentável, Celie. O povo se sentiu tão traído! Eles ficaram parados, sem poder fazer nada — eles realmente não sabem mais lutar, e raramente pensam nisso desde as velhas guerras tribais — enquanto suas plantações e suas casas eram destruídas. Sim. Os construtores não desviaram um milímetro sequer da planta que o chefe estava seguindo. Toda casa que ficava no caminho proposto para a estrada foi derrubada. E Celie, nossa igreja, nossa escola, minha cabana, tudo foi destruído em questão de horas. Felizmente nós conseguimos salvar todas as nossas coisas, mas, com a estrada passando bem no meio dela, a aldeia parecia destripada.

Imediatamente depois de entender a intenção dos construtores da estrada, o chefe saiu em direção à costa, procurando explicações e indenização. Duas semanas mais tarde, ele retomou trazendo notícias ainda piores. O território inteiro, incluindo a aldeia dos Olinka, agora pertencia a um comerciante de borracha da Inglaterra. À medida em que ia se aproximando da costa, ele se surpreendia vendo centenas e mais centenas de nativos como os Olinka limpando a floresta de cada lado da estrada, plantando a seringueira. As antigas, gigantescas árvores de mogno, todas as árvores, a caça, tudo na floresta estava sendo destruído, e a terra estava sendo obrigada a ficar plana, ele falou, e tão nua como a palma de uma mão.

Primeiro ele pensou que as pessoas que falaram para ele sobre a companhia inglesa de borracha estavam enganadas, nem que fosse apenas no que se referia ao fato do território incluir a aldeia Olinka. Mas, no final, ele foi levado até a mansão do Governador, um imenso edifício branco, com bandeiras hasteadas no jardim, e lá teve uma audiência com o homem branco responsável. Foi esse homem quem deu as ordens para os construtores da estrada, esse homem que sabia sobre os Olinka somente pelo mapa. Ele falava em inglês, que o nosso chefe também tentou falar.

Deve ter sido uma conversa patética. O nosso chefe nunca soube nada do inglês além das frases ocasionais e curiosas que ele aprendeu com o Joseph, que não pronuncia "inglês" mas "ianglis".

Mas o pior ainda estava para ser contado. Já que os Olinka não eram mais os donos de sua aldeia, eles teriam que pagar um aluguel por ela, e para usar a água, que também não pertencia mais a eles, teriam que pagar um imposto.

No começo as pessoas riram. Parecia mesmo uma loucura. Eles estavam aqui desde sempre. Mas o chefe não riu.

Nós lutaremos contra os homens brancos, eles falaram.

Mas o homem branco não está sozinho, o chefe falou. Ele trouxe o exército.

Isso foi há vários meses atrás, e até agora nada aconteceu. As pessoas vivem como avestruz, nunca põem os pés na estrada nova se podem evitar, e nunca, jamais, olham para o lado da costa. Nós construímos outra igreja e escola. Eu tenho outra cabana. E assim a gente espera.

Enquanto isso a Corrine tem estado muito doente com a febre africana. Muitos missionários no passado morreram por causa dela.

Mas as crianças estão bem. Os meninos agora aceitam Olivia e Tashi na classe, e outras mães estão mandando suas filhas para a escola. Os homens não gostam disso: quem vai querer uma esposa que sabe tudo que o marido sabe? Eles se enfurecem. Mas as mulheres dão seus jeitos e eles amam suas crianças, mesmo sendo meninas.

Eu escreverei mais quando as coisas começarem a melhorar. Eu confio em Deus que isso logo vai acontecer.

Sua irmã,

Nettie

Querida Celie,

Esse ano todo, depois da Páscoa, foi difícil. Desde a doença da Corrine, todo trabalho dela caiu em cima de mim, e eu tenho que cuidar dela também, o que ela não gosta.

Um dia quando eu a estava trocando enquanto ela estava deitada na cama, ela me deu uma olhada longa, malvada, mas ao mesmo tempo também, de alguma maneira, cheia de pena. Por que meus filhos se parecem com você? perguntou.

Você acha mesmo que eles se parecem tanto assim comigo? eu falei.

Você poderia ter cuspido eles para fora, ela falou.

Talvez só de morarmos juntos, amar as pessoas faz com que elas se pareçam com a gente, eu falei. Você sabe como algumas pessoas casadas há muito tempo se parecem.

Até as mulheres daqui notaram a semelhança no primeiro dia que nós chegamos, ela falou.

E é isso que está preocupando você todo esse tempo? Eu tentei rir do assunto.

Mas ela só olhava para mim.

Quando foi que você conheceu o meu marido? ela queria saber.

E foi aí que eu fiquei sabendo o que ela pensava. Ela pensa que Adam e Olivia são meus filhos e que o Samuel é o pai deles!

Oh, Celie, é isso que vem acabando com ela todos esses anos!

Eu conheci o Samuel no mesmo dia em que conheci você, Corrine, falei (eu ainda não me acostumei a falar "Irmã" todo o tempo). Com Deus por minha testemunha, essa é a verdade,

Traga a Bíblia, ela falou.

Eu trouxe a Bíblia, e coloquei minha mão em cima dela e jurei.

Você nunca me viu mentir, Corrine, eu falei. Por favor, acredite que não estou mentindo agora.

Aí ela chamou o Samuel, e fez ele jurar que ele tinha me conhecido no mesmo dia que ela.

Ele falou: Eu peço desculpas por isso, Irmã Nettie, por favor, nos perdoe.

Assim que o Samuel deixou o quarto ela me fez levantar o vestido e se sentou na cama para examinar minha barriga.

Eu senti tanta pena dela, e tanta humilhação, Celie. E o jeito que ela trata as crianças é a parte mais difícil. Ela não os quer perto dela, o que eles não entendem. Como poderiam? Eles não sabem nem que são adotados.

A aldeia deve ser toda plantada de seringueiras na próxima estação. O território de caça dos Olinka já foi destruído e os homens têm que ir cada vez mais longe para achar alguma caça. As mulheres passam todo o tempo no campo, cuidando das plantações e rezando. Elas cantam para a terra e para o céu e para suas mandiocas e amendoins. Cantos de amor e de adeus.

Nós todos estamos tristes aqui, Celie. Eu espero que a vida seja mais feliz para vocês.

Sua irmã,

Nettie

Querida Celie,

Imagina, o Samuel também pensou que as crianças fossem minhas! Foi por isso que ele me animou a vir para a África com eles. Quando eu apareci na casa deles, ele pensou que eu estivesse seguindo os meus filhos, e, coração mole como ele é, não teve coragem de me mandar embora.

Se eles não são seus, ele falou, de quem são?

Mas eu tinha algumas perguntas a fazer a ele primeiro.

Onde você conseguiu as crianças? eu perguntei. E Celie, ele me contou uma história que fez meus cabelos se arrepiarem no final. Eu espero que você, pobrezinha, esteja pronta para ouvi-la.

Era uma vez um fazendeiro muito bem de vida que era dono de umas terras perto de uma cidade. A nossa cidade, Celie. E, como sua fazenda ia bem e tudo em que botava a mão prosperava, ele decidiu abrir um armazém e tentar a sorte vendendo comestíveis também. Bom, seu armazém ia tão bem que ele convenceu seus dois irmãos a ajudá-lo e, com o passar dos meses, eles estavam indo cada vez melhor. Aí os comerciantes brancos começaram a se reunir e reclamar que esse armazém estava tirando deles toda a clientela negra e que a loja de ferragens que o homem havia montado atrás do seu armazém estava atraindo também alguns dos brancos. Isso não podia continuar. E então uma noite, o armazém do homem foi queimado, sua ferraria destruída, e o homem e seus irmãos arrastados para fora de suas casas no meio da noite e enforcados.

O homem tinha uma mulher que ele adorava, e eles tinham uma menininha, de quase dois anos de idade. Ela também estava grávida de outra criança. Quando os vizinhos trouxeram para ela o corpo do marido, ele estava mutilado e queimado.

Essa visão quase a matou, e seu segundo nenê, também uma menina, nasceu naqueles dias. Embora o corpo da viúva tenha sarado, sua cabeça nunca mais foi a mesma. Ela continuava a preparar o prato do marido na hora do almoço como sempre fazia antes e sempre estava cheia de conversas sobre os planos que ela e o marido tinham feito. Os vizinhos, mesmo sem essa intenção, acabaram excluindo ela cada vez mais, em parte porque os planos dos quais ela falava eram maiores do que qualquer coisa que eles poderiam imaginar para a gente negra, e em parte porque sua ligação com o passado era tão lamentável. Ela ainda era uma mulher bonita, e ainda era dona de terras, mas não havia ninguém para trabalhar nelas, e ela mesma não sabia como trabalhar; além do mais, continuava esperando que seu marido terminasse o almoço que ela tinha preparado para ele e fosse ele mesmo para a roça. Em pouco tempo não havia nada para comer que não fosse trazido pelos vizinhos, e ela e suas crianças pequenas cavavam pelo quintal o melhor que podiam.

Quando a segunda criança ainda era um nenê, um estranho apareceu na cidade, e encheu a viúva e suas crianças de atenção; em pouco tempo, eles estavam casados. Quase imediatamente ela ficou grávida pela terceira vez, ainda que sua saúde mental não tivesse melhorado. Cada novo ano daí em diante, ela ficava grávida, cada ano ela ficava cada vez mais fraca e mais desequilibrada mentalmente, até que, muitos anos depois de ter casado com o estranho, ela morreu.

Dois anos antes que ela morresse, teve uma menina, mas ela estava muito doente para cuidar. Depois um menino. Essas crianças foram chamadas de Olivia e Adam.

Essa foi a história que o Samuel contou, quase palavra por palavra.

O estranho que havia se casado com a viúva era alguém que o Samuel conheceu muito antes dele encontrar Cristo. Quando o homem apareceu na casa do Samuel, primeiro com Olivia e depois com Adam, o Samuel se sentiu não só incapaz de recusar as crianças, mas como se Deus tivesse respondido às preces dele e da Corrine.

Ele nunca contou para Corrine sobre o homem ou sobre a "mãe" das crianças porque ele não queria nenhuma nuvem sobre a felicidade dela.

Mas depois, saindo do nada, eu apareci. Ele botou dois mais dois juntos, se lembrou de que seu velho companheiro de andanças era um malandro e me recebeu sem fazer perguntas. O que, para falar a verdade, sempre me intrigou, mas que eu atribuí à caridade cristã. A Corrine uma vez me perguntou se eu estava fugindo de casa. Mas expliquei que eu já era uma mocinha, que minha família era muito grande e pobre, que já era hora de eu sair e ganhar minha própria vida.

Lágrimas ensopavam minha blusa quando o Samuel terminou de me contar tudo isso. Eu não pude, naquela hora, começar a contar para ele a verdade, mas, Celie, eu posso contar tudo para você agora. E eu rezo com todo o meu coração para que você receba pelo menos essa carta, mesmo se não receber nenhuma das outras!

O Pai não é nosso pai!

Sua devotada irmã,

Nettie.

Querido Deus,

É isso, a Shug falou. Arruma sua trouxa. Você vem comigo para o Tennessee.

Mas eu me sinto tonta.

Meu pai foi linchado. Minha mamãe era louca. Todos meus meio-irmão e irmã num são meus parente. Meus filho num são minha irmã nem meu irmão. O Pai num é o pai.

Você deve tá durmindo.

Querida Nettie,

Pela primeira vez na minha vida eu quis ir ver o Pai. Então eu e a Shug vistimo as nossa calça nova de flor azul que combinam e os grande chapéu molengo que combinam também, só que as rosa do dela são vermelha, as minha são amarela, e a gente subiu no Packard e deslizou pra lá. Agora eles puseram asfalto pra cima e pra baixo nas estrada do condado e cinquenta quilômetro parece que num são nada.

Eu vi o Pai uma vez depois queu saí de casa. Um dia eu e Sinhô ___, a gente tava enchendo a carroça na frente da loja. O Pai tava com May Ellen e ela tava tentando arrumar a meia. Ela tava dibruçada sobre uma perna inrolando a meia num nó encima do joelho, e ele tava batendo na calçada com a bengala dele, tap-tap. Parecia que ele tava era pensando em bater nela com a bengala.

Sinhô ___ foi pra junto deles todo amigo, com a mão estendida, mas eu continuei enchendo a carroça e olhando pros saco. Eu nunca pensei que jamais eu fosse querer ver ele outra vez.

Bom, era um belo dia da primavera, um pouquinho de frio no começo, como se fosse perto da Páscoa, e a primeira coisa que a gente reparou depois que a gente entrou no cercado era como tudo tava verde, como se a terra do Pai já tivesse quente e pronta pro trabalho, mesmo se o chão nos outro lugar inda num tivesse bastante quente. Então por toda a pista tinha margarida e junquilho e narciso e todo tipo de florzinha silvestre da primavera. Aí a gente reparou que todos os passarinho tavam cantando suas musiquinha, por todos os canto das sebe que tavam elas também cheia de florzinha amarela que cheiravam como as trepadeira da Virgínia. Era tudo tão diferente do resto do caminho por onde a gente tinha passado, que a gente ficou quieta mesmo. Eu sei que isso parece engraçado, Nettie, mas até o sol pareceu parar um pouquinho mais sobre a cabeça da gente.

Bom, Shug falou, tudo isso é bunito demais. Você nunca falou que era tão bunito.

Num era assim tão bunito. No tempo da Páscoa costumava inundar por aqui, e as criança todas ficavam com gripe. De todo jeito, eu falei, a gente já tá chegando na casa e lá com certeza num é essa beleza.

Num é essa beleza? ela perguntou, enquanto a gente subia uma longa curva da colina queu num lembrava, e dava direto na frente de uma grande casa amarela de dois andar com janela verde e um telhado altíssimo de ripas verde.

Eu dei uma risada. A gente deve ter pego o caminho errado, eu falei. Essa deve ser a casa de algum branco.

Mas era tão bunito que a gente parou o carro e ficou só olhando.

Que árvores são aquelas todas florida? Shug perguntou.

Eu num sei, eu falei. Parece pêssego, ameixa, maçã, talvez cereja. Mas seja o que for, elas são uma beleza.

Tudo em volta da casa, tudo atrás, só árvore florida. E aí mais margarida e junquilho e rosa subindo sobre tudo. E todo o tempo os passarinho de todo o resto do condado descansavam nessas árvore no caminho pra cidade.

Finalmente, depois que a gente olhou um bocado, eu falei, está tudo tão quieto, num tem ninguém em casa, eu acho.

Não, a Shug falou, na certa tão na igreja. Num lindo domingo como esse.

Então é melhor a gente ir embora, eu falei, antes que quem quer que seja que more aqui volte. Mas logo depois queu falei isso meu olho viu uma figueira que ele reconheceu, e a gente escutou um carro subindo pelo caminho. E quem tava no carro era o Pai e uma mocinha que parecia filha dele.

Ele saiu pela porta do lado dele, e foi abrir a porta do lado dela. Ela tava vistida linda de morrer num vistido rosa, um grande chapéu rosa e sapatos rosa, uma bolsinha rosa pindurada no braço dela. Eles olharam pra chapa do nosso carro e então vieram subindo pra ver quem era. Ela botou a mão dela no braço dele.

Bom dia, ele falou, quando ele chegou na janela da Shug.

Bom dia, ela falou divagar, e eu posso jurar que ele num era o que ela tava esperando.

Posso fazer alguma coisa por vocês? Ele num tinha me visto e na certa num me veria, mesmo se olhasse pra mim.

Shug falou, bem baixinho, Esse é ele?

Eu falei, É.

O que espantou Shug e me espantou também foi como ele parecia novo. Ele parecia mais velho do que a minina que tava com ele, mesmo ela tando vistida que nem mulher, mas ele parecia muito jovem pra alguém que era alguém que tinha filho grande e quase neto crescido. Mas então eu lembrei que ele num era meu pai, só era pai dos meu filho.

O que sua mãe fez, a Shug perguntou, assaltou uma creche?

Mas ele num é tão novo assim.

Eu trouxe Celie, a Shug falou. Sua filha Celie. Ela queria visitar você. Ela tem umas pergunta pra fazer.

Ele pareceu pensar um segundo. *Celie?* ele falou. Como Quem é Celie? Depois falou, Vocês desçam e vamo pra varanda. Daisy, ele falou pra mocinha que tava com ele, vai falar pra Hetty num servir o jantar. Ela apertou o braço dele, ficou na ponta do pé e deu um beijo no queixo dele. Ele virou e viu ela ir pelo caminho, subir a escada e passar pela porta da frente. Ele seguiu a gente pela escada até a varanda, ajudou a gente a pegar as cadeira de balanço, então falou, Bom, o que é que vocês querem?

As criança tão aqui? eu perguntei.

Que criança? ele falou. Aí ele riu. Oh, elas foram embora com a mãe delas. Ela acabou me deixando, você sabe. Voltou pra casa dos pais dela. É, ele falou, você deve se lembrar de May Ellen.

Por que ela foi embora? eu perguntei.

Ele riu mais ainda. Ficou velha dimais pra mim, eu acho.

Aí a mocinha voltou e sentou no braço da cadeira dele. Ele falava com a gente e fazia carinho no braço dela.

Essa é Daisy, ele falou. Minha nova esposa.

Poxa, Shug falou, você num parece ter nem quinze anos.

E num tenho, Daisy falou.

Fico surpresa da sua família ter deixado você casar.

Ela deu de ombro, olhou pro Pai. Eles trabalham pra ele, ela falou. Vivem na terra dele.

Eu sou a família dela agora, ele falou.

Eu me sentia tão mal queu quase engasguei. A Nettie tá na África, eu falei. É missionária. Ela me escreveu contando que você num é nosso Pai verdadeiro.

Bom, ele falou. Então agora você sabe.

Daisy olhou pra mim morrendo de pena. É coisa bem dele num contar isso pra vocês, ela falou. Ele me contou como ele criou duas minina que num eram nem filhas dele, ela falou. Eu acho queu num acreditava muito nisso, até agora.

Não, ele nunca contou pra elas, Shug falou.

Que velhinho querido, Daisy falou, beijando ele no alto da cabeça. Ele fazia e fazia carinho no braço dela. Olhou pra mim e deu uma risada.

Seu pai num sabia como se virar, ele falou. Os branco lincharam ele. Uma história muito triste pra contar pras minininha pobrezinha, ele falou. Qualquer homem teria feito o queu fiz.

Talvez não, Shug falou.

Ele olhou pra ela, depois olhou pra mim. Ele pode jurar que ela sabe. Mas o que importa pra ele?

Acredite em mim, ele falou, eu sei como eles são. A chave pra todos eles é o dinheiro. O problema com nosso povo é que logo que saíram da escravidão eles num quiseram dar mais nada pro branco. Mas o fato é que você tem que dar alguma coisa pra eles. Ou seu dinheiro ou sua terra ou sua mulher ou sua bunda. Então o queu fiz foi logo de cara oferecer dinheiro pra eles. Antes de plantar uma semente, eu deixei claro pra esse e praquele que uma semente de cada três que ele plantava era pra *ele*. Antes de muer um grão de trigo, também a mesma coisa. E quando eu abri a antiga loja do seu pai na cidade; eu comprei o meu próprio rapazinho branco pra cuidar dela. E o que foi melhor, falou, é queu comprei ele com dinheiro dos branco.

Pergunta logo pro homem ocupado as suas coisa, Celie, Shug falou. Eu acho que o jantar dele tá ficando frio.

Onde o meu papai tá enterrado, eu perguntei. Isso era tudo realmente queu queria saber.

Do lado da sua mãe, ele falou.

Tem algum túmulo, perguntei.

Ele olhou pra mim como se eu fosse doida. Gente linchada num tem túmulo, ele falou. Como se isso fosse coisa que todo mundo divia saber.

E mamãe tem um? perguntei.

Ele falou, Não.

Os passarinho cantavam tão doce quando a gente foi embora como quando a gente chegou. Depois, logo que a gente entrou na estrada principal, parece que eles pararam. Na hora que a gente chegou no cemitério, o céu tava cinzento.

A gente procurou pela Mãe e pelo Pai. Esperando achar algum pedaço de madeira que dissesse alguma coisa. Mas a gente num achou nada, só ervas daninha, e carrapicho e flores de papel murchando num túmulo. Shug achou uma ferradura que o cavalo de alguém perdeu. A gente pegou aquela velha ferradura e a gente rodou e rodou junta até que ficamo tonta e caímo no chão, e onde a gente caiu a gente enterrou a ferradura.

Shug falou, Agora nós duas somos a família uma da outra, e me beijou.

Querida Celie,

Eu acordei essa manhã decidida a contar tudo para a Corrine e o Samuel. Eu fui até a cabana deles e puxei um banco para perto da cama da Corrine. Ela já está tão fraca agora que a única coisa que ela pode fazer é cara inamistosa — e eu posso dizer que não estava sendo bem-vinda.

Eu falei, Corrine, eu vim aqui para contar a verdade para você e o Samuel.

Ela falou, o Samuel já me contou. Se as crianças são suas, por que você não falou logo?

Samuel falou, Não, querida.

Ela falou, Não venha me chamar de querida. Nettie jurou pela Bíblia que iria dizer a verdade, e ela mentiu.

Corrine, falei, eu não menti.

Eu virei um pouco as costas para o Samuel e cochichei para ela: Você viu minha barriga, eu falei.

O que é que eu sei sobre gravidez, ela falou. Eu nunca tive essa experiência eu mesma. Por tudo que eu sei, a mulher pode ser capaz de fazer todas as marcas desaparecerem.

Elas não podem fazer desaparecer as marcas de estrias, eu falei. As estrias ficam bem dentro da pele, e a barriga de uma mulher estica muito deixando uma pequena barriguinha depois, como todas as mulheres por aqui têm.

Ela virou o rosto para a parede.

Corrine; eu falei, eu sou a tia das crianças. A mãe delas é a minha irmã mais velha, Celie.

Então eu contei para eles a história toda. Só que Corrine não ficou convencida.

Você e o Samuel têm me contado tantas mentiras, quem pode acreditar em qualquer coisa que vocês falam? ela perguntou.

Você tem que acreditar na Nettie, o Samuel falou. Ainda que a parte sobre você e o Pai tenha sido um verdadeiro choque para ele.

Aí eu me lembrei que você me contou que havia visto a Corrine e o Samuel e a Olivia na cidade, quando ela estava comprando tecido para fazer vestidos para ela e Olivia, e como você tinha me mandado até ela porque era a única mulher que você já tinha visto com dinheiro. Eu tentei fazer a Corrine se lembrar daquele dia, mas ela não conseguiu.

Ela está ficando cada vez mais fraca e, a menos que ela possa acreditar em nós e voltar a amar as crianças, eu temo que iremos perdê-la.

Ah, Celie. A incredulidade é uma coisa terrível. Como também é o mal que fazemos aos outros sem saber.

Reze por nós,
Nettie.

Querida Celie,

Todos os dias desde a semana passada eu tenho tentado fazer a Corrine se lembrar de ter encontrado você na cidade. Eu sei que, se ela pudesse pelo menos se lembrar do seu rosto, ela acreditaria que Olivia (e também Adam) são filhos seus. Eles acham que Olivia se parece comigo, mas é só porque eu me pareço com você. Olivia é a sua cara e tem os seus olhos, iguaizinhos. Fico admirada por Corrine não ter notado a semelhança.

Você se lembra da principal rua da cidade? Eu perguntei. Lembra do poste que ficava na frente do armazém de secos e molhados do Finley? Lembra como o armazém cheirava a casca de amendoim?

Ela diz que se lembra de tudo isso, mas de nenhum homem falando com ela.

Depois eu me lembrei das colchas de retalhos que ela tem. Os homens de Olinka fazem lindas colchas de retalhos cheias de animais e pássaros e gente. Assim que a Corrine viu essas colchas, ela começou a fazer uma que alternava um quadrado com figuras aplicadas e nove quadrados lisos, usando as roupas que não serviam mais nas crianças, e alguns dos seus vestidos velhos.

Eu fui até o baú dela e comecei a tirar as colchas.

Não toque nas minhas coisas, a Corrine falou. Eu ainda não morri.

Eu segurei uma depois outra na luz, tentando achar a primeira que eu me lembrava que ela fez. E tentando me lembrar, ao mesmo tempo, dos vestidos que ela e Olivia usavam nos primeiros meses que vivi com eles.

Ahá, eu falei, quando achei o que estava procurando, e coloquei a colcha em cima da cama.

Você se lembra de quando comprou esse pano? Eu perguntei, apontando para um retalho florido. E desse pássaro xadrez?

Ela acompanhou os desenhos com o dedo, e vagarosamente seus olhos foram se enchendo de lágrimas.

Ela era tão parecida com a Olivia! Ela falou. Eu fiquei com medo dela querer Olivia de volta. Então eu me esqueci dela o mais depressa que pude. Tudo que eu me deixei lembrar foi como o vendedor me tratou! Eu estava agindo como alguém porque eu era a esposa do Samuel, e formada no Seminário Spelman, e ele me tratou como uma negra ordinária.

Oh, eu fiquei tão magoada! E fiquei com tanta raiva! E foi nisso que eu pensei, e até contei para o Samuel, a caminho de casa. Não falei nada sobre sua irmã — como ela se chamava? — Celie? Nada sobre ela.

Ela começou a chorar realmente. Eu e o Samuel seguramos suas mãos.

Não chore. Não chore, eu falei. Minha irmã ficou contente de ver Olivia com você. Contente de ver que ela estava viva. Ela pensava que seus dois filhos estivessem mortos.

Pobre coitada! o Samuel falou. E nós ficamos lá sentados, conversando um pouco e de braços dados um com o outro até que a Corrine adormeceu.

Mas, Celie, no meio da noite ela acordou, virou-se para o Samuel e falou:

Eu acredito. Mas morreu mesmo assim.

Sua irmã na tristeza,

Nettie

Minha querida Celie,

Justo quando eu penso que aprendi a conviver com o calor, a umidade constante, até com as minhas roupas molhadas, o suor debaixo dos braços e entre minhas pernas, a minha amiga chega. E cólicas e dores e sofrimentos — mas eu preciso agir como se nada estivesse acontecendo, ou seria um embaraço para o Samuel, as crianças e para mim. Sem mencionar o povo da aldeia que acha que as mulheres quando recebem as suas amigas não devem ser vistas.

Logo depois da morte de sua mãe, Olivia recebeu sua amiga; ela e Tashi cuidam uma da outra é o que eu acho. Nada me foi dito sobre isso, e eu não sei como tocar no assunto. O que me parece errado; mas se você falar com uma menina Olinka sobre suas partes íntimas, sua mãe e seu pai ficam aborrecidos, e é muito importante para Olivia não ser vista como uma estranha. Embora o único ritual que eles tenham para celebrar a condição de mulher seja tão sangrento e dolorido que eu proibi Olivia até de pensar nisso.

Você lembra como eu fiquei assustada quando a minha menstruação veio pela primeira vez? Eu pensei que tivesse me cortado. Mas graças a Deus você estava lá para me dizer que estava tudo bem.

Nós enterramos a Corrine à maneira dos Olinka, embrulhada em panos, debaixo de uma grande árvore. Toda a sua doce maneira de ser foi com ela. Toda sua educação e o coração cheio de boas intenções. Ela me ensinou tanto! Eu sei que sempre vou sentir a falta dela! As crianças ficaram aturdidas com a morte da mãe. Elas sabiam que ela estava doente, mas a morte não é uma coisa que elas pensam em relação aos pais e a elas mesmas. Foi uma pequena e estranha procissão. Todos nós vestidos de branco e com nossos rostos pintados de branco. Samuel parece perdido. Eu acho que eles não passaram nem uma só noite separados desde que se casaram.

E você como vai, querida irmã? Os anos vieram e se foram sem uma palavra sua. Só o céu acima das nossas cabeças é o que temos em comum. Eu olho muitas vezes para ele como se, de alguma maneira, refletida na sua imensidão, um dia eu me encontrarei olhando nos seus olhos. Os seus queridos, grandes, límpidos e lindos olhos. Ah, Celie! Minha vida aqui não é nada além de trabalho, trabalho, trabalho e preocupações. A juventude que eu poderia ter tido já passou por mim. E eu não tenho nada meu. Nem marido, nem crianças, nem amigos, com exceção do Samuel. Mas, sim, eu tenho crianças, Adam e Olivia. E eu tenho amigos, Tashi e Catherine. Eu tenho até família — essa aldeia que está passando por tantas dificuldades.

Agora os engenheiros vieram para inspecionar o território. Dois homens brancos vieram ontem e passaram algumas horas andando pela aldeia, principalmente olhando as fontes. A educação inata dos Olinka é tal que eles se apressaram a preparar comida para eles, embora só reste pouca coisa de valor, já que muitas roças que cresciam nessa época do ano foram destruídas. E os homens brancos se sentaram para comer como se a comida fosse desprezível!

Os Olinka entendem que nada de bom pode vir das mesmas pessoas que destruíram suas casas, mas os costumes são difíceis de morrer. Eu mesma não falei com os homens, mas o Samuel falou. Ele disse que a conversa deles era só sobre trabalhadores, quilômetros de terra, chuvas, sementes, máquinas e coisas assim. Um deles parecia completamente indiferente ao povo em volta dele — simplesmente comendo e depois fumando e olhando pensativamente a distância — e o outro, um pouco mais jovem, parecia entusiasmado por aprender a língua. Antes que ela desapareça, ele falou.

Eu não gostei de ver o Samuel falando com nenhum deles. Nem com o que se deslumbrava com cada palavra, nem com o que olhava através da cabeça do Samuel.

O Samuel me deu todas as roupas da Corrine, e eu estava realmente precisando, embora nenhuma de nossas roupas seja apropriada para esse clima. Isso é verdade até para as roupas que os africanos usam. Eles costumavam usar muito pouco, mas as damas inglesas introduziram o "mãe Hubbard", uma roupa longa, incômoda, mal-ajustada, e completamente sem forma, que inevitavelmente acaba se arrastando para dentro do fogo, causando muitas queimaduras. Eu nunca consegui usar uma dessas roupas que parecem ter sido feitas para gigantes, portanto, fiquei contente por ganhar as coisas da Corrine. Ao mesmo tempo, eu receio usá-las. Eu me lembro dela me dizendo que nós devíamos parar de usar as roupas uma da outra. E essa lembrança me dói.

Você tem certeza de que a Irmã Corrine gostaria disso? eu perguntei para o Samuel.

Sim, Irmã Nettie, ele falou. Tente não usar os medos da Corrine contra ela. No final ela entendeu, e acreditou. E perdoou o que houvesse para ser perdoado.

Eu devia ter falado alguma coisa mais cedo, eu falei.

Ele me pediu para falar sobre você, e as palavras escorreram como água. Eu estava morrendo de vontade de falar com alguém sobre nós. Eu contei para ele sobre as cartas que escrevo para você todo Natal e Páscoa, e o quanto teria significado para nós se ele tivesse procurado você depois que eu fui embora. Ele sente muito ter hesitado em se envolver.

Se ao menos eu tivesse compreendido então o que eu sei agora! ele falou.

Mas como poderia? Existem tantas coisas que nós não compreendemos. E tanta infelicidade acontece por causa disso.

Amor e Feliz Natal para você.

Sua irmã,

Nettie

Querida Nettie,

Eu num escrevo mais pra Deus, eu escrevo pra você.

O que aconteceu com Deus? Shug perguntou.

Quem é ele? eu falei.

Ela olhou pra mim séria.

Diaba assim como você é, eu falei, com certeza num deve tá preocupada com Deus.

Ela falou, Um minutinho, por favor. Espere só um minuto aí. Só porque eu num fico pregando feito umas pessoa que a gente conhece por aí num quer dizer queu num tenho religião.

O que que Deus fez por mim? perguntei.

Ela falou, Celie! Como se tivesse ficado horrorizada. Ele deu a vida pra você, uma boa saúde, e uma boa mulher que ama você até a morte.

É, eu falei, e ele me deu um pai linchado, uma mãe louca, um cachorro ordinário como padrasto e uma irmã queu na certa nunca mais vou ver. De todo jeito, eu falei, o Deus pra quem eu rezo e pra quem eu escrevo é homem. E age igualzinho aos outro homem queu conheço. Trapaceiro, isquecido e ordinário.

Ela falou, Dona Celie, é melhor você falar baixo. Deus pode escutar você.

Deixa ele escutar, eu falei. Se ele alguma vez escutasse uma pobre mulher negra, o mundo seria um lugar bem diferente, eu posso garantir.

Ela falou e falou, tentando me afastar da blasfêmia. Mas eu blasfemo tanto quanto eu quiser.

Toda minha vida eu nunca me importei com o que as pessoa pensavam de coisa alguma queu fizesse, falei. Mas no fundo do meu coração eu me importava com Deus. O que ele ia pensar. E acabei discobrindo que ele num pensa. Só fica sentado lá na glória de ser Deus, eu acho. Mas num é fácil tentar fazer as coisa sem Deus. Mesmo se você sabe que ele num tá lá, tentar fazer sem ele é duro.

Eu sou pecadora, Shug falou. Porque nasci. Eu num nego isso. Mas, depois que você discobre o que tá esperando por você, o que mais você pode ser?

Os pecadores se divertem mais, eu falei.

Você sabe por quê? ela perguntou.

Porque você num fica o tempo todo se preocupando com Deus, eu falei.

Não, num é isso, ela falou. A gente fica sim muito preocupado com Deus. Mas depois que a gente sente que Deus ama a gente aí a gente quer fazer o melhor que pode pra agradar ele com o que a gente gosta de fazer.

Você tá me dizendo que Deus ama você e que você nunca faz nada por ele? Quero dizer, nunca vai na igreja, canta no coro, alimenta o pastor e tudo isso?

Mas se Deus me ama, Celie, eu num tenho que fazer tudo isso. Só se eu quiser fazer. Há um porção de outras coisa queu posso fazer queu espero que Deus goste.

Que coisa? perguntei.

Ah, ela falou. Eu posso ficar deitada só adimirando o queu tô vendo. Ser feliz. Me divertir.

Bom, isso sim é que tá me parecendo blasfêmia.

Ela falou, Celie, fala a verdade, você alguma vez encontrou Deus na igreja? Eu nunca. Eu só encontrei um bando de gente esperando ele aparecer. Se alguma vez eu senti Deus na igreja foi o Deus queu já tinha levado comigo. E eu acho que todo o pessoal também. Eles vão pra igreja pra repartir Deus, não pra achar Deus.

Algumas pessoa num tem ele pra repartir, eu falei. São as pessoa que num falavam comigo quando eu tava lá pelejando com a minha barriga e com as criança do Sinhô ___.

Certo, ela falou.

Aí ela falou: Me diga como é o seu Deus, Celie.

Ah, não, falei, eu tenho muita vergonha. Nunca ninguém me perguntou isso antes, então eu fiquei meio assim pega de surpresa.

Depois, quando penso nisso, num parece que é muito certo. Mas é tudo queu tenho. Aí eu dicidi defender ele, só pra ver o que a Shug ia falar.

Tá bom, eu falei. Ele é grande e velho e alto e tem uma barba cinza e branca. Ele usa roupa branca e anda discalço.

Tem olho azul? ela perguntou.

Assim meio cinzento. Frio. Mas são grande. Com as pestana branca, eu falei.

Ela deu uma risada.

Por que você tá rindo? perguntei. Eu num acho engraçado. Como você esperava que ele fosse, igual Sinhô ___?

Isso não seria nenhuma melhora, ela falou. Então ela me falou que esse velho homem branco é o mesmo Deus que ela costumava ver quando rezava. Se você espera encontrar Deus na igreja, Celie, ela falou, é ele que vai aparecer, porque lá é o lugar onde ele mora.

Por quê? eu perguntei.

Porque é ele que tá na Bíblia branca dos branco.

Shug! eu falei. Foi Deus que escreveu a Bíblia, os branco num tem nada a ver com isso.

Então porque ele é igualzinho a eles, hein? ela falou. Só que é maior. E mais cabeludo. Porque a Bíblia é igualzinha a tudo que eles fazem, só tem eles fazendo isso e aquilo, e tudo que tem dos negro é os negro sendo amaldiçoado?

Eu nunca pensei sobre isso.

A Nettie falou que algum lugar na Bíblia fala que o cabelo de Jesus era que nem a lã do cordeiro, falei.

Bom, Shug falou, se ele chegasse em qualquer uma dessas igreja que a gente tá falando, ele teria que alisar o cabelo antes pra alguém prestar atenção nele. A última coisa que os negro querem pensar do deus deles é que ele tem cabelo pinxaim.

Isso é verdade, eu falei.

Num há jeito de ler a Bíblia sem pensar que Deus é branco, ela falou. Aí ela suspirou. Quando eu discubri queu pensava que

Deus era branco, e era homem, eu perdi o interesse. Você ficou chateada porque parece que ele num escuta as suas oração. Hum! O prefeito escuta alguma coisa que os negro falam? Pergunta pra Sofia, ela falou.

Mas eu num tenho que perguntar pra Sofia. Eu sei que os branco nunca escutam os negro, e pronto. Se eles escutam, eles só escutam o bastante pra poder dizer procê o que você deve fazer.

Aqui tá a coisa, Shug falou. A coisa queu acredito. Deus tá dentro de você e dentro de todo mundo. Você vem pro mundo junto com Deus. Mas só quem procura essa coisa lá dentro é que encontra. E às vez ela se manifesta mesmo se você num tá procurando, ou num sabe o que que tá procurando. Os problema fazem isso pra maioria das pessoa, eu acho. A tristeza, nossa! A gente sentir que é uma merda.

Uma coisa? eu perguntei.

É. Uma coisa. Deus num é homem nem mulher, mas uma coisa. .

Mas como? eu perguntei.

Num é como nada, ela falou. Num é um show de cinema. Num é uma coisa que você pode ver separado de tudo o mais, incluindo você. Eu acredito que Deus é tudo, Shug falou. Tudo que é ou já foi ou será. E quando você consegue sentir isso, e ficar feliz porque tá sentindo isso, então você encontrou ele.

A Shug é uma coisa bunita, deixa eu falar. Ela franziu um pouco a testa, olhou pro pátio, encostou pra trás na cadeira, parecia uma grande rosa.

Ela falou, Meu primeiro passo pra longe do velho homem branco foi as árvore. Depois o ar. Depois os pássaro. Depois as outra pessoa. Mas um dia quando eu tava sentada bem quieta e me sentindo uma criança sem mãe, o queu era mesmo, eu senti: aquele sentimento de ser parte de tudo, de num ser separada de nada. Eu vi que se eu cortasse uma árvore meu braço ia sangrar. E eu ri e chorei e corri em volta de toda a casa. Eu sabia exatamente o que era. Na verdade, quando isso acontece, você percebe na hora o que é. É uma espécie assim de você sabe o que, ela falou, rindo e passando a mão bem na parte de cima da minha coxa.

Shug! eu falei.

Ah, ela falou. Deus ama todos esses sentimento. Eles são uma das melhores coisa que Deus fez. E quando você sabe que Deus ama eles, você gosta inda mais. Você aí pode relaxar, e acompanhar tudo que tá acontecendo, e louvar a Deus gostando do que você gosta.

Deus num acha que é indecente? eu perguntei.

Não, ela falou. Foi Deus que fez. Escuta, Deus ama tudo que você ama — e uma porção de coisa que você num ama. Mas mais do que tudo o mais, Deus ama a adimiração.

Você tá dizendo que Deus é vaidoso? eu perguntei.

Não, ela falou. Num é vaidoso, só quer repartir uma coisa boa. Eu acho que Deus deve ficar fora de si se você passa pela cor púrpura num campo qualquer e nem repara.

E o que ele faz quando tá fora de si? eu perguntei.

Ah, ele faz outra coisa. As pessoa acham que agradar a Deus é tudo que interessa a ele. Mas qualquer idiota no mundo pode ver que ele sempre tá é tentando agradar a gente de volta.

É? eu falei.

É, ela falou. Ele tá sempre fazendo piquenas surpresa e espalhando elas em volta da gente quando a gente menos espera.

Você quer dizer que ele quer ser amado, como a Bíblia diz.

É, Celie, ela falou. Todo mundo quer ser amado. A gente canta e dança, faz careta e dá buquê de rosa, tentando ser amado. Você já reparou que as árvore fazem tudo que a gente faz pra chamar atenção, menos andar?

Bom, a gente conversou e conversou assim sobre Deus, mas eu inda tô sem saber. Tô tentando botar aquele velho homem branco pra fora da minha cabeça. Eu vivi tão ocupada pensando nele queu na verdade nunca reparei nada do que Deus faz. Nem na espiga de milho (como será que ele faz isso?)

nem na cor púrpura (de onde será que ela vem?). Nem nas flor-zinha silvestre. Nada.

Agora que meus olho tão abrindo, eu pareço boba. Perto de cada moita de arbusto do pátio a maldade de Sinhô ___ parece que diminui. Mas não de todo. Porque é como a Shug fala, Você tem que tirar o homem da sua vista antes de poder ver alguma coisa.

O homem corrompe tudo, Shug fala. Ele tá na sua cumida, na sua cabeça, e o tempo todo no rádio. Ele tenta fazer você pen-sar que ele tá em todo lugar. E quando você pensa que ele tá em todo lugar, você começa a pensar que ele é Deus. Mas ele num é. Quando você tiver tentando rezar e o homem se estatelar lá no fim, diga pra ele se mandar, Shug fala. Invoque as flores, o vento, a água, a pedra.

Mas isso é difícil, eu posso dizer. Ele tá lá há tanto tempo que num quer se mexer. Ele ameaça com raio, dilúvio e terremoto. A gente briga. Eu mal rezo na verdade. Toda vez que eu invoco uma pedra, eu acabo tendo é que atirar com ela.

Amém.

Querida Nettie,

Quando eu falei pra Shug queu tava escrevendo procê e não mais pra Deus, ela deu uma risada. A Nettie num conhece essas pessoa, ela falou. Considerando pra quem eu escrevia, eu achei até engraçado.

Foi a Sofia que você viu trabalhando na casa do prefeito. A mulher que você viu carregando os pacote da mulher branca aquele dia na cidade. Sofia é a mulher do Harpo, filho do Sinhô ___. Os polícia prenderam ela por disacatar a esposa do prefeito e por devolver os murro dele. Primeiro ela ficou na prisão trabalhando na lavanderia e morrendo aos pouco. Aí a gente conseguiu que ela fosse pra casa do prefeito. Ela tinha que durmir num quartinho debaixo da casa, mas era melhor que na prisão. Tinha pulga, eu acho, mas num tinha rato.

De qualquer jeito, ela ficou lá com eles onze ano e meio, deram pra ela seis mês de bom comportamento e assim ela voltou pra casa mais cedo pra família dela. Os filho mais velho já tavam casado e tinham ido embora, os mais novo estranharam ela, num sabiam quem ela era. Eles acham que ela age engraçado, parece velha e mima dimais a mocinha branca que ela criou.

Ontem todo mundo jantou na casa da Odessa. Odessa é irmã da Sofia. Ela criou as criança. Ela e o marido dela Jack. A mulher do Harpo, a Tampinha, e o próprio Harpo.

Sofia sentou naquela mesa grande como se num tivesse espaço pra ela. As criança esticavam a mão passando por ela, como se ela num tivesse lá. Harpo e Tampinha agiam como um velho casal. As criança chamavam Odessa de mamãe. Chamavam Tampinha de mamãe. Chamavam Sofia de "dona". Os único que pareciam prestar alguma atenção nela era o Harpo e a filhinha de Tampinha, Suzie Q. Ela sentou na frente de Sofia e piscava os olho pra ela.

Logo que o jantar acabou, a Shug empurrou a cadeira e acendeu um cigarro. Chegou a hora de contar uma coisa procês, ela falou.

Contar o quê? Harpo perguntou.

A gente vai embora, ela falou.

É? Harpo falou, procurando o café. E depois olhando pro Grady.

A gente vai embora, Shug falou de novo. Sinhô ___ pareceu abobado, como ele sempre fica quando Shug diz que tá indo pralgum lugar. Ele baixou e começou a esfregar a barriga, olhou pro outro lado da cabeça dela como se nada tivesse sido dito.

O Grady falou, Pessoas tão formidáveis, essa é a verdade. O sal da terra. Mas... é hora de ir embora.

A Tampinha num disse nada. Ela tava com o queixo colado no prato. Eu também num disse nada. Eu fiquei esperando o pau quebrar.

Celie vem com a gente, Shug falou.

A cabeça do Sinhô ___ girou direto. O que que você disse? ele perguntou.

A Celie vai pra Memphis comigo.

Só por cima do meu cadáver, Sinhô ___ falou.

Se essa é sua vontade, assim será. Shug falou, fria como uma espada.

Sinhô ___ começou a levantar da cadeira, olhou pra Shug, caiu sentado outra vez. Ele olhou pra mim. Eu pensei que finalmente você tava feliz, ele falou. O que tá errado agora?

Você é um cão ordinário, é isso que tá errado, eu falei. Já é hora de deixar você e começar a viver. E o seu cadáver será o bom começo queu priciso.

O que que você disse? ele perguntou. Istatelado.

Todo mundo em volta da mesa ficou de boca aberta.

Você afastou minha irmã Nettie pra longe de mim, eu falei. E ela era a única pessoa no mundo que me amava.

Sinhô ___ começou a gaguejar. MasMasMasMasMas. Parecia um tipo de motor.

Mas Nettie e meus filho logo vão voltar pra casa, eu falei. E quando ela voltar, a gente junta pra dar uma surra em você.

A Nettie e seus filho! Sinhô — falou. Você tá parecendo louca.

Eu tenho filhos, eu falei. Tão sendo criado na África. Boa escola, muito ar puro e exercício. Tão ficando muitíssimo melhor que os idiota que você nem mesmo tentou educar.

Peraí, o Harpo falou.

Ah, peraí o diabo, eu falei. Se você num tivesse tentado mandar na Sofia os branco nunca teriam pego ela.

Sofia tava tão surpresa de me escutar falando assim que ela até parou de mastigar por uns dez minuto.

Isso é mentira, Harpo falou.

Tem um pouco de verdade sim, Sofia falou.

Todo mundo olhou pra ela como se tivessem surpreso dela tá lá. Parecia uma voz vindo do túmulo.

Todos vocês eram criança malcriada, eu falei. Vocês fizeram da minha vida um inferno na terra. E o seu pai aqui num vale o cocô de um cavalo morto.

Sinhô — levantou pra me dar um tapa. Eu avancei com a minha faca de mesa pra mão dele.

Sua vaca, ele falou. O que as pessoa vão dizer, você fugindo pra Memphis como se num tivesse uma casa pra cuidar?

Shug falou, Albert. Tenta pensar como se você tivesse bom senso. Porque qualquer mulher deve dar um ovo pelo que as pessoa pensam é um mistério pra mim.

Bom, o Grady falou, tentando trazer a luz. Uma mulher num consegue um homem, se as pessoa falam.

Shug olhou pra mim e a gente riu. Aí a gente começou a dar e dar risada. Então a Tampinha começou a rir. Depois a Sofia. A gente quase morreu de rir.

Shug falou, Eles num são dimais? A gente falou *Hum. hum,* e batemo na mesa, e limpamo a água dos olho.

Harpo olhou pra Tampinha. Fica quieta, Tampinha, ele falou. Dá má sorte pra mulher rir de homem.

Ela falou, Tá bem. Ela sentou reta, ingulindo a respiração, tentando num mexer a boca.

Ele olhou pra Sofia. Ela olhou e riu na cara dele. Eu já tive minha má sorte, ela falou. Eu já tive o bastante pra poder rir o resto da minha vida.

O Harpo olhou pra ela como na noite que ela bateu em Mary Agnes. Uma pequena faísca cruzou a mesa.

Eu tenho seis filho com essa mulher doida, ele resmungou.

Cinco, ela falou.

Ele tava tão fora de si que num conseguiu nem dizer, Você disse o quê?

Ele olhou pra minina mais nova. Ela é malumorada, malvada, moleca, teimosa dimais pra viver nesse mundo. Mas é dela que ele gosta mais. O nome dela é Henrietta.

Henrietta, ele falou.

Ela falou, Sim senhoooor... como eles falam na rádio.

Tudo que ela diz confunde ele. Nada, ele falou. Aí ele falou, Vai e pega um copo dágua pra mim.

Ela nem mexeu.

Por favor, ele falou.

Ela foi e pegou a água, botou perto do prato dele, deu um beijo no queixo dele. Falou, Papaizinho. Sentou de novo.

Você num vai levar nem um tostão do meu dinheiro, Sinhô ___ falou pra mim. Nem um mísero tostão.

Eu alguma vez pedi dinheiro seu? eu falei. Nunca pedi nada pra você. Nem mesmo a sua maldita mão em casamento.

Shug fez a gente parar bem aí. Espera, ela falou. Um momento. Mais uma pessoa vai com a gente. Num adianta Celie ser a única a ficar recebendo a carga toda.

Todo mundo meio que olhou pra Sofia. Era ela quem num tinha um lugar muito certo ali. Era a estranha.

Num sou eu, ela falou, e o olhar dela dizia, Foda-se quem teve tal pensamento. Ela esticou a mão pra pegar um biscoito e depois meio que afundou mais o traseiro dela no banco. Uma olhada pra essa mulher grande de cabelo cinza, olhar de louco, e você já num consegue nem mesmo perguntar. Nada.

Mas só pra deixar isso bem claro de uma vez por todas, ela falou, eu tô em casa. Pronto.

Odessa, a irmã dela, veio e botou os braço em volta dela. Jack chegou mais perto.

É claro que você tá em casa, o Jack falou.

Mamãe tá chorando? uma das criança da Sofia perguntou.

A dona Sofia também, outra falou.

Mas Sofia chora depressa, como tudo que ela faz.

Quem é que vai? ela perguntou.

Ninguém disse nada. Ficou tudo tão quieto que a gente podia escutar as brasa se apagando no fogão. Parecia que elas tavam caindo uma na outra.

Finalmente, Tampinha olhou pra todo mundo por dibaixo da franja. Eu, ela falou. Eu vou pro Norte.

Você vai pra onde? o Harpo falou. Ele tava tão surpreso. Ele começou a gaguejar, gaguejar, igualzinho ao pai. Parecia nem sei o quê.

Eu quero cantar, Tampinha falou.

Cantar! Harpo falou.

É, Tampinha falou. Cantar. Eu num canto em público desde que Jolentha nasceu. O nome dela é Jolentha. A gente chama ela de Suzie Q.

Você num pricisou cantar em público desde que Jolentha nasceu. Eu dei pra você tudo que você pricisava.

Eu priciso cantar, Tampinha falou.

Escuta Tampinha, Harpo falou. Você num pode ir pra Memphis. Isso é tudo que há pra ser falado sobre o assunto.

Mary Agnes, Tampinha falou.

Tampinha, Mary Agnes, qual é a diferença?

Muita, Tampinha falou. Quando eu for Mary Agnes eu vou poder cantar em público.

Aí então a gente escutou uma batidinha na porta.

Odessa e Jack olharam um pro outro. Entra, o Jack falou.

Uma mulherzinha branca bem magrinha apareceu na porta.

Oh, vocês tão comendo, ela falou. Me disculpa.

Tá bem, Odessa falou. A gente já tá acabando. Mas sobrou bastante. Porque você num senta e faz companhia pra gente. Ou eu posso arrumar alguma coisa pra você comer na varanda.

Oh, Deus, Shug falou.

Era Eleanor Jane, a minina branca pra quem Sofia trabalhava.

Ela olhou em volta até ver Sofia, então parece que soltou a respiração. Não obrigada, Odessa, ela falou. Eu num tô com fome. Eu só vim ver Sofia.

Sofia, ela falou. Será que a gente pode conversar na varanda um minuto.

Tá bem, dona Eleanor, ela falou. Sofia levantou da mesa e elas foram pra varanda. Um pouquinho depois a gente escutou dona Eleanor soluçando. Depois ela começou mesmo a buáauáaa.

O que que conteceu com ela? Sinhô ___ perguntou.

Henrietta falou, Probleeeeemasss... como alguém na rádio.

Odessa deu de ombro. Ela sempre tá atrapalhando, falou.

É bebida dimais naquela família, Jack falou. Depois, eles num conseguem que o minino deles fique no colégio. Ele fica bêbado, briga com a irmã, vai atrás de mulher, persegue os crioulo, e isso num é tudo.

Mas já é bastante, Shug falou. Pobre Sofia.

Logo Sofia voltou e sentou de novo.

O que que conteceu? Odessa perguntou.

Muita confusão lá na casa, Sofia falou.

Você vai ter que ir lá? Odessa perguntou.

É, Sofia falou. Daqui a pouco. Mas vou ver se dou um jeito de voltar antes das criança ir pra cama.

Henrietta pediu licença, disse que tava com dor de barriga.

A filhinha da Tampinha e do Harpo chegou perto, olhou pra Sofia, perguntou, Você tem mesmo que ir, dona Sofia?

Sofia falou. É, e pegou ela no colo. Sofia tá na condicional, falou. Tem que fazer tudo certinho.

Suzie Q botou a cabecinha dela no peito da Sofia. Pobre Sofia, ela falou, igualzinho ela ouviu a Shug falar. Pobre Sofia.

Mary Agnes, querida, o Harpo falou, olha como Suzie Q gosta da Sofia.

É, Tampinha falou, as criança sabem o que é bom logo que olham. Ela e Sofia sorriram uma pra outra.

Vai cantar, a Sofia falou, e eu cuido dessa aqui até você voltar.

É mesmo? Tampinha falou.

É, Sofia falou.

E cuide do Harpo também, Tampinha falou. Por favor, senhora.

Amém.

Querida Nettie,

Bom, você sabe, onde tem homem sempre tem problema. Quando a gente tava indo pra Memphis, parecia que o Grady tava no carro todo. Não importa de que jeito a gente trocava de lugar, ele sempre queria ficar perto da Tampinha.

Enquanto eu e Shug durmia e ele tava guiando, ele contou pra Tampinha tudo sobre a vida em Memphis, Tennessee. Eu num consegui durmir direito com ele delirando sobre os bar, as roupa e 45 marca de cerveja. Falou tanto de coisa pra beber que me deu vontade de fazer pipi. Então a gente teve que encontrar um lugar na estrada que tivesse moita pra gente poder aliviar.

Sinhô ___ tentou fazer de conta que ele num tava importando deu ir embora.

Você vai voltar, ele falou. Num tem nada lá no Norte pruma pessoa como você. Shug tem talento, ele falou. Ela canta. Ela tem garra, ele falou. Ela pode falar com qualquer um. Shug faz vista, ele falou. Quando ela levanta as pessoa olham pra ela. Mas você, o que que você tem? Você é feia. Magricela. Você tem um jeito engraça-do. Você é medrosa dimais pra abrir a boca na frente das pessoa. Tudo o que você pode conseguir lá em Memphis é ser impregada da Shug. Botar o lixo dela pra fora e quem sabe fazer a cumida. Você também num é nem boa cuzinheira. E essa casa nunca ficou limpa de verdade depois que a minha primeira mulher morreu. E também ninguém é tão louco ou atrasado pra querer casar com você. O que você vai fazer? Impregar numa roça? Ele deu uma ri-sada. Quem sabe alguém deixa você trabalhar na ferrovia.

Chegou mais carta? eu perguntei.

Ele falou, O quê?

Você me escutou, eu falei. Chegou mais carta da Nettie?

Se tivesse chegado, ele falou, eu num ia dar procê. Vocês duas são da mesma laia, ele falou. Um homem tenta ser bom com vocês, vocês dão o fora nele.

Eu amaldiçoo você, falei.

O que você quer dizer? ele falou.

Eu falei, Até você num me fazer mais mal, tudo que você tocar vai apudrecer.

Ele riu. Quem você pensa que é? ele falou. Você num pode amaldiçoar ninguém. Olhe pra você. Você é preta, é pobre, é feia. Você é mulher. Vá pro diabo, ele falou, você num é nada.

Até você num me fazer mais mal, eu falei, tudo que você até pensar num vai dar certo. Eu falava direto pra ele, como vinha pra mim. E parecia que era das árvore que vinha pra mim.

Onde já se viu uma coisa dessa, Sinhô ___ falou. Eu na certa num surrei você o bastante.

Cada surra que você me deu você vai sofrer duas vez, eu falei. Então eu falei, É melhor você parar de falar porque tudo queu tô dizendo procê num vem só de mim. Parece que quando eu abria a minha boca o ar vinha e formava as palavra.

Merda, ele falou. Eu devia ter deixado você era presa. Só sair pra trabalhar.

A prisão que você tava planejando pra mim é a mesma onde você vai apudrecer, eu falei.

Shug chegou perto da gente. Ela olhou pra minha cara e disse Celie. Aí ela virou pro Sinhô ___. Para, Albert, ela falou. Num diz mais nada. Você só vai fazer tudo ficar pior pra você.

Eu vou dar um jeito nela! Sinhô falou e pulou pra cima de mim.

Um redimuinho vuou pela varanda no meio da gente, encheu minha boca com pó. O pó falou, Tudo que você fizer pra mim, já tá feito pra você.

Quando eu vi, Shug tava me sacudindo. Celie, ela falou. E eu voltei a mim.

Eu sou pobre, eu sou preta, eu posso ser feia e num saber cuzinhar, uma voz falou pra toda coisa que tava escutando. Mas eu tô aqui.

Amém, Shug falou. Amém, amém.

Querida Nettie,

Então como é aqui em Memphis? A casa da Shug é grande e rosa e meio que parece um celeiro. Só que onde a gente bota o feno, ela tem quarto e banheiro e um salão enorme onde ela e a banda dela tem vez que trabalham. Ela tem um gramado imenso ao redor da casa e um punhado de munumentos e uma fonte na frente. Ela tem estátua de gente queu nunca ouvi falar e nem nunca espero ver. Ela tem um punhado de elefante e tartaruga em todo lugar. Uns pequeno, outros grande, uns na fonte, outros dibaixo das árvore. Tartaruga e elefante. E por toda a casa. As curtina tem elefante, as colcha da cama tem tartaruga.

Shug me deu um quarto grande no fundo que dá pro quintal e pros arbusto descendo pro riacho.

Eu sei que você gosta do sol da manhã, ela falou.

O quarto dela é bem na frente do meu, na sombra. Ela trabalha até tarde, dorme tarde, levanta tarde. Num tem nem tartaruga nem elefante nas mobília do quarto dela, mas tem umas estátua espalhada pelo quarto. Ela dorme em seda e cetim, até no lençol. E a cama dela é redonda!

Eu queria fazer pra mim uma casa redonda, ela falou, mas todo mundo acha que isso é atrasado. Você num pode botar janela numa casa redonda, eles falam. Mas eu fiz uns plano, de todo jeito. Qualquer dia desses... ela falou, mostrando pra mim uns papel.

É uma casa redonda enorme, meio que parecendo um tipo de fruta. Ela tem janela e porta e um punhado de árvore ao redor.

De que é que ela é feita? eu perguntei.

Barro, ela falou. Mas eu num importaria se fosse de concreto. Eu imagino que é possível fazer um molde pra cada seção, derramar o concreto dentro, deixar ele secar, tirar do molde, colar as parte de algum jeito e aí você teria a casa.

Bom, eu gosto dessa que você já tem, eu falei. Essa outra parece meio piquena.

Essa num é ruim, Shug falou. Mas é queu acho engraçado morar num quadrado. Se eu fosse quadrada, então na certa eu ia achar melhor, ela falou.

A gente falou muito sobre casa. Como elas são construída, que madeira as pessoa usam. Conversamo do que botar em volta da sua casa pra você poder usar. Eu sentei na cama e comecei a desenhar um tipo de borda de madeira em volta da casa de concreto. Você pode sentar aqui, eu falei, quando você ficar cansada de tá dentro da casa.

É, ela falou, e vamo botar um toldo encima. Ela pegou o lápis e botou a borda de madeira na sombra.

Aqui tem um canteiro de flor, ela falou, desenhando.

E tem gerânio, eu falei, desenhando também.

E uns elefante de pedra bem aqui, ela falou.

E uma tartaruga ou duas bem aqui.

E como a gente vai saber que você também mora aqui? ela perguntou.

Pato! eu falei.

Quando a gente acabou a nossa casa, parecia que ela pudia nadar ou vuar.

Ninguém cuzinha como a Shug quando ela cuzinha.

Ela acorda cedo de manhã e vai no mercado. Só compra coisa fresca. Então ela volta pra casa e senta na escada do fundo cantarolando e discascando ervilha ou limpando as verdura ou peixe ou o que que ela comprou. Aí ela bota todas as panela no fogo de uma vez e liga o rádio. A uma hora tudo tá pronto e ela chama a gente pra mesa. Presunto e verdura e galinha e broa de milho. Picles de cenoura e ervilha e molho. Picles de quiabo e casca de melão. Bolo de caramelo e torta de cereja.

A gente come e come e bebe um vinhozinho doce e cerveja também.

Aí a Shug e eu caímo na cama dela escutando música pra que toda essa cumida tenha uma chance de se ajeitar. É frio e escuro no quarto dela. A cama é boa e macia. A gente deita com o braço ao redor uma da outra. Tem vez que Shug lê o jornal em voz alta. As notícia sempre parecem loucas. As pessoa fazendo confusão e brigando e dando cotoco umas pras outra, e nunca nem ligando pra paz.

As pessoa são insana, Shug fala. Mais sem cabeça que mariposa... Nada feito por doido assim pode durar. Escuta, ela falou. Aqui tão eles construindo uma barragem pra poder inundar a terra de uma tribo de índio que tava lá desde o começo. E olha isso, eles tão fazendo um filme daquele homem que matou aquelas mulher todas. O mesmo cara que faz o papel do assassino agora tá fazendo o papel do padre. E olha esses sapato que eles tão fazendo, ela falou. Tenta andar um quilômetro com um sapato desse, ela falou. Você vai voltar pra casa mancando. E você viu o que eles tão tentando fazer com aquele homem que matou o casal chinês de pancada. Nada.

É, eu falei, mas tem coisa boa.

Certo, Shug falou, virando a página. O senhor e a senhora Hamilton Hufflemeyer tão feliz em anunciar o casamento de sua filha June Sue. Os Morris de Endover Road tão organizando uma rifa em favor da Igreja Episcopal. A senhora Herbert Endenfail esteve a semana passada nos Adirondack visitando a sua mãe duente, a distinta senhora Geoffrey Hood.

Todas essas cara parecem muito felizes, Shug falou. Grandes e rosada. Olho claro e inocente, como se eles num subessem que os outros tão se fudendo na primeira página. Mas eles são as mesmas pessoa, ela falou.

Mas logo depois de cuzinhar um lauto jantar e fazer uma grande confusão limpando a casa, Shug volta ao trabalho. Isso quer dizer que aí ela num pensa mais no que come. Num pensa mais onde dorme. Ela ficou na estrada durante semanas uma vez, voltou pra casa com os olho inchado, respirando mal, pesada e meio que disleixada. Mal tinha lugar pra parar e tomar um bom banho, muito menos pra lavar o cabelo, na estrada.

Deixa eu ir com você, eu falei. Eu posso passar sua roupa, pintiar seu cabelo. Seria como nos velhos tempo, quando você tava cantando no Harpo's.

Ela falou, Não. Ela consegue fingir que num tá chatiada na frente de um público só de estranhos, a maioria branco, mas num vai conseguir fingir na minha frente.

Depois, ela falou. Você num é minha impregada. Eu num trouxe você pra Memphis pra isso. Eu trouxe você pra cá pra amar você e ajudar você a se levantar.

E agora ela tá na estrada há duas semana, e eu e o Grady e a Tampinha agitamo pela casa tentando fazer as nossa coisa junto. Tampinha tá indo a um punhado de bar e o Grady leva ela. E ele também parece que tá fazendo uma piquena roça lá atrás da casa.

Eu fico sentada na sala custurando e custurando calça. Eu agora tenho calça de toda cor e tamanho que existe debaixo do sol. Desde que a gente começou a fazer calça lá em casa, eu num fui mais capaz de parar. Eu mudo o tecido, mudo a istampa, mudo o cóis, mudo o bolso. Eu mudo a barra, mudo o tamanho da perna. Eu faço tanta calça que a Shug brinca comigo. Eu num sabia o queu tava inventando, ela fala, rindo. Tem calça encima de todas as cadeira, pinduradas no armário. Moldes de jornal e pano tudo encima da mesa e espalhado pelo chão. Ela volta pra casa, me dá um beijo, passa pela bagunça. Fala, antes de sair de novo, Quanto dinheiro você acha que precisa *essa* semana?

Aí finalmente um dia eu fiz um par de calça perfeito. Pra minha doçura, é claro. Era de um jersey azul iscuro bem macio com umas tirinha fininha vermelha. Mas o que fez ela ficar tão perfeita é que era totalmente confortável. Porque Shug come muita porcaria na estrada, e bebe, e a barriga dela incha. Assim as calça tem que ficar solta mas sem perder a forma. Porque Shug tem que impacotar as coisa dela de um jeito que num amassa, essas calça são macia, num amarrotam de jeito nenhum, e as istampa do tecido tão sempre vivas e brilhante. E são bem cheias ao redor das canela porque se ela quiser cantar com elas ou usar como um tipo de vestido longo, ela pode. Depois, quando Shug bota essas calça, ela fica um estouro.

Dona Celie, ela falou, Você é uma maravilha de se ter.

Eu baixei a cabeça. Ela deu a volta na casa se olhando em todos os espelho. Num importa do jeito que ela olhava, ela sempre tava bem.

Você sabe como é quando a gente num tem nada pra fazer, eu falei, quando ela começou a exibir as calça pro Grady e pra Tampinha. Eu fico sentada aqui pensando no que fazer pra ganhar a vida e quando vejo eu já tô começando um novo par de calça.

Agora Tampinha viu um par que *ela* gostou. Oh, dona Celie, ela falou. Eu posso vistir essa?

Ela vistiu um par da cor do pôr do sol. Alaranjado com umas pinta meio cinza. Ficou ótima. O Grady olhou pra ela como se tivesse com vontade de comer ela inteira.

Shug pegou nas peça de pano queu deixo pindurada em todo canto. São todas macia, florida, viva e pegam a vista. Esses pano tão muito longe daquele tecido duro do exército que a gente tinha quando começou, ela falou. Você divia era fazer um par especial pra mandar pro Jack, agradecendo.

Pra que ela foi dizer isso. Na próxima semana eu tava procurando nas loja, gastando mais dinheiro da Shug. Eu sentei olhando pro quintal tentando ver na minha cabeça como seria um par de calça pro Jack. Jack é alto e meigo e quase nunca diz nada. Adora as criança. Respeita a esposa dele, Odessa, e todas as irmã briguenta da Odessa. Qualquer coisa que ela quer, ele tá lá. Mas nunca fala muito. Isso é o principal. E aí eu me lembrei de uma vez que ele me tocou. E parecia que os dedo dele tinham olho. Parecia que ele conhecia o meu corpo todo, mas ele só tocou no meu braço perto do cotovelo.

Eu comecei a fazer as calça pro Jack. Elas tinham que ser marrom. E macia e forte. E tinham que ter bolso grande pra ele

poder botar as coisa das criança. Bolinha de gude e cordão e mue-
dinha e pedra. E tinha que ser fácil de lavar e tinha que ser mais
apertada nas perna do que as de Shug pra ele poder correr se tivesse que tirar uma criança do meio da estrada ou qualquer coisa
assim. E tinha que ser de um jeito que ele pudesse deitar com elas
quando ele abraçasse Odessa na frente da lareira. E...

Eu sonhei e sonhei e sonhei com a calça do Jack. E cortei e
custurei. E terminei. E mandei elas pra ele.

A próxima coisa que escutei foi que Odessa queria um par.

Aí Shug quis mais dois par igualzinho ao primeiro. Depois
todo mundo da banda dela queria um. Aí começaram a vir pedi-
dos de todo lugar onde Shug ia cantar. Logo eu tava atolada.

Um dia quando Shug chegou em casa, eu falei, Você sabe, eu
adoro fazer isso, mas logo eu vou ter que sair e dar um jeito de
ganhar a vida. Parece que isso tá me atrasando.

Ela deu uma risada. Vamo botar uns anúncio no jornal, ela
falou. E vamo aumentar bem o preço dessas calça. E vamos fazer inda mais, vamo deixar você ficar com esse salão como ateliê
e vamo botar mais umas mulher aqui pra cortar e custurar, enquanto você fica lá atrás e desenha. Você já tá ganhando sua vida,
Celie, ela falou. Mulher, você tá indo em frente.

Nettie, eu tô fazendo uma calça pra você pra espantar o
calor da África. Macia, branca, fininha. Com o cóis de cordão.
Você nunca mais vai ter que sentir calor usando muita roupa.
Eu tô pensando em fazer ela a mão. Cada ponto que eu custurar
vai ser um beijo.

Amém.

Sua irmã, Celie

Calças Populares, Ilimitada.

Avenida Shug Avery

Memphis, Tennessee

Querida Nettie,

Eu tô tão feliz. Eu tenho um amor. Eu tenho um trabalho. Eu tenho dinheiro, amigos e tempo. E você tá viva e logo vai voltar pra casa. Com nossas criança.

Jerene e Darlene vieram pra me ajudar no negócio. Elas são gêmea. Nunca casaram. Adoram custurar. Depois, Darlene tá me ensinando a falar melhor. Ela falou que dizer A GENTE num é muito bom. Dá na cara que é caipira. Você fala A GENTE quando a maioria das pessoa fala NÓS, ela falou, e as pessoa pensam que você é boba. Os negro pensam que você é caipira e os branco acham graça.

E que me importa? eu perguntei. Eu tô feliz.

Mas ela falou queu vou ficar mais feliz falando como ela fala. Nada pode me fazer mais feliz a num ser ver você outra vez, eu penso, mas num digo nada. Toda vez queu falo uma coisa do jeito queu falo, ela me corrige até queu diga de outro jeito. Logo eu sinto que num vou mais dar conta nem de pensar. Meu pensamento começa a pensar alguma coisa, fica confuso, aí volta e assim meio que disiste.

Você acha mesmo que esse esforço vale a pena? eu perguntei.

Ela falou, Vale. Ela me trouxe um punhado de livros. Tudo cheio de branco, falando de uva e de gato.

E eu tô lá interessada em gato? eu penso.

Darlene continua tentando. Pensa como Shug vai se sentir melhor com você educada, ela falou. Ela num vai sentir vergonha de levar você pros outros lugar.

A Shug num tem vergonha de nada, eu falei. Mas ela num acredita que isso é verdade. Shug, ela falou um dia quando Shug tava em casa, você num acha que seria bacana se Celie falasse correto?

Shug falou, Ela pode falar até na língua dos sinais, queu num me importo. Aí ela foi fazer um chá de ervas pra ela e começou a falar que tava pensando em alisar o cabelo.

Mas eu deixo Darlene ficar preocupada. Tem vez queu penso nas uva e nos gato, outras não. Eu acho que só um idiota ia querer ver você falando de um jeito que parece esquisito pra sua cabeça. Mas ela é meiga e ela custura bem e a gente tem que ter alguma coisa pra ficar discutindo enquanto a gente trabalha.

Eu agora tô ocupada fazendo uma calça pra Sofia. Uma perna vai ser púrpura, a outra vermelha. Eu sonho que Sofia vistindo essa calça, um dia ela vai pular por cima da lua.

Amém,

Sua irmã, Celie

Querida Nettie,

Ir pra casa do Harpo e da Sofia é como se fosse igual aos velhos tempo. Só que a casa é nova, pra baixo do bar, e é muito maior do que era antes. E eu também tô diferente. Tô de um jeito diferente. Tô com uma calça azul iscuro e uma blusa de seda branca justa. Sandalinhas baixa vermelha sem salto e uma flor no meu cabelo. Eu passei pela casa de Sinhô ___ e ele tava sentado na varanda e nem viu quem eu era.

Na hora queu levantei minha mão pra apertar a campainha, eu escutei um barulho. Parecia uma cadeira caindo. Aí eu escutei uma discussão.

O Harpo falou, Quem já ouviu falar de mulher carregando caixão? Isso é tudo queu tô tentando dizer.

Bom, Sofia falou, então você já disse. Agora você pode ficar calado.

Eu sei que ela é sua mãe, Harpo falou. Mas mesmo assim.

Você vai ajudar a gente ou não? Sofia falou.

O que que vai ficar parecendo? Harpo falou. Três mulher forte carregando o caixão parece que deviam era tá em casa fritando galinha.

Três dos irmão nosso vão tá com a gente, do outro lado, Sofia falou. Eu acho que parece que eles tem é mão de lavrador.

Mas as pessoa tão costumada é com homem fazendo esse tipo de coisa. As mulher são mais fraca, ele falou. As pessoa acham que elas são mais fraca, falam que elas são mais fraca, de qualquer jeito. As mulher tem que ir com calma. Pode chorar, se quiser. Mas não tentar dominar.

Tentar dominar, Sofia falou. A mãe tá morta. Eu posso chorar e ir com calma e também levar o caixão. E quer você ajude ou não a gente com a cumida e as cadeira e a reunião depois, isso é exatamente o queu vou fazer.

Eu fiquei bem quieta. Depois de um tempo o Harpo falou bem tranquilo pra Sofia, Por que você gosta disso, hein? Por que você sempre acha que tem que fazer as coisa do seu jeito? Eu perguntei isso uma vez pra sua mãe quando você tava na cadeia.

E o que ela falou? Sofia perguntou.

Ela falou que você achava que o seu jeito era tão bom quanto o jeito dos outro. Além disso, era seu.

Sofia deu uma risada.

Eu sei que num era o momento melhor, mas eu bati na porta assim mesmo.

Ah, dona Celie, Sofia falou, abrindo a porta. Como você tá bem! Ela num tá bem, Harpo? Harpo olhava pra mim com se ele nunca tivesse me visto antes.

Sofia me deu um grande abraço e me beijou na testa. Onde tá dona Shug? ela perguntou.

Ela tá na estrada, eu falei. Mas ficou muito sentida quando soube que sua mãe morreu.

Bom, Sofia falou, mamãe brigou pelo que é bom. Se tiver um céu em algum lugar ela vai tá bem no meio.

Como tá você, Harpo? Ainda tá comendo muito?

Ele e Sofia riram.

Eu acho que a Mary Agnes num vai poder vir dessa vez. Sofia falou. Ela teve aqui menos de um mês atrás. Você precisava de ver ela e Suzie Q.

Não, eu falei. Ela finalmente tá trabalhando contratada, cantando em dois ou três bar da cidade. As pessoa tão gostando muito dela.

Suzie Q tá tão orgulhosa dela, Sofia falou. Adora ver ela cantar. Adora o perfume dela. Adora os vistido que ela usa. Adora botar os chapéu e os sapato dela.

Como é que ela tá indo na escola? eu perguntei.

Ah, muito bem, Sofia falou. É esperta como um diabinho. Desde que passou a raiva pela mãe ter ido embora e que ela discobriu queu era a mãe verdadeira da Henrietta, ela ficou bem. Ela adora Henrietta.

Como tá Henrietta?

Mau, Sofia falou. A carinha dela sempre tá que nem um dia de tempestade. Mas quem sabe ela vai crescendo e deixando disso. O pai dela demorou quarenta ano pra aprender a ser gentil. Ele era ruim até com a própria mãe.

Você continua vendo ele? eu perguntei.

Tanto quanto a gente vê Mary Agnes, Sofia falou.

Mary Agnes num é mais a mesma, Harpo falou.

O que você quer dizer? eu perguntei.

Eu num sei, ele falou. A cabeça dela vagueia. Ela fala como se tivesse bêbada. E cada vez que ela vira parece que tá procurando o Grady.

Os dois fumam muita maconha, eu falei.

Maconha, ele falou. Que é isso?

Uma coisa que faz você se sentir bem, falei. Uma coisa que faz você ter visão. Uma coisa que faz o seu amor aparecer. Mas se você fuma muito faz você ficar com a cabeça parecendo que tem febre. Confusa. Precisa sempre ficar agarrado com alguém. O Grady planta maconha no quintal, eu falei.

Eu nunca ouvi falar de uma coisa dessa, Sofia falou. Ela cresce no chão?

Como erva, falei. Se o Grady tivesse ela em fila teria meio alqueire.

E ela cresce muito? Harpo perguntou.

Cresce, falei. Cobre a minha cabeça. E é bem copada.

E que parte eles fumam? ele perguntou.

A folha, eu falei.

E eles fumam tudo isso? ele perguntou.

Eu dei uma risada. Não, ele vende a maior parte.

Você já provou? ele perguntou.

Já, eu falei. Ele faz cigarro com ela, e vende os cigarro. A maconha estraga seu hálito, falei, mas vocês querem provar um?

Não, se ela faz a gente ficar maluco, Sofia falou. Já é duro o bastante tentar levar a vida sem ser maluco.

É igualzinho ao uísque, eu falei. Você tem que ficar no controle.

Você sabe que tomar um pouco aqui e ali num faz mal pra ninguém, mas quando você num pode se ligar sem tá com a garrafa, aí você tá com problema.

Você fuma muito, dona Celie? Harpo perguntou.

E eu pareço idiota? Eu perguntei. Eu fumo quando quero falar com Deus. Eu fumo quando eu quero fazer amor. Ultimamente eu e Deus fazemo amor muito bem de todo jeito. Quer eu tenha fumado maconha ou não.

Dona Celie! Sofia falou. Chocada.

Mulher, eu tô abençoada, eu falei pra Sofia. Deus sabe o queu tô querendo dizer.

A gente sentou na mesa da cozinha e acendemo um. Eu mostrei pra eles como chupar a fumaça. Harpo ficou sufocado. Sofia engasgou.

Logo Sofia falou, Que engraçado, eu nunca escutei esse sonzinho antes.

Que som? Harpo perguntou.

Escuta, ela falou.

A gente ficou bem quieto escutando. Bem clarinho, a gente escutou uhmmmmmmmmmmmmmm.

De onde vem? Sofia perguntou. Ela levantou e foi olhar lá fora. Num tinha nada. O som foi ficando mais forte. Uhmmmmmmmmmm.

Harpo foi olhar pela janela. Nada lá fora, ele falou. O sonzinho falou UMMMMMMMMMM.

Eu acho queu sei o que é, eu falei.

Eles falaram, O quê?

Eu falei, Tudo.

É, eles falaram. Isso faz muito sentido.

Muito bem, Harpo falou no funeral, aí vem as amazona.

Os irmão delas também, eu cochichei de volta. Como você chama eles?

Eu num sei, ele falou. Os três sempre defenderam as irmã

maluca. Mas eles num se mexem pra nada. Eu imagino o que as esposa deles num devem ter que aguentar.

Todos eles marcham bem firme, sacudindo a igreja, e colocam a mãe da Sofia na frente do altar.

As pessoas tão chorando e se abanando e tentando olhar as criança, mas eles num ficam encarando nem Sofia nem as irmã dela. Eles fazem como se sempre tivesse sido assim. Eu amo as pessoa.

Amém.

Querida Nettie,

A primeira coisa queu reparei no Sinhô ___ foi como ele tá limpo. A pele dele brilha. O cabelo tá escovado pra trás.

Quando ele andou até o caixão pra rever o corpo da mãe de Sofia, ele parou, murmurou alguma coisa pra ela. Deu uma palmadinha no ombro dela. Na hora que voltou pro banco dele, ele olhou pra mim. Eu ergui meu leque e olhei pro outro lado.

A gente voltou pra casa do Harpo depois do funeral.

Eu sei que você num vai acreditar nisso, dona Celie, Sofia falou, mas o Sinhô ___ tá agindo como se tivesse tentando ficar religioso.

Um diabo como ele é, eu falei, tentar é tudo que ele pode fazer.

Ele num vai na igreja nem nada assim, mas já num é tão apressado pra julgar. Ele tá trabalhando duro também.

O quê? eu falei. Sinhô ___ trabalhando!

É verdade. Ele fica lá na roça desde o nascer até o pôr do sol. E limpa a casa igualzinho uma mulher.

Até cuzinha, Harpo falou. E mais ainda, lava os prato quando ele acaba.

Não, eu falei. Vocês devem tá brincando.

Mas ele num fala muito nem fica em volta das pessoa, Sofia falou.

Parece que a loucura tá chegando perto de mim, eu falei.

Nessa horinha, Sinhô ___ entrou.

Como vai você, Celie, ele falou.

Bem, falei. Eu olhei nos olho dele e vi que ele tava com medo de mim. Bom, ótimo, eu pensei. Deixa ele passar pelo queu passei.

Shug num veio com você dessa vez? ele falou.

Não, eu falei. Ela tem que trabalhar. Mas tá muito triste com a morte da mãe da Sofia.

Qualquer um tá triste, ele falou. A mulher que trouxe Sofia pro mundo trouxe muita coisa.

Eu num disse nada.

Eles fizeram um bunito funeral, ele falou.

Foi sim, eu falei.

E tantos netinho, ele falou. Bom. Doze criança, todas ocupada se multiplicando. Só a família dava pra encher a igreja.

É, eu falei. Isso é verdade.

Quanto tempo você vai ficar aqui? ele falou.

Talvez uma semana, eu falei.

Você sabe que a minina da Sofia e do Harpo tá muito doente? ele falou.

Não, eu num sabia, eu falei. Eu vi a Henrietta junto com os outro. Ali tá ela, eu falei. Ela parece muito bem.

É, ela parece bem, ele falou, mas ela tem um tipo de doença no sangue. O sangue parece que coagula nas veia dela de vez em quando, faz ela ficar mal pra cachorro. Eu num acho que ela vai resistir, ele falou.

Oh, meu Deus do Céu, eu falei.

É, ele falou. É duro pra Sofia. Ela inda tem que tentar ajudar aquela mocinha branca que ela criou. A mãe dela já morreu. A saúde dela num é muito boa também. Depois, Henrietta é um osso duro de roer quer tando doente ou não.

Ah, ela é mesmo um problema, eu falei. Aí eu lembrei de uma carta que a Nettie escreveu contando de uma doença que as criança têm lá na África. Eu acho que ela falou que parece alguma coisa de coágulo de sangue. Eu tentei lembrar o que ela tinha falado que os africano faziam, mas num consegui. Conversar com Sinhô ___ era uma surpresa tão grande queu num conseguia pensar em nada. Nem mesmo numa coisa pra dizer.

Sinhô ___ ficou parado esperando eu dizer alguma coisa, olhando pra casa dele. Finalmente ele falou, Boa noite, e foi embora.

Sofia falou que depois queu fui embora, Sinhô ___ vivia como um porco. Tão fechado na casa que fidia. Num deixava ninguém entrar até que finalmente Harpo forçou e entrou. Limpou a casa, fez cumida. Deu um banho no pai dele. Sinhô ___ tava fraco dimais pra reagir. Depois, muito abalado pra se importar.

Ele num conseguia durmir, ela falou. De noite ele achava que escutava morcego batendo na porta. Outras coisa faziam barulho no telhado. Mas a pior parte era ter que escutar o próprio coração. Ele ficava bem enquanto havia luz do dia, mas assim que escurecia o coração ficava doido. Batia tão alto que sacudia o quarto. Parecia tambor.

O Harpo foi pra lá muitas noite dormir com ele, Sofia falou. Sinhô — ficava todo incolhido num canto da cama. Olho pregado em várias peças da mobília, pra ver se elas num vinham pra cima dele. Você sabe como ele é piqueno, Sofia falou. E como Harpo é grande e forte. Bom, uma noite eu fui lá pra dizer uma coisa pro Harpo — e os dois tavam lá na cama pregado no sono. Harpo tava segurando o pai nos braço.

Depois disso, eu comecei a gostar de novo do Harpo, Sofia falou. E logo a gente começou a trabalhar na nossa nova casa. Ela deu uma risada. Mas eu falei que foi fácil, foi? Se eu falei, Deus vai me fazer cortar o meu próprio chicote.

O que fez ele melhorar? eu perguntei.

Oh, ela falou. O Harpo fez ele mandar procê o resto das carta da sua irmã. Logo depois disso ele começou a melhorar. Você sabe que a maldade mata, ela falou.

Amém.

Minha querida Celie,

Nessas alturas eu esperava estar em casa. Olhando para seu rosto e dizendo Celie, é mesmo você? Eu tentei imaginar o que os anos trouxeram para você em peso e rugas — ou como você penteia seu cabelo. De uma magricela, uma coisinha pequeninha eu fiquei bem rechonchuda. E alguns dos meus cabelos já estão brancos!

Mas o Samuel me fala que ele me ama mesmo rechonchuda e grisalha. Isso surpreende você?

Nós nos casamos no último outono, na Inglaterra, onde tentamos conseguir ajuda das igrejas e da Sociedade Missionária para os Olinka.

Enquanto eles puderam, os Olinka ignoraram a estrada e os construtores brancos que vieram com ela. Mas com o passar do tempo eles tiveram que prestar atenção neles porque uma das primeiras coisas que os construtores fizeram foi dizer para o povo que eles tinham que viver em outro lugar. Os construtores queriam o local da aldeia para sede da plantação de borracha. É o único sítio em muitos quilômetros que tem uma fonte permanente de água fresca.

Protestando e forçados, os Olinka, junto com seus missionários, foram colocados num pedaço árido de terra que não tem nenhuma gota de água durante seis meses no ano. Durante esse tempo, eles têm que comprar água dos plantadores. Na estação chuvosa há um rio e eles estão tentando cavar buracos nos arredores das pedras para fazer cisternas. Até agora eles estão coletando água nos tambores de óleo que os brancos trouxeram e jogaram fora.

Mas a coisa mais horrível que aconteceu foi com relação às folhas-de--teto que, como eu devo ter escrito para você, o povo adora como um deus e usa para cobrir as suas cabanas. Bem, nessa faixa árida de terra os plantadores ergueram as barracas dos operários. Uma para os homens e uma para as mulheres e crianças. Mas, como os Olinka juraram que nunca viveriam numa moradia que não fosse coberta pelo deus deles, a folha-de-teto, os construtores deixaram essas barracas descobertas. E continuaram a passar os tratores na aldeia dos Olinka e em tudo mais por quilômetros em volta. Incluindo até o último pequenino caule da folha-de-teto.

Depois de quase insuportáveis semanas no sol quente, nós fomos acordados uma manhã pelo som de um grande caminhão chegando no conjunto. Ele tava cheio com folhas de flandres enrugadas.

Celie, nós tivemos que pagar pelas folhas de flandres. O que acabou com as magras economias que os Olinka tinha, e quase levou todo o dinheiro que eu e o Samuel tínhamos conseguido economizar para a educação das crianças quando voltássemos para casa. O que pretendemos fazer cada ano desde que a Corrine morreu, mas só ficamos cada vez mais e mais envolvidos com os problemas dos Olinka. Nada pode ser mais feio que uma folha de flandres enrugada, Celie. E enquanto eles se esforçavam para colocar as folhas desse frio, duro, cintilante, feio metal, as mulheres entoaram um ensurdecedor lamento de tristeza que ecoou para fora das paredes das cavernas por quilômetros e quilômetros de distância. Foi nesse dia que os Olinka reconheceram pelo menos uma derrota temporária.

Embora os Olinka já não peçam mais nada da gente, além de ensinar suas crianças — porque eles podem ver como nós e Deus somos pobres — Samuel e eu decidimos que tínhamos que fazer alguma coisa a respeito desse último ultraje, mesmo se a maioria das pessoas de quem a gente se sentia mais próximo tivesse fugido para juntar-se aos mbeles ou povo da floresta, que vivem bem no coração da selva, recusando-se a trabalhar para os brancos ou serem governados por eles.

Por isso nós viajamos, com as crianças, para a Inglaterra.

Foi uma viagem incrível, Celie, não apenas porque nós tínhamos quase esquecido como era o resto do mundo, e de coisas assim como navios e lareiras e lampião de rua e aveia, mas porque no navio conosco viajava a mulher branca missionária sobre a qual havíamos escutado falar anos atrás. Ela agora está aposentada do trabalho missionário e voltava para morar na Inglaterra. Ela estava viajando com um meninozinho africano que ela apresentou como seu neto!

Certamente era impossível ignorar a presença de uma senhora branca idosa acompanhada de uma pequena criança preta. O navio estava em polvorosa. Todo dia ela e a criança caminhavam pelo convés sozinhos, e os grupos das pessoas brancas ficavam em silêncio quando eles passavam.

Ela é uma mulher vistosa, de fibra, olhos azuis, com cabelo da cor da prata e da grama seca. Um queixo pequeno e quando ela fala parece que está gargarejando.

Eu estou entrando nos sessenta e cinco, ela falou, quando nos encontramos dividindo uma mesa no jantar uma noite. Vivi nos trópicos a maior parte de minha vida. Mas, ela falou, uma grande guerra está chegando. Maior que a primeira que eles estavam começando quando eu viajei. Será duro para a Inglaterra, mas eu espero que sobrevivamos. Eu perdi a outra guerra, ela falou. Nessa eu quero estar presente.

Samuel e eu nunca havíamos realmente pensado na guerra.

Ora, ela falou, os sinais estão em todo lugar da África. Na Índia também, eu suponho. Primeiro se constrói uma estrada até onde você guarda suas coisas. Depois as árvores são arrancadas para fazer navios e móveis para o capitão. Depois plantam sua terra com uma coisa que você não pode comer. Depois você é forçado a trabalhar para eles. Isso está acontecendo em toda a África, ela falou. Em Burma também, eu suponho.

Mas o Harold aqui e eu decidimos ir embora. Não foi Harry? ela falou, dando um biscoito para o menino. A criança não disse nada, só começou a mastigar pensativamente seu biscoito. Adam e Olivia logo o levaram para explorar os salva-vidas.

A história de Doris — o nome da mulher é Doris Baines — é muito interessante. Mas eu não vou aborrecer você com ela como nós com o passar do tempo acabamos nos aborrecendo.

Ela nasceu numa família muito rica na Inglaterra. Seu pai era lorde Qualquer Coisa. Eles estavam sempre indo ou dando festas que não eram nada divertidas. Além disso, ela queria escrever livros. Sua família era contra. Totalmente. Eles esperavam que ela se casasse.

Eu, casada! ela exclamou. (Realmente, ela tem as ideias mais estranhas.)

Eles fizeram tudo para me convencer, ela falou. Vocês não podem imaginar. Eu nunca vi tantos rapazinhos criados a leite em toda minha vida como vi quando tinha dezenove e vinte anos. Cada um mais tedioso que o outro. Pode alguma coisa ser mais tediosa que um inglês de classe alta? ela falou. Eles me fazem pensar num cogumelo com sangue.

Bom, ela continuou falando, por infindáveis jantares, porque o capitão nos colocou permanentemente na mesma mesa. Parece que a ideia de se tornar missionária começou a lhe ocorrer uma noite quando ela estava se aprontando para mais um tedioso encontro com algum pretendente, deitada no banheiro pensando que um convento seria melhor que o castelo onde ela vivia. Ela poderia pensar, ela poderia escrever. Ela poderia ser a dona de seu próprio nariz. Mas espere. Como freira ela não seria dona de seu próprio nariz. Deus seria o dono. A irmã diretora. A irmã superiora etc. etc. Ah, mas uma missionária! Nos confins da Índia, sozinha! Parecia uma bênção.

E assim ela cultivou um pio interesse pelos pagãos. Enganou os pais. Enganou a Sociedade Missionária, que ficou tão encantada com o seu rápido domínio das línguas que a enviou para a África (que azar!) onde ela começou a escrever romances sobre tudo que existia sob o sol.

Meu nome de escritora é Jared Hunt, ela falou. Na Inglaterra e mesmo nos Estados Unidos, eu sou um grande sucesso. Rica, famosa. Uma eremita excêntrica que passa a maior parte de seu tempo em caçadas selvagens.

Bom, ela continuou, várias noites depois, vocês acham que eu prestava muita atenção aos pagãos? Eu não via nada de errado com eles, como eles eram. E eles pareciam gostar muito de mim. Eu na verdade tinha condições de ajudá-los bastante. Eu era uma escritora, afinal de contas, e escrevi resmas de papéis em favor deles: sobre a sua cultura, seu comportamento, suas necessidades, tudo isso. Vocês ficariam surpresos se soubessem quanto vale escrever bem quando você está atrás de dinheiro. Eu aprendi a falar a língua deles sem erros, e escrevia nela relatórios inteiros para enganar os missionários metidos. Eu abri primeiro o cofre-forte da família em quase um milhão de libras, antes de conseguir alguma coisa das sociedades missionárias ou de velhos amigos ricos da família. Eu construí um hospital, uma escola primária. Um colégio. Uma piscina — o único luxo que eu me permiti, já que nadando no rio se corre o perigo de ser atacado pelas sanguessugas.

Vocês não acreditariam como tudo era cheio de paz! ela falou, num café da manhã, na metade do caminho para a Inglaterra. Dentro de um ano tudo que dizia respeito a mim e aos pagãos funcionava como um relógio. Eu falei para eles logo no começo que a alma deles não era uma preocupação minha, que eu queria escrever livros e não ser perturbada. Por esse prazer eu estava preparada para pagar. Até muito bem.

Um dia, num assomo de apreciação, o chefe — sem dúvida, não sabendo mais o que fazer — me presenteou com um par de esposas. Eu acho que, no geral, eles não me consideravam uma mulher. Parecia que eles tinham algumas dúvidas sobre o que exatamente eu era. De todas as maneiras, eu eduquei as duas mocinhas o melhor que eu pude. Mandei-as para a Inglaterra, é claro, para aprender medicina e agricultura. Recebi-as muito bem em casa quando retornaram, dei-as em casamento a dois jovens rapazes que sempre estavam por ali, e começou o melhor período da minha vida como avó dos seus filhos. Eu devo reconhecer, ela sorria, eu me tornei fabulosa como vovó. Eu aprendi com os Akwee. Eles nunca batem nas crianças. Nunca trancam elas em outra parte da cabana. Eles fazem uns malditos cortes por volta da puberdade. Mas a mãe de Harry, a doutora, vai mudar tudo isso, não é mesmo, Harold?

De todos os modos, ela falou, quando eu chegar à Inglaterra eu vou dar um basta a essa maldita usurpação dos ingleses. Eu vou dizer para eles o que fazer com sua maldita estrada e suas malditas plantações de borracha e com seus malditos plantadores e engenheiros queimados de sol, mas mesmo assim tediosos. Eu sou uma mulher muito rica e eu sou a proprietária da *aldeia dos Akwee.*

Nós escutamos tudo isso quase sempre num silêncio respeitoso. As crianças estavam encantadas com o jovem Harold, embora ele nunca dissesse nenhuma palavra na nossa presença. Ele parecia gostar muito de sua avó e estar bem acostumado com ela, mas a sua verbosidade provoca nele uma espécie de prudente observação muda.

Mas conosco ele é bem diferente, Adam falou. Adam é realmente um fã ardoroso de crianças, e pode se entender com qualquer uma depois de meia hora. Adam faz piada, ele canta, banca o palhaço e sabe jogos. E ele tem o mais ensolarado dos sorrisos, quase todo o tempo — e grandes saudáveis dentes africanos.

Enquanto eu escrevo sobre o sorriso ensolarado dele, eu percebo que ele tem estado extraordinariamente tristonho nessa viagem. Interessado e excitado, mas não realmente ensolarado, *a não ser quando está com o pequeno Harold.*

Eu vou ter que perguntar para Olivia o que está acontecendo. Ela está entusiasmada com o pensamento de voltar à Inglaterra. A mãe dela costumava contar para ela sobre as casas de campo cobertas de palha dos ingleses e como elas a faziam se lembrar das cabanas de folha-de-teto dos Olinka. Mas elas são quadradas, ela falava. Mais parecida com a nossa igreja e a escola do que nossas casas, o que Olivia achava muito estranho.

Quando chegamos à Inglaterra, o Samuel e eu apresentamos as queixas dos Olinka ao bispo do ramo inglês da nossa igreja, um homem jovem usando óculos que sentou folheando uma pilha dos informes anuais do Samuel. Ao invés de falar sobre os Olinka, o bispo quis saber quanto tempo tinha passado desde a morte da Corrine e porque, logo que ela morreu, eu não voltei para os Estados Unidos.

Eu realmente não entendi aonde ele estava querendo chegar.

Aparências, Senhorita ___, ele falou. Aparências. O que os nativos vão pensar?

Sobre o quê? eu perguntei.

Ora, ora, ele falou.

Nós somos como irmão e irmã um para o outro, Samuel falou.

O bispo sorriu afetadamente. Sim, ele falou.

Eu senti minhas faces queimando.

Bom, teve mais coisas assim, mas porque preocupar você com isso? Você sabe como algumas pessoas são, e o bispo era uma dessas. Samuel e eu saímos sem que ele dissesse uma só palavra sobre o problema dos Olinka.

Samuel estava tão furioso. Eu estava amedrontada. Ele falou que a única coisa que nós podíamos fazer, se quiséssemos continuar na África, era nos juntar aos mbeles e encorajar todos os Olinka a fazer o mesmo.

Mas e se eles não quiserem ir? eu perguntei. Muitos deles são muito velhos para mudar para a floresta. Muitos estão doentes. As mulheres têm crianças pequenas. E ainda têm os jovens que querem bicicletas e roupas ingleses. Espelhos e panelas coloridas. Eles querem trabalhar para os brancos para ter essas coisas.

Coisas!, ele falou, com desgosto. Malditas coisas!

Bem, de todas maneiras, nós temos um mês aqui ainda, vamos tentar fazer o melhor desse tempo.

Porque nós tínhamos gastado tanto do nosso dinheiro com as folhas de flandres e a viagem, tivemos que passar um mês de pobres na Inglaterra. Mas foi muito bom para nós. Começamos a nos sentir como uma família, sem a Corrine. E as pessoas que encontrávamos nas ruas, nunca deixavam (se chegavam a falar conosco) de expressar o sentimento de que as crianças eram muito parecidas com nós dois. As crianças começaram a aceitar isso como natural, e começaram a sair sozinhas para ver as paisagens que interessavam a eles. Deixando o pai e eu com nossos prazeres mais tranquilos, mais calmos, um dos quais é a simples conversação.

O Samuel, é claro, nasceu no Norte, em Nova York, e cresceu e foi educado lá. Ele conheceu a Corrine através de sua tia que foi missionária, junto com a tia da Corrine, no Congo Belga. Samuel frequentemente acompanhava a tia Althea até Atlanta, onde a tia Theodosia de Corrine morava.

Essas duas senhoras haviam passado por coisas maravilhosas juntas, disse Samuel, rindo. Elas foram atacadas por leões, pisadas por elefantes, fugiram de enchentes, foram guerreadas pelos "nativos". Os casos que elas contavam eram simplesmente incríveis. Ali estavam elas sentadas num sofá acolchoado, duas elegantes e distintas senhoras em tufos e laços, contando essas histórias estupendas na hora do chá.

Corrine e eu como adolescentes gostávamos de estilizar essas histórias em comédias. Nós as chamávamos de coisas assim como três meses numa rede ou dolorosas ancas do continente negro ou, ainda, um mapa da áfrica: um guia para a indiferença nativa do mundo santo.

Nós ríamos delas, mas estávamos encantados com essas aventuras, e com as senhoras que as contavam. Elas eram tão sóbrias. Tão distintas. Você na verdade não poderia imaginar as duas realmente construindo — com as próprias mãos — uma escola na selva. Ou matando cobras. Ou combatendo africanos que pensavam que, já que elas usavam vestidos com coisas que pareciam asas atrás, deveriam ser capazes de voar.

Selva? Corrine ria pra mim e eu pra ela. E só o som da palavra nos fazia chegar quase à histeria, enquanto calmamente fingíamos tomar nosso chá. Porque, é claro, elas não percebiam que estavam sendo engraçadas, e para nós elas estavam, muito. Certamente o ponto de vista popular que prevalecia na época sobre os africanos contribuía para nossa diversão. Os africanos não apenas eram selvagens, eles eram desengonçados, selvagens incapazes, como os seus desengonçados e incapazes conterrâneos em casa. Mas nós, cuidadosamente, para não dizer estudadamente, afastávamos essa conexão muito aparente.

A mãe da Corrine era uma mãe e dona de casa dedicada que não gostava de sua irmã mais aventureira. Mas nunca impediu Corrine de visitá-la. E quando Corrine completou a idade suficiente, ela a enviou para o Seminário Spelman onde a Tia Theodosia tinha se formado. Esse era um lugar muito interessante. Foi criado por duas missionárias brancas da Nova Inglaterra que usavam vestidos idênticos. Começou no porão de uma igreja, mas logo mudou para umas instalações do Exército. Finalmente essas duas senhoras conseguiram grandes somas de dinheiro de alguns dos mais ricos homens dos Estados Unidos, e assim o lugar cresceu. Edifícios, árvores. As moças aprendiam tudo: ler, escrever, aritmética, costura, limpeza, culinária. Mas mais do que qualquer outra coisa elas aprendiam a servir a Deus e à comunidade negra. O seu slogan oficial era TODA NOSSA *escola para cristo. Mas eu sempre pensei que o slogan não oficial deveria ser* NOSSA COMUNIDADE COBRE O MUNDO, *porque, tão logo uma jovem saía do Seminário Spelman, ela começava a pôr a mão na massa em qualquer trabalho que pudesse fazer para seu povo, em qualquer lugar no mundo. Era realmente incrível. Essas jovens muito polidas e distintas, algumas delas nunca tendo posto o pé fora de sua própria cidadezinha, exceto para ir ao Seminário, não vacilavam em fazer sua mala e ir para Índia, África, Oriente. Ou para Filadélfia ou Nova York.*

Mais ou menos sessenta anos antes da fundação da escola, os índios Cherokee que viviam na Geórgia foram forçados a deixar suas casas e andar, pela neve, para os campos de reassentamento no Oklahoma. Um terço deles morreu no caminho. Mas muitos deles se recusaram a deixar a Geórgia. Eles se esconderam como pessoas negras e com o tempo acabaram se misturando com a gente. Muitas dessas moças de raça mista estavam no Spelman. Algumas se lembravam do que realmente eram, mas a maioria não. Se alguma vez pensavam sobre isso (e se tornou cada vez mais difícil pensar sobre os índios porque não havia nenhum por perto), elas pensavam que eram amareladas ou meio avermelhadas e com os cabelos ondulados por causa de ancestrais brancos, não índios.

Até Corrine pensava assim, ele falou. No entanto, eu sempre senti seu sangue índio. Ela era tão calma. Tão reflexiva. E podia apagar a si mesma, seu espírito, com uma rapidez que realmente espantava, quando sabia que as pessoas em volta não iriam respeitá-la.

Não parecia difícil para Samuel falar sobre Corrine quando nós estávamos na Inglaterra. Não era difícil para mim escutar.

Tudo parece tão improvável, ele falou. Aqui estou eu, envelhecendo, um homem cujos sonhos de ajudar os outros só foram isso, sonhos. Como Corrine e eu quando crianças teríamos rido de nós mesmos. VINTE ANOS OS BOBOS DO OESTE OU A DOENÇA DA BOCA E DA FOLHA-DE-TETO: UM TRATADO SOBRE A FUTILIDADE NOS TRÓPICOS ETC. ETC. *Nós fracassamos tão completamente, ele falou. Nós nos tornamos tão cômicos quanto Althea e Theodosia. Eu acho que a consciência que a Corrine teve disso alimentou sua doença. Ela era muito mais intuitiva do que eu. Seu dom para compreender as pessoas era muito maior. Ela costumava dizer que os Olinka eram ressentidos conosco, mas eu não via isso. Mas eles eram sim, você sabe.*

Não, eu falei, não é ressentimento. Realmente é indiferença. Algumas vezes eu acho que a nossa posição é como a do mosquito nas costas de um elefante.

Eu me lembro de uma vez, antes da Corrine e eu nos casarmos, Samuel continuou, Tia Theodosia fez uma de suas reuniões caseiras. Ela fazia essas reuniões todas as quintas. Convidava vários "jovens sérios" como ela dizia, e um deles era um jovem estudante de Harvard chamado Edward. Duboyce era o sobrenome, eu acho. Enfim, Tia Theodosia estava falando sobre suas aventuras na África, chegando ao momento em que o rei Leopoldo da Bélgica a presenteou com uma medalha. Bem, Edward, ou talvez seu nome fosse Bill, era um tipo muito impaciente. Você via isso nos olhos dele, podia ver na maneira como ele mexia com o corpo. Ele nunca ficava parado. Quando

Tia Theodosia chegou perto da parte sobre sua surpresa e alegria em receber essa medalha — que validava seu serviço como uma missionária exemplar nas colônias do rei — o pé de Duboyce começou a bater no chão rápida e incontrolavelmente. Corrine e eu olhamos um para o outro em alarma. Claramente aquele homem tinha escutado essa história antes e não estava preparado para escutá-la pela segunda vez.

Senhora, ele falou, quando Tia Theodosia terminou sua história e passou sua famosa medalha pela sala, a senhora sabe que o rei Leopoldo cortou as mãos dos trabalhadores que, na opinião dos plantadores das colônias, não preenchiam a sua cota de borracha? Mais do que se orgulhar dessa medalha, a senhora deveria considerá-la como um símbolo de sua cumplicidade inconsciente com esse déspota que matou de trabalho e brutalizou e acabou por exterminar milhares e milhares de africanos.

Bem, Samuel falou, o silêncio caiu sobre a reunião como um raio. Pobre Tia Theodosia! Há alguma coisa dentro de todos nós que deseja uma medalha pelo que fazemos. Que deseja ser admirado. E os africanos certamente não lidam com medalhas. Eles mal parecem se importar com a existência dos missionários.

Não seja amargo, eu falei.

Como posso não ser? ele falou.

Os africanos nunca nos pediram para vir, você sabe. Não adianta culpá-los se sentimos que não somos bem-vindos.

É pior do que apenas não ser bem-vindo, Samuel falou. Os africanos nem mesmo nos veem. Eles nem mesmo nos reconhecem como os irmãos e irmãs que eles venderam.

Oh, Samuel. Por favor.

Mas sabe, ele começou a chorar. Oh Nettie, ele falou. Essa é a questão, você não vê. Nós amamos eles. Nós tentamos de todas as maneiras mostrar para eles esse amor. Mas eles nos rejeitam. Eles nunca nem escutam os nossos sofrimentos. E, se eles escutam, falam coisas estúpidas. Por que vocês não falam nossa língua? eles perguntam. Por que vocês não podem se lembrar das tradições antigas? Por que vocês não estão felizes nos Estados Unidos, se lá todo mundo tem um carro?

Celie, nesse momento eu achei que devia colocar os braços em volta dele. E foi o que eu fiz. E palavras há muito tempo enterradas no meu coração subiram aos meus lábios.

Eu passei a mão por seu querido rosto e sua cabeça e o chamei de querido e meu amor. E aconteceu, querida, querida Celie, que a solicitude e a paixão logo se apossaram de nós.

Eu espero que quando você receber a notícia do comportamento de sua irmã daí em diante você não fique chocada ou inclinada a me julgar muito severamente. Especialmente quando eu contar para você como foi uma alegria total. Eu me senti transportada pelo êxtase nos braços do Samuel.

Você pode ter adivinhado que eu o amei durante todo esse tempo, mas eu não me dava conta. Oh, eu o amava como um irmão e o respeitava como um amigo, mas Celie, agora eu o amo de corpo, como um homem! Eu amo o seu andar, seu tamanho, sua forma, seu cheiro, o pinxaim de seu cabelo. Eu amo a textura de sua mão. O rosado de seu lábio interior. Eu amo o seu grande nariz. Eu amo suas sobrancelhas, eu amo seus pés. E eu amo os seus queridos olhos nos quais posso ver claramente a vulnerabilidade e a beleza de sua alma.

As crianças perceberam imediatamente a nossa mudança. Eu acho, minha querida, que nós estávamos radiantes.

Nós amamos muito um ao outro, Samuel contou para eles, com seu braço em minha volta. Nós pretendemos nos casar.

Mas antes, eu falei, preciso contar a vocês uma coisa sobre minha vida e sobre a Corrine e sobre uma outra pessoa. E foi então que contei para eles sobre você, Celie. E sobre o amor que a mãe deles Corrine tinha por eles. E sobre eu ser tia deles.

Mas onde está essa outra mulher, a sua irmã? Olivia perguntou.

Eu expliquei o seu casamento com Sinhô ___ da melhor maneira que eu pude.

Adam imediatamente ficou alarmado. Ele tem uma alma muito sensível que escuta o que não é dito tão claramente como o que é.

Nós todos vamos voltar para os Estados Unidos logo, Samuel falou pra tranquilizá-lo, e vamos cuidar dela.

As crianças compareceram conosco para uma cerimônia simples em Londres. E foi naquela noite, depois do jantar do casamento, quando nós todos estávamos nos preparando para deitar, que Olivia me contou o que estava perturbando seu irmão. Ele estava sentindo falta da Tashi.

Mas ele também está muito chateado com ela, Olivia falou, porque, quando partimos, ela estava planejando marcar o rosto.

Eu não sabia disso. Uma das coisas que nós pensamos que tivéssemos ajudado a parar era a marcação ou corte tribal nas faces das jovens mulheres.

Essa é a maneira como os Olinka podem mostrar que ainda conservam suas antigas tradições, Olivia falou, mesmo tendo o homem branco tirado quase todo o resto. Tashi não queria isso, mas para fazer seu povo se sentir melhor estava resignada. Ela também vai passar pela cerimônia de iniciação feminina, ela falou.

Oh, não, eu falei. Isso é tão perigoso. E se ela se infectar?

Eu sei, Olivia falou. Eu falei para ela que ninguém na Europa ou América corta pedaços do próprio corpo. E de todas maneiras ela deveria ter feito isso quando tinha 11 anos, se fosse mesmo fazer. Ela já está muito velha para isso agora.

Bem, alguns homens são circuncidados, eu falei, mas isso é só a remoção de um pedaço de pele.

Tashi ficou feliz sabendo que a cerimônia de iniciação não era feita na Europa ou na América, Olivia falou. Isso faz a cerimônia ainda mais valiosa para ela.

Eu entendo, falei.

Ela e Adam tiveram uma briga terrível. Não igual a nenhuma que eles tiveram antes. Ele não estava brincando com ela nem a caçando pela aldeia nem tentando amarrar folha-de-teto no cabelo dela. Ele estava tão zangado que poderia ter batido nela.

Bem, foi uma boa coisa ele não ter feito isso. Tashi teria apertado a cabeça dele no tear.

Eu ficarei feliz quando voltar pra casa, Olivia falou. Não é só Adam que sente falta de Tashi.

Ela me beijou e ao pai dizendo boa-noite. Logo Adam entrou também para fazer o mesmo.

Mamãe Nettie, ele falou, sentado na cama ao meu lado, como você sabe quando realmente ama uma pessoa?

Algumas vezes você não sabe, eu falei.

Ele é um rapaz bonito, Celie. Alto e de ombros largos, com uma voz profunda e carinhosa. Eu contei para você que ele escreve versos? E adora cantar? Ele é um filho para você se orgulhar.

Carinhosamente, sua irmã,
Nettie

P.S.: Seu irmão Samuel também lhe manda seu amor.

Minha querida Celie,

Quando nós voltamos para casa, todo mundo parecia feliz por nos ver. Quando contamos para eles que o nosso apelo à igreja e à Sociedade Missionária havia fracassado, eles ficaram muito desapontados. Literalmente limparam o sorriso do rosto junto com o suor, e retornaram, abatidos, para suas barracas. Nós fomos para nossa casa, uma combinação de igreja, casa e escola, e começamos a desfazer nossas malas.

As crianças... eu percebo que não devo mais chamá-las de crianças, elas cresceram, foram à procura da Tashi; uma hora mais tarde voltaram sem voz. Não descobriram sinais dela. Catherine, sua mãe, está plantando seringueiras longe da vila, disseram para eles. Mas ninguém tinha visto Tashi durante todo o dia.

Olivia ficou muito desapontada. Adam estava tentando fingir que não estava preocupado, mas reparei que ele estava com ar absorto mordendo a pele em volta das unhas.

Depois de dois dias ficou claro que Tashi estava se escondendo deliberadamente. Os seus amigos contaram que, enquanto nós estávamos fora, ela passou tanto pelo sacrifício facial quanto pelo rito da iniciação feminina. Adam ficou pálido com essa notícia. Olivia simplesmente chocada e mais preocupada que nunca em encontrá-la.

Mas foi só no domingo que vimos Tashi. Ela tinha emagrecido muito, e parecia apática, de olhos vazios e cansada. Seu rosto ainda estava inchado com meia dúzia de incisões pequenas e fundas, no alto de cada face. Quando ela estendeu sua mão para Adam, ele se recusou a segurá-la. Ele só olhou para as cicatrizes dela, virou-se e saiu.

Ela e Olivia se abraçaram. Mas foi um abraço quieto, pesado. Nada parecido com o comportamento risonho, barulhento que eu esperava.

Tashi está, desgraçadamente, envergonhada de suas cicatrizes na face, e agora mal consegue levantar sua cabeça. Elas devem ser doloridas também porque parecem irritadas e vermelhas.

Mas isso é o que o povo tribal está fazendo com suas mulheres jovens e também com os homens. Entalhando a sua identidade como povo no rosto de suas crianças. Mas as crianças consideram essas cicatrizes como atraso, uma *coisa da geração dos seus avós, e muitas vezes resistem. Então a cicatriz é feita à força, sob as mais terríveis condições. Nós providenciamos antissépticos e algodão e um lugar para as crianças chorarem e cuidarem de suas feridas.*

Todo dia Adam nos pressiona para voltarmos para casa. Ele já não pode suportar viver como nós vivemos. Já não existem nem árvores perto de nós, só pedras gigantes e pequenas. E cada vez mais os seus companheiros estão fugindo. A verdadeira razão, claro, é que ele já não consegue suportar seus sentimentos conflitantes em relação a Tashi, que está começando, eu acho, a reconhecer o tamanho de seu engano.

Eu e o Samuel estamos muito felizes, Celie. E tão gratos a Deus por isso! Nós ainda mantemos uma escola para as crianças menores; os que têm de oito anos em diante já estão trabalhando nos campos. Para pagar o aluguel pelas barracas, imposto sobre a terra, e para comprar água e lenha e comida, todo mundo tem que trabalhar. Assim, nós ensinamos aos menores a cuidar dos nenês, cuidar dos velhos e doentes, e atender a mães parturientes. Nossos dias estão mais cheios do que nunca, nossa estadia na Inglaterra já é só um sonho. Mas todas as coisas parecem brilhar porque eu tenho uma alma amorosa com a qual dividi-las.

Sua irmã,

Nettie

Querida Nettie,

O homem que a gente conhecia como Pai tá morto.

Como é que eu inda chamo ele de Pai? Shug me perguntou isso outro dia.

Mas, tarde dimais pra chamar ele de Alphonso. Eu nunca nem me lembro da mamãe chamando ele com esse nome. Ela sempre disse, Seu Pai. Eu acho que era pra fazer a gente acreditar mais. De qualquer maneira, a mulherzinha dele, Daisy, me chamou no telefone no meio da noite.

Dona Celie, ela falou, eu tenho más notícia. O Alphonso tá morto.

Quem? eu perguntei.

Alphonso, ela falou. Seu padastro.

Como ele morreu? perguntei. Eu pensei em assassinato, atropelamento por caminhão, queimadura de raio, doença ruim. Mas ela falou, Não, ele morreu durmindo. Bom, não durmindo mesmo, ela falou. A gente tava passando o tempo junto na cama, você sabe, antes da gente durmir.

Bom, eu falei, meus pêsame.

Obrigada, senhora, ela falou, e eu pensei queu tivesse ficado com a casa também, mas parece que ela pertence a você e sua irmã Nettie.

O que que você disse? eu perguntei.

Seu padastro morreu faz uma semana, ela falou. Quando a gente foi pra cidade escutar o testamento ontem, você poderia ter me derrubado com um sopro. Seu pai verdadeiro era o dono da terra e da casa e da loja. Ele deixou tudo pra sua mãe. Quando sua mãe morreu, tudo passou pra você e sua irmã Nettie. Eu num sei como Alphonso nunca falou isso pra você.

Bom, eu falei, nada que venha dele eu quero.

Eu escutei Daisy prender a respiração. E a sua irmã Nettie, ela falou. Você acha que ela pensa a mesma coisa?

Eu acordei um pouquinho aí. Na hora que a Shug se virou e me perguntou quem era, eu comecei a ver a luz.

Num seja idiota, Shug falou, me cutucando com o pé. Você agora tem sua própria casa. Seu pai e sua mãe deixaram ela pra você. Aquele cachorro do seu padrasto é só um fedor que tá passando.

Mas eu nunca tive uma casa, falei. Só de pensar em ter uma casa minha basta pra me dar medo. Depois, essa casa queu tô ganhando é maior que a de Shug, tem mais terra em volta. E mais, ela vem junto com uma loja.

Meu Deus, eu falei pra Shug. Eu e a Nettie temo uma loja. O que a gente vai vender?

Que tal calça? Shug falou.

Então a gente disligou o telefone e corremo pra casa outra vez pra examinar a propriedade.

Uns dois quilômetro antes de chegar na cidade a gente passou na entrada do cemitério dos negro. Shug tava durmindo que nem pedra, mas uma coisa me disse queu devia entrar. Logo eu vi uma coisa que parecia um pequeno arranha-céu e eu parei o carro e desci pra ver. Claro, tinha o nome do Alphonso lá. Tinha muitas outras coisa também. Membro disso e daquilo. Líder de empresário e fazendeiro. Esposo e pai honrado. Bom para os pobre e desvalido. Ele tava morto há duas semana, mas flores fresca inda tavam infeitando o túmulo dele.

Shug desceu do carro e veio pra perto de mim.

Finalmente ela bocejou alto e espreguiçou. O filho da puta tá bem morto, ela falou.

Daisy tenta fingir que tá feliz de ver a gente, mas ela num tá. Ela tem dois filho e parece que tá grávida de outro. Mas ela tem boas roupa, um carro, e Alphonso deixou todo o dinheiro dele pra ela. Depois, eu acho que ela deu um jeito de ajeitar o pessoal dela quando tava morando com ele.

Ela falou, Celie, a velha casa que você lembra foi derrubada pra Alphonso construir essa. Ele conseguiu um arquiteto de Atlanta pra fazer a planta e todos esses azulejo vieram de Nova York. A gente tava na cozinha quando ela falou isso. Mas ele botou azulejo em todo lugar. Cozinha, banheiro, varanda dos fundo. Tudo em volta das lareira na sala da frente e de trás. Mas essa casa fica com o lugar, é claro, ela falou. Eu certamente vou levar a mobília por que Alphonso comprou ela especialmente pra mim.

Por mim, tá bem, falei. Eu mal posso aguentar ter uma casa. Assim que Daisy me deixou com as chave eu corri de um quarto pro outro como se tivesse louca. Olha isso, eu falava pra Shug. Olha aquilo! Ela olhava, ela ria. Ela me abraçava sempre que tinha uma chance e eu ficava parada.

Você tá andando direitinho, dona Celie, ela falou. Deus sabe onde você mora.

Então ela tirou uns incenso de cedro da bolsa e acendeu e deu um pra mim. A gente começou bem lá no topo da casa, no sótão, e a gente foi queimando eles até o porão, espantando todo o mal e dando lugar pro bem.

Ah, Nettie, nós temos uma casa! Uma casa grande o bastante pra gente e pras nossas criança, pra seu marido e Shug. Agora você pode voltar pra casa porque você tem uma casa pra onde voltar!

Carinhosamente, sua irmã,

Celie

Querida Nettie,

Meu coração tá partido.

Shug ama outra pessoa.

Quem sabe se eu tivesse ficado em Memphis no último verão isso num tinha acontecido. Mas eu passei o verão arrumando a nossa casa. Eu pensei que, se você chegasse mais cedo, eu queria que tudo tivesse pronto. E tá tudo muito bunito agora, e confortável. E eu achei uma boa senhora pra morar lá e tomar conta de tudo. Aí eu voltei pra casa pra Shug.

Dona Celie, ela falou, que tal uma comida chinesa pra celebrar a sua volta?

Eu adoro comida chinesa. Então a gente foi pro restaurante. Eu tava tão excitada por tá de volta em casa que nem reparei como Shug tava nervosa. Ela é uma mulher grande mas elegante e jeitosa a maior parte do tempo, mesmo quando tá zangada. Mas eu reparei que ela num conseguia pegar direito nos pauzinho. Ela derrubou o copo dágua. Num sei por que o pastelzinho dela veio aberto.

Mas eu pensei que ela tava era muito feliz de me ver. Então eu me ajeitava e fazia pose pra ela e me impanturrei com sopa de *wantan* e arroz frito.

Finalmente chegaram os biscoitinho da sorte. Eu adoro biscoitinho da sorte. Eles são tão bunitinho. E eu logo li a minha sorte. Dizia, porque você é o que é, seu futuro será feliz e brilhante.

Eu ri. Passei pra Shug. Ela olhou e sorriu. Eu me senti em paz com o mundo.

Shug abriu bem devagar o pedaço de papel dela, como se tivesse com medo do que tava escrito.

E então? eu perguntei, olhando ela ler. O que ele diz?

Ela olhou pro papel, olhou pra mim. Falou, Ele diz queu tô apaixonada por um rapaz de dezenove ano.

Deixa eu ver, falei rindo. E eu li ele alto. Um dedo queimado se lembra do fogo, ele dizia.

Eu tô tentando dizer pra você, ela falou.

Tentando me dizer o quê? Eu sou tão estúpida que inda num tinha percebido. Por uma coisa, já tinha passado muito tempo desde queu havia pensado em rapaz e eu nunca havia pensado em homem.

No ano passado, Shug falou, eu contratei um novo rapaz pra banda. Eu quase num contratei porque ele num tocava nada, só flauta. E quem já ouviu falar de *blues* com flauta? Eu não. A própria ideia parecia maluca. Mas foi minha sorte que a flauta era justamente a única coisa que tava faltando no *blues* e no minuto queu escutei Germaine tocar eu tive certeza disso.

Germaine? eu falei.

É, ela falou, Germaine. Eu num sei quem deu esse nome meio bobo pra ele, mas combina.

Então ela começou a elogiar esse rapaz. Como se eu tivesse morrendo pra saber todas as qualidade dele.

Ah, ela falou. Ele é piqueno. É bonito. Tem uma bunda bonita. Você sabe, realmente alto, magro e bundudo. Ela tava tão costumada a me contar tudo, que ela falava e falava, ficando cada vez mais animada e com ar de apaixonada. Quando ela acabou de falar do gingado que ele tinha pra dançar e voltou a falar do cabelo anelado e cor de mel dele, eu tava me sentindo uma merda.

Acaba com isso, Shug, eu falei. Você tá me matando.

Ela parou no meio do elogio. Os olho dela tavam cheio de lágrima e o rosto todo enrugado. Ah, meu Deus, Celie, ela falou. Eu sinto muito. Eu tava morrendo de vontade de contar pra alguém, e é pra você queu sempre conto as coisa.

Bom, eu falei, se as palavra matassem, eu taria precisando de uma ambulância.

Ela botou o rosto entre as mão e começou a chorar. Celie, ela falou, através dos dedo, eu ainda amo você.

Mas eu fiquei sentada lá olhando pra ela. Parecia que toda minha sopa *wantan* tinha virado gelo.

Por que você tá tão transtornada? ela perguntou, quando a gente voltou pra casa. Você nunca pareceu se importar muito com o Grady. E ele era meu marido.

O Grady nunca fez seu olho brilhar, eu pensei. Mas num falei nada, eu tô muito longe.

Claro, ela falou. O Grady é tão chato, meu Deus. E quando você acaba de falar de mulher e de maconha, você acaba com o Grady. Mas, mesmo assim, ela falou.

Eu num falei nada.

Ela tentou rir. Eu fiquei tão contente quando ele se ligou pro lado da Mary Agnes queu num sabia como fazer, ela falou. Eu num sei quem tentou ensinar pra ele o que fazer na cama, mas deve ter sido um vendedor de móveis.

Eu num falei nada. Quietura, frieza. O nada. Chegando bem depressa.

Você reparou que quando eles foram junto pro Panamá eu nem derramei uma lágrima? Mas pensando bem, realmente, ela falou, o que eles foram fazer no Panamá?

Pobre Mary Agnes, eu pensei. Como alguém poderia imaginar que o velho e bobo Grady acabaria cuidando de uma plantação de maconha no Panamá?

Claro que eles tão fazendo moooontõõões de grana, Shug falou. E Mary Agnes se veste melhor do que todo mundo lá, pelo jeito que ela conta nas carta. E pelo menos o Grady deixa ela cantar. Os pedacinho das música que ela inda consegue lembrar. Mas realmente, ela falou, Panamá? Onde fica isso, afinal? É lá pros lado de Cuba? A gente tem que ir pra Cuba, dona Celie, sabe? Tem um monte de cassino por lá e muita diversão. Muita gente negra parecendo com a Mary Agnes. Mas tem preto mesmo, como a gente. Tudo da mesma família. Tentam passar por branco, mas aí alguém fala na vó e pronto.

Eu num falo nada. Eu rezo pra morrer porque assim eu nunca mais vou ter que falar.

Tá bem, Shug falou. Tudo começou quando você tava lá na sua casa. Eu sentia saudade, Celie. E você sabe queu sou uma mulher muito quente.

Eu fui e peguei um pedaço de papel queu tava usando pra cortar molde. Eu escrevi um bilhete pra ela. Dizia, Cala a boca.

Mas Celie, ela falou, eu tenho que fazer você entender. Olha, ela falou. Eu tô ficando velha. Eu tô gorda. Ninguém mais me acha bonita, só você. Ou pelo menos é o queu penso. Ele tem 19 ano. É uma criança. Quanto tempo isso vai poder durar?

Ele é um homem. Eu escrevi no papel.

É, ela falou. Ele é. E eu sei o que você pensa dos homem. Mas eu num penso assim. Eu nunca seria bastante idiota pra levar nenhum deles a sério, ela falou, mas tem homem que pode ser muito divertido.

Me deixa em paz, eu escrevi.

Celie, ela falou. Tudo queu peço são seis meses. Só seis meses pra ter meu último voo. Eu preciso disso Celie. Eu sou uma mulher muito fraca pra num precisar. Mas se você me der só seis meses, Celie, depois eu vou tentar fazer a nossa vida junta ser como era antes.

Mas sem fazer muita força. Eu escrevi.

Celie, ela falou. Você me ama? Nessa altura ela tava ajoelhada, lágrimas caindo por todo lugar. Meu coração doía tanto queu num pudia acreditar. Como ele pudia continuar batendo, sentindo desse jeito? Mas eu sou uma mulher. Eu amo você, eu falei. Aconteça o que acontecer, faça o que você fizer, eu amo você.

Ela soluçou um pouco, encostou a cabeça na minha cadeira. Obrigada, ela falou.

Mas eu num vou ficar aqui, eu falei.

Mas Celie, ela falou, como você pode me deixar? Você é minha amiga. Eu amo essa criança e eu tô morta de medo. Ele tem um terço da minha idade. Um terço do meu tamanho. Até um terço da minha cor. Ela tentou rir de novo. Você sabe que ele vai me magoar mais do que eu tô magoando você. Não me deixa, por favor.

Nessa hora a campainha da porta tocou. Shug enxugou o rosto e foi atender, viu quem era e deixou a porta aberta. Logo depois eu escutei um carro indo embora. Eu voltei pra cama. Mas o sono pra mim foi um estranho essa noite.

Reze por mim,

Sua irmã,

Celie

Querida Nettie,

A única coisa que me faz ficar viva é ver a Henrietta lutar pela vida dela. E minina, como ela luta! Toda vez que ela tem um ataque ela grita tanto que poderia acordar os morto. A gente faz o que você falou que o povo da África faz. A gente dá inhame pra ela comer todos os dia. Mas é a nossa sina que ela odeia inhame e num é lá muito educada pra fazer a gente entender isso. Todo mundo a léguas em volta daqui tenta fazer pratos de inhame que num tenha gosto de inhame. A gente recebe prato de inhame com ovo, pastelzinho de inhame, inhame com cabrito. E sopa. Meu Deus, o pessoal faz sopa de tudo, menos de sola de sapato, tentando matar o gosto do inhame. Mas a Henrietta diz que inda sente o gosto, e é capaz de jogar seja o que for pela janela. A gente diz pra ela que em pouco tempo ela vai passar três meses sem comer inhame, mas ela fala que parece que esse dia nunca vai chegar. Enquanto isso, as junta dela ficam todas inchada, ela fica ardendo de quente, fala que a cabeça parece que tá cheia de homenzinho branco com martelo.

Tem vez quando eu visito Henrietta eu encontro com Sinhô ——. Ele mesmo é que inventa as próprias receita enganadora que ele traz. Por exemplo, uma vez ele escondeu o inhame na manteiga de amendoim. A gente senta perto do fogo com o Harpo e a Sofia e joga uma ou duas mão de baralho, enquanto Suzie Q e Henrietta escutam o rádio. Tem vez que ele me leva pra casa no carro dele. Ele inda vive na mesma casinha. Ele mora lá tanto tempo que o lugar já ficou parecido com ele. Duas cadeira reta sempre na varanda, virada contra a parede. A grade da varanda com latas de flor. Mas agora ele conserva tudo pintado. Limpo e branco. E adivinha o que ele coleciona só porque gosta delas? Ele faz coleção de conchas. Todos os tipo de concha. Búzio, caracol e todo o tipo de concha do mar.

Na verdade, foi assim que ele conseguiu me fazer entrar na casa dele de novo. Ele tava falando pra Sofia de uma concha nova que ele tinha que fazia um barulho bem alto de mar quando você botava ela no ouvido. A gente foi ver. Era grande e pesada e cheia de manchas como uma galinha e foi dito e feito, a gente podia escutar ondas ou uma coisa parecida rebentando no ouvido. Nenhum de nós jamais viu o mar, mas Sinhô ⎯ aprendeu muito sobre ele nos livro. Ele faz pedido de concha também de um livro, e elas tão esparramada por todo o lado.

Ele num fala muito sobre elas enquanto a gente tá olhando, mas ele segura cada uma como se ela tivesse acabado de chegar.

Shug uma vez tinha uma concha do mar, ele falou. Faz muito tempo, quando a gente primeiro se conheceu. Uma coisa branca e grande parecida com um leque. Ela inda gosta de concha? ele perguntou.

Não, eu falei, agora ela gosta é de elefante.

Ele esperou um pouco, botou as concha de volta no lugar. Aí ele me perguntou, Você gosta de alguma coisa em especial?

Eu gosto de passarinho, eu falei.

Você sabe, ele falou, você costumava me fazer lembrar de um passarinho tempo atrás quando você chegou pra morar comigo. Você era tão magrinha, Deus do Céu, ele falou. E qualquer coisa que acontecia, você parecia pronta pra voar pra longe.

Você viu isso, eu falei.

Eu vi, ele falou, só queu era muito idiota pra me importar.

Bom, eu falei, a gente sobreviveu.

A gente inda é marido e mulher, você sabe, ele falou.

Não, eu falei, a gente nunca foi.

Você sabe, ele falou, você parece muito bunita desde que Shug foi pra Memphis.

É, eu falei. Shug tomou conta direitinho de mim.

Como é que você ganhou a vida por lá? ele perguntou.

Fazendo calça, eu falei.

Ele falou, Eu reparei todo mundo da família quase que só usando calça que você fez. Mas você quer dizer que você fez um negócio disso?

É isso mesmo, eu falei. Mas eu comecei mesmo foi aqui na sua casa pra num matar você.

Ele olhou pro chão.

Shug me ajudou a fazer o primeiro par queu fiz, eu falei. E aí, como uma boba, eu comecei a chorar.

Ele falou, Celie, me fala a verdade. Você num gosta de mim porque eu sou homem?

Eu assuei meu nariz. Tire as calça deles, eu falei e os homem ficam parecendo sapo, eu acho. Num importa o tanto que você beija eles, pelo que sei, sapo é o que eles continuam sendo.

Tô entendendo, ele falou.

Na hora queu voltei pra casa eu tava sentindo tão mal que num pude fazer nada a num ser durmir. Eu tentei trabalhar numas calça nova queu tô tentando fazer pra mulher grávida, mas só o pensamento de alguém ficando de barriga me faz querer chorar.

Sua irmã,

Celie

Querida Nettie,

A única carta que Sinhô ⸺ botou diretamente na minha mão foi um telegrama que veio do Departamento de Defesa dos Estados Unidos. Ele diz que o navio que trazia você e as criança e seu marido da África foi afundado por minas alemã perto da costa de um lugar chamado Gilbraltar. Eles acham que todos vocês se afogaram. Além disso, no mesmo dia, todas as carta queu escrevi pra você todos esses ano voltaram fechada.

Eu fico sentada aqui sozinha nessa casa enorme, tentando custurar, mas de que vai adiantar custurar? O que vai adiantar qualquer coisa? Começa a parecer que é difícil dimais continuar a viver.

Sua irmã,
Celie

Minha querida Celie,

Tashi e a mãe dela fugiram. Elas foram se juntar aos mbeles. O Samuel e as crianças e eu estávamos discutindo o assunto ontem, e percebemos que nós nem sabemos com certeza se os mbeles existem. Tudo que sabemos é que dizem que eles vivem no interior da floresta, que eles aceitam fugitivos, e que eles atacam as plantações dos homens brancos e tentam destruí-los ou pelo menos fazer com que eles se retirem desse continente.

Adam e Olivia estão com o coração partido porque eles amam e sentem falta da Tashi, e porque ninguém que se juntou aos mbeles jamais voltou. Nós tentamos mantê-los ocupados por perto da aldeia e porque está tão cheio de malária nessa época do ano, eles têm muito o que fazer. Ao destruírem os campos de inhame dos Olinka e os substituírem por lataria e comidas em pó, os plantadores destruíram a única coisa que os fazia resistentes à malária. É claro, eles não sabiam disso, eles só queriam tomar as terras para a borracha, mas os Olinka comem inhames para prevenir contra a malária e controlar a doença do sangue crônica há milhares e milhares de anos. Deixados sem uma quantidade suficiente de inhame, o povo — o que restou deles — está adoecendo e morrendo a uma velocidade alarmante.

Para falar a verdade, eu temo por nossa própria saúde. Mas o Samuel acha que nós provavelmente vamos estar bem, pois já lutamos contra a malária nos primeiros anos de nossa chegada aqui.

E como vai você, querida irmã? Quase trinta anos já se passaram sem uma palavra entre nós. Por tudo que sei, você pode estar morta. Com a hora de voltarmos para casa se aproximando, Adam e Olivia fazem perguntas sem fim sobre você. Às vezes eu falo para eles que Tashi me lembra você. E já que não existe para eles ninguém melhor que Tashi, eles ficam radiantes. Mas você ainda terá o mesmo espírito aberto e honesto da Tashi, eu fico imaginando, quando nós nos encontrarmos novamente? Ou será que a criação dos filhos e o abuso do Sinhô ___ conseguiram destruí-la? Esses são pensamentos que eu não sigo com as crianças, somente com meu amado companheiro, Samuel, que me aconselha a não me preocupar, confiar em Deus, e a ter fé na alma resoluta de minha irmã.

Deus é diferente para nós agora, depois de todos esses anos na África. Mais espírito do que antes, e mais interno. Quase todo mundo acha que ele parece com alguma coisa ou com alguém — uma folha-de-teto ou Cristo — mas nós não. E não estar amarrados ao que Deus parece, nos libertou.

Quando voltarmos para os Estados Unidos nós vamos conversar longamente sobre isso, Celie. E talvez o Samuel e eu fundemos uma nova igreja na nossa comunidade, que não tenha ídolos nem nada parecido e onde o espírito de cada pessoa vai ser encorajado a se encontrar diretamente com Deus, sua crença de que isso é possível sendo fortalecida por nós como pessoas que também acreditam.

Há pouco para se fazer aqui como divertimento, como você pode imaginar. Nós lemos jornais e revistas que chegam de casa, jogamos alguns jogos africanos com as crianças. Ensaiamos as crianças africanas em algumas partes das peças de Shakespeare — Adam foi sempre muito bom fazendo Hamlet no seu famoso solilóquio do Ser ou não Ser. A Corrine tinha noções firmes sobre o que as crianças deviam aprender e conseguiu que toda boa obra anunciada no jornal fizesse parte da biblioteca deles. Eles sabem muita coisa, e eu penso que não vão se chocar com a sociedade americana, exceto com o ódio à gente preta, o que aparece muito claramente nas notícias. Mas eu me preocupo com a independência de opinião e franqueza no falar muito africanas, e com o extremo egoísmo deles.

E nós vamos ser pobres, Celie, e vão se passar anos, sem dúvida, antes que nós tenhamos nossa própria casa. Como eles vão reagir à hostilidade dirigida a eles, tendo sido criados aqui? Quando eu penso neles nos Estados Unidos, eu os vejo bem mais jovens do que aparentam ser aqui. Muito mais ingênuos. O mais terrível que temos que enfrentar aqui é a indiferença e uma certa superficialidade compreensível nos nossos relacionamentos — excluindo nosso relacionamento com Catherine e Tashi. Afinal, os Olinka sabem que nós podemos partir mas eles têm que ficar. E, é claro nada disso tem a ver com cor. E___.

Querida Celie,

Ontem à noite eu parei de escrever porque Olivia entrou me dizendo que Adam sumiu. Ele só pode ter ido atrás da Tashi.

Reze pela segurança dele.

Sua irmã,

Nettie

Minha querida Nettie,

Tem vez queu acho que a Shug nunca me amou. Eu fico de pé parada na frente do espelho olhando pra mim nua. O que ela poderia amar? eu pergunto pra mim mesma. Meu cabelo é curto e pinxaim porque eu num estico ele mais. Uma vez a Shug falou que ela gostava assim e num pricisava. Minha pele é escura. Meu nariz é apenas um nariz. Meus lábio é só lábio. Meu corpo é só um corpo de mulher passando pelas mudança da idade. Nada especial aqui pra alguém amar. Nada de cabelos enrolado cor de mel, nada de bunitinho. Nada novo ou jovem. Mas meu coração deve ser novo e jovem pois parece que ele floresce com a vida.

Eu converso muito comigo, de pé na frente do espelho. Celie, eu falo, a felicidade no seu caso foi só um engano. Só porque você nunca tinha tido felicidade antes da Shug, você pensou que já era tempo de ser um pouco feliz, e que ia durar pra sempre. Até pensou que as árvore tavam com você. A terra inteira. As estrela. Mas olha só pra você. Quando a Shug partiu, a felicidade desapareceu.

Tem vez queu recebo cartão postal da Shug. Ela e Germaine em Nova York, na Califórnia. Indo visitar Mary Agnes e Grady no Panamá.

Sinhô —— parece que é o único que entende como eu me sinto.

Eu sei que você me odeia por ter separado você da Nettie, ele falou. E agora ela tá morta.

Mas eu num odeio ele, Nettie. E eu num acredito que você tá morta. Como você tá morta se eu inda sinto você? Talvez, como Deus, você se tornou uma coisa diferente com queu vou ter que falar de um jeito diferente. Mas você num tá morta pra mim, Nettie. E nunca vai tá. Tem vez quando eu fico cansada de falar sozinha queu falo com você. Eu até tento também chegar até nossas criança.

Sinhô —— inda num acredita queu tenha filho. De onde você arrumou essas criança? ele perguntou.

Meu padrasto, eu falei.

Você quer dizer que ele sabia que foi ele que fez mal pra você todo esse tempo? ele perguntou.

É, eu falei.

Sinhô —— sacudiu a cabeça.

Depois de toda a maldade que ele já fez, eu sei que você fica espantada porque eu num odeio ele. E num odeio ele por duas razão. Uma, ele ama Shug. E duas, Shug amava ele. E além disso, porque parece que ele tá tentando fazer alguma coisa dele mesmo. Eu num digo isso só porque ele tá trabalhando e faz a limpeza e aprecia algumas coisa que Deus criou por diversão. Eu digo porque quando você fala com ele agora ele escuta realmente, e uma vez, quando a gente tava conversando, ele falou de repente, Celie, eu tô convencido que essa é a primeira vez queu tô vivendo na terra como um homem de verdade. É uma experiência nova.

A Sofia e o Harpo sempre tão tentando me casar de novo com algum homem. Eles sabem que eu amo a Shug, mas pensam que amor entre mulher é só por um acaso, e qualquer uma à mão deve servir. Toda vez queu vou no Harpo's um vendedorzinho todo educado fica encima de mim. Sinhô —— tem que vir me ajudar. Ele fala pro homem, Essa senhora é minha esposa. O homem desaparece porta afora.

A gente senta, toma uma bebida gelada. Conversa dos nossos tempo com a Shug. Conversa da vez que ela chegou em casa doente. Da musiquinha sacana que ela costumava cantar. De todas as boas noitada que a gente passou no Harpo's.

Você já tinha começado a custurar bem nesse tempo, ele fala. Eu lembro dos vistido bonito que a Shug usava.

É, eu falei. Shug sabe como usar um vistido.

Lembra da noite que a Sofia quebrou os dente da Mary Agnes? ele perguntou.

Quem pode esquecer? eu falei.

A gente num fala nada dos problema da Sofia. Disso a gente inda num consegue rir. Além do mais, Sofia continua tendo problema com aquela família. Bom, problema com a dona Eleanor Jane.

Você num sabe, Sofia fala, o que essa minina me fez passar. Você lembra como ela costumava vir atrás de mim toda vez que ela tinha um problema em casa? Bom, depois, ela começou a vir atrás sempre que qualquer coisa boa acontecia. Logo que ela pescou aquele homem com quem ela casou, veio correndo pra mim. Ah, Sofia, ela falou, você tem que conhecer o Stanley Earl. E antes queu pudesse dizer qualquer coisa, lá tava o Stanley Earl no meio da minha sala.

Como vai, Sofia, ele falou, sorrrindo e esticando a mão. A Eleanor Jane já me falou tanto de você.

Eu fico imaginando se ela falou pra ele que eles me faziam durmir debaixo da casa, Sofia falou. Mas eu num perguntei. Eu tentei ser educada e gentil. Henrietta aumentou o volume do rádio no quarto de trás. Eu tive quase que gritar pra ser ouvida. Eles ficaram lá olhando as fotografia das criança pinduradas na parede e falando como os meus minino ficam bem nas farda do exército.

Onde eles tão lutando? o Stanley Earl queria saber.

Eles tão no serviço aqui mesmo na Geórgia, eu falei. Mas logo eles vão ir pro estrangeiro.

Ele perguntou se eu sabia em que parte do mundo eles vão ficar? França, Alemanha ou no Pacífico?

Eu num sei onde fica nenhum desses lugar, então eu falei, Não. Ele falou que ele queria ir lutar mas tem que ficar cuidando da plantação de algodão do pai dele.

O exército tem que usar muita roupa, ele falou, se for lutar na Europa. Pena que eles num tão lutando na África. Ele ri. Eleanor Jane sorri. Henrietta bota o rádio no volume mais alto que tem. O rádio toca uma música de branco bem sem graça sobre num sei o que. O Stanley Earl estala os dedo e tenta bater no chão com um pé enorme. Ele tem uma cabeça longa que sai retinha do corpo e o cabelo cortado tão curto que fica em pé. Os olho dele é de um azul bem claro e quase nem pisca. Meu Deus, eu penso.

A Sofia praticamente me criou, Eleanor Jane fala. Num sei o que teria sido da gente sem ela.

Bom, Stanley Earl fala, todo mundo por aqui foi criado por um negro. É por isso que a gente cresceu tão bem. Ele pisca pra mim e fala pra Eleanor Jane, Bom, benzinho, é hora da gente ir andando.

Ela levantou como se alguém tivesse enfiado um alfinete nela. Como vai a Henrietta? ela perguntou. Aí ela cochichou, Eu trouxe pra ela uma coisa com inhame tão escondido que ela nunca vai suspeitar. Ela correu pro carro e voltou com uma panela de atum.

Bom, Sofia falou, uma coisa a gente tem que dizer da Eleanor Jane, os prato que ela prepara quase sempre enganam a Henrietta. E isso é muito importante pra mim. É claro queu nunca conto pra Henrietta de onde eles vêm. Se eu contasse, eles iam direto pela janela. Ou sinão ela vomitava, como se eles tivessem feito ela ficar doente.

Mas finalmente chegou o fim pra Sofia e dona Eleanor Jane, eu acho. E num teve nada a ver com a Henrietta, que odeia tudo que tem a ver com a Eleanor Jane. Foi a própria Eleanor Jane e o nenê que ela foi e teve. Toda vez que Sofia virava lá tava Eleanor Jane enfiando o Reynolds Stanley Earl na cara dela. Ele é uma coisinha branca gordinha com tão pouco cabelo que até parece que tá indo pro exército.

Num é um amor o Reynoldinho? Eleanor Jane falava pra Sofia. Papai adora ele, ela falou. Adora ter um neto com o nome dele e que é a cara dele também.

Sofia num falava nada, continuava lá passando a roupa da Suzie Q e da Henrietta.

E ele é tão esperto, Eleanor Jane falava. Papai falou que ele nunca viu um nenê tão inteligente. A mãe do Stanley Earl diz que ele é mais inteligente do que o Stanley Earl quando ele tinha essa idade.

Sofia continuava quieta.

Finalmente Eleanor Jane reparou. E você sabe como são os branco, num deixam ninguém em paz. Quando eles querem muito uma coisa, eles num sossegam até conseguir, mesmo se isso for matar você.

Sofia tá muito calada essa manhã, Eleanor Jane falou, como se tivesse falando com o Reynolds. Ele olha pra ela com os olhão dele.

Você num acha que ele é um amor? ela perguntou de novo.

Ele é bem gordo, Sofia falou, virando o vistido que ela tava passando.

Mas ele é um amor também, Eleanor Jane falou.

É o mais gordo que pode, Sofia falou. E é alto.

Mas ele é um amor também, Eleanor Jane falou. E ele é inteligente. Ela vai e dá um beijo na cabecinha dele. Ele passa a mãozinha na cabeça e fala buuu.

Ele num é o nenê mais esperto que você já viu? ela perguntou pra Sofia.

Ele tem a cabeça de um tamanho bom, Sofia falou. Você sabe que muita gente dá muito valor ao tamanho da cabeça. Num tem muito cabelo também. Com certeza ele num vai ficar com calor nesse verão. Ela dobra a roupa que tava passando e bota na cadeira.

Ele é mesmo um amor, e é inteligente, engraçadinho e *inocente,* Eleanor Jane falou. Você num adora ele? ela perguntou assim direto pra Sofia.

Sofia suspirou. Largou o ferro. Olhou pra Eleanor Jane e pro Reynolds Stanley. Esse tempo todo eu tava num canto com a Henrietta, jogando cartas. Henrietta fazia de conta que a dona Eleanor Jane tava morta, mas nós duas escutamo o jeito como a Sofia largou o ferro. O barulho que ela fez parecia familiar e estranho ao mesmo tempo.

Não senhora, Sofia falou. Eu num adoro o Reynolds Stanley Earl. Bom. É isso que você tá tentando saber desde que ele nasceu. Então agora você sabe.

Eu e a Henrietta olhamo pra cima. A dona Eleanor Jane botou o Reynolds Stanley bem depressa no chão onde ele tava engatinhando e derrubando todo tipo de coisa. Ele vai direto pro monte de roupa que a Sofia tinha acabado de passar e puxa tudo pra cima da cabeça dele. Sofia pega as roupa, arruma tudo direitinho, e fica de pé junto da tábua de passar com o ferro na mão. Sofia é o tipo da pessoa que qualquer coisa que ela pega na mão fica parecendo uma arma.

Eleanor Jane começa a chorar. Ela sempre gostou da Sofia. Se num fosse ela, Sofia num tinha conseguido sobreviver morando na casa do pai dela. Mas e daí? Sofia nunca quis ficar lá, em primeiro lugar. Nunca quis deixar os próprio filho.

Tarde dimais pra chorar, dona Eleanor Jane, Sofia falou. Tudo que a gente pode fazer agora é rir. Olha pra ele, ela falou. E ela começou a rir. Ele inda num sabe nem andar e já táqui na minha casa fazendo bagunça. Eu pedi pra ele vir? E eu lá me importo se ele é uma gracinha ou não? O queu penso vai fazer alguma diferença na maneira que ele vai me tratar quando crescer?

Você num gosta dele porque ele parece com papai, a dona Eleanor Jane falou.

Você é que num gosta dele porque ele parece o *seu* pai, Sofia falou. Eu num sinto nada por ele. Eu num amo ele. Eu num odeio ele. Eu só queria que ele num ficasse solto o tempo todo bagunçando as coisa dos outro.

O tempo todo! O tempo todo! A dona Eleanor Jane falou. Sofia, ele é só um bebê. Num tem nem um ano. Ele só veio aqui cinco ou seis vezes.

Pra mim é como se ele tivesse sempre aqui, Sofia falou.

Eu num entendo, dona Eleanor Jane falou. Toda mulher negra queu conheço gosta de criança. Esse seu jeito num é normal.

Eu gosto de criança, Sofia falou. Mas toda mulher negra que falou que ama o seu filho tá mentindo. Elas num amam o Reynolds Stanley nem um pouco mais do que eu. Mas se você é tão mal-educada a ponto de perguntar pra elas, o que você espera-va que elas respondesse? Tem negro que tem tanto medo dos bran-co que é bem capaz de dizer que gosta até da plantação de algodão.

Mas ele é só um nenê! Eleanor Jane falou como se dizendo isso fosse resolver tudo.

O que você quer de mim? Sofia falou. Eu gosto de você porque de todo mundo da casa do seu pai você foi a única que mostrou alguma bondade humana. Mas por outro lado, de todo mundo da casa do seu pai, você também foi a única que recebeu alguma coisa de mim. Bons sentimento é tudo queu tenho pra oferecer pra você. Eu num tenho nada pra oferecer pros seus parente, só o que eles oferecem pra mim. Eu num tenho nada pra oferecer pra ele.

Reynolds Stanley já tava encima do catre da Henrietta pa-recendo que ia currar o pé dela. Depois ele começou a mascar a perna dela e a Henrietta esticou a mão pro parapeito da janela e pegou uma bolacha pra ele.

Eu sinto que você é a única pessoa que gosta de mim, Eleanor Jane falou. Mamãe só gosta do Júnior, ela falou. Porque é dele que papai gosta mesmo.

Bom, você tem seu próprio marido pra amar você agora.

Parece que ele num ama nada além daquela plantação de al-godão, ela falou. Dez da noite e ele inda tá lá trabalhando. Quan-do ele num tá trabalhando, tá jogando pôquer com os amigo. Meu irmão vê mais o Stanley Earl que eu.

Quem sabe você deve largar ele, Sofia falou. Você tem paren-tes em Atlanta, vai pra lá ficar com eles. Arranja um trabalho.

A dona Eleanor Jane sacode o cabelo pra trás, faz de conta que nem escutou isso, uma ideia tão doida.

Eu tenho os meus próprio problema, Sofia falou, e quando o Reynolds Stanley crescer, ele vai ser um deles.

Mas ele num vai ser, a dona Eleanor Jane falou. Eu sou a mãe dele e num vou deixar ele ser ruim pros negro.

Você e que exército? Sofia falou. A primeira palavra que ele vai falar na certa num vai ser nada que ele vai aprender de você.

Você tá me dizendo queu num vou poder nem amar meu próprio filho, a dona Eleanor Jane falou.

Não, Sofia falou. Num é isso queu tô falando. Eu tô falando que *eu* num vou poder amar o seu próprio filho. Você pode amar ele o tanto que você quiser. Mas teja pronta pras consequência. É assim que os negro vivem.

O pequeno Reynolds Stanley tá todo encima da cara da Henrietta agora, babando e chupando. Tentando beijar. A qualquer momento eu acho que ela vai bater nele pra valer. Mas ela fica bem quietinha enquanto ele examina ela. De vez enquando ele parece que tá olhando ela bem no olho. Aí com um pulo ele senta no peito dela e sorri. Ele pega uma das carta de baralho e tenta dar uma mordida.

Sofia vem e tira ele de cima dela.

Ele num tá me chatiando não, Henrietta fala. Ele tava fazendo cosquinha.

Mas ele tá me chatiando, Sofia falou.

Bom, a dona Eleanor Jane falou pro nenê, pegando ele, nós num somos bem-vindo aqui. Ela falou isso com muita tristeza mesmo, como se ela num tivesse mais nenhum outro lugar pra ir.

Obrigada por tudo que você fez pela gente, Sofia falou. Ela também num parecia lá muito bem, e até um pouco dágua tava no canto do olho dela. Depois que a dona Eleanor Jane e o Reynolds Stanley foram embora, ela falou, É nessas hora assim que a gente sabe que num foi a gente que fez esse mundo. E todos esses negro falando de amar todo mundo inda num olharam direito pro que eles pensam que tão falando.

Então, o que tem mais de novidade?

Bom, sua irmã é louca dimais pra se matar. Quase sempre eu fico me sentindo como uma merda mas eu já senti como merda antes na minha vida e o que aconteceu? Eu tive uma linda irmã chamada Nettie. Eu tive uma outra linda amiga chamada Shug. Eu tive umas lindas criança crescendo na África, cantando e escrevendo verso. Os primeiro dois meses foram um inferno, eu posso dizer pro mundo. Mas agora os seis meses da Shug vieram e passaram e ela num voltou. E eu tento ensinar meu coração a num querer nada que ele num pode ter.

Além disso, ela me deu tantos ano bom. E mais, ela tá aprendendo coisas nova na nova vida dela. Agora ela e o Germaine tão morando com um dos filho dela.

Querida Celie, ela escreveu pra mim, Eu e Germaine fomo parar em Tucson, Arizona, onde um dos meus filho tá vivendo. Os outro dois tão vivo e tão bem, mas num quiseram me ver. Alguém falou pra eles queu vivo uma má vida. Esse aqui falou que ele queria ver a mãe dele, fosse o que fosse. Ele vive numa casinha redonda de barro do jeito que tem muito por aqui, chamado adobe, então você sabe queu tô me sentindo como em casa (sorriso). Ele é um professor também e trabalha na reserva indígena. Eles chamam ele de Homem Branco Preto. Eles tem uma palavra que significa isso também, e isso chateia muito ele. Mas mesmo quando ele tenta falar pra eles como ele se sente, eles num parecem se importar. Eles são tão alheios que nada que um estranho fala importa muito. Quem num for índio num tem valor nenhum pra eles. Eu odeio ver ele magoado assim, mas essa é a vida.

Foi o Germaine que teve a ideia de procurar meus filho. Ele reparou como eu sempre gosto de vistir ele e de brincar com o cabelo dele. Ele num fez essa sugestão de maldade. Ele só falou que se eu soubesse como os meus filho tavam, eu na certa ia me sentir melhor na vida.

Esse filho com quem a gente tá ficando chama James. O nome da mulher dele é Cora Mae. Eles tem dois filho chamados Davis e Cantrell. Ele falou que achava engraçado na mãe dele (minha mãe) que ela e o vovô eram tão velho e bravo e empacado no jeito deles. Mas mesmo assim, ele sentia muito amor da parte deles, ele falou.

É, meu filho, eu falei pra ele. Eles tinham muito amor pra dar. Mas além de amor eu pricisava de compreensão. Eles tinham pouco disso.

Eles *tão* mortos agora, ele falou. Há nove ou dez anos. Eles mandaram todos nós pra escola até quando puderam.

Você sabe queu nunca penso na mãe e no pai. Você sabe como eu acho que sou durona. Mas agora que eles tão mortos e eu vejo que meus filho tão bem, eu gosto de pensar neles. Talvez quando eu voltar eu possa colocar umas flor no túmulo deles.

Ah, ela agora escreve pra mim quase toda semana. Cartas longa e cheia de novidades, e de coisas que ela achava que tinha esquecido. E mais, as coisa sobre o deserto e os índio e as montanha rochosa. Eu queria tá viajando com ela, mas graças a Deus ela pode fazer isso. Tem vez que eu morro de raiva dela. Sinto queu bem que pudia arrancar os cabelo da cabeça dela. Mas aí eu penso, a Shug tem direito de viver também. Ela tem o direito de ver o mundo em qualquer companhia que ela escolher. Só porque eu amo ela, num tira nenhum dos direito que ela tem.

A única coisa que me chateia é que ela nunca fala nada de voltar. E eu sinto falta dela. Eu sinto tanta falta da amizade dela que se ela quisesse voltar arrastando o Germaine, eu dava as boas--vinda pros dois, ou morria tentando. Quem sou eu pra dizer pra ela quem ela deve amar? Meu negócio é só amar muito ela e de verdade, eu mesma.

Sinhô —— perguntou pra mim outro dia o que é queu amo tanto na Shug. Ele falou que ama o jeito dela. Ele falou que, pra falar a verdade, Shug tem mais jeito de homem que a maioria dos homem. Eu quero dizer que ela é direta, honesta. Fala o que pensa e o diabo que leve o resto, ele falou. Você sabe que a Shug é de briga, ele falou. Igualzinho a Sofia. Ela tá dicidida a viver a vida dela e ser ela mesma num importa o quê.

Sinhô —— acha que tudo isso é jeito de homem. Mas o Harpo num é assim, eu falo pra ele. Você num é assim. O que Shug faz é coisa de mulher, eu acho. Principalmente porque ela e a Sofia é que são as pessoa que tem esse jeito.

Sofia e Shug num são como os homem, ele falou, mas elas também num são como as mulher.

Você quer dizer que elas num são nem como você nem como eu.

Elas num dependem de ninguém, ele falou. E isso é diferente.

O queu amo mais na Shug é o que ela já passou, eu falei. Quando você olha nos olho da Shug, você sabe que ela passou pelo que passou, que ela viu o que viu, fez o que fez. E agora ela sabe.

Isso é verdade, Sinhô ___ falou.

E se você ficar no caminho dela, ela vai e fala com você.

Amém, ele falou. Aí ele falou uma coisa que de verdade me deixou surpresa porque foi tão refletido e cheio de sentido. Quando se trata do que as pessoa fazem junto com o corpo delas, quem é que vai saber como são as coisa. Mas quando se trata de amor, eu sei como é. Eu amei e eu fui amado. E eu agradeço a Deus por ele ter feito eu compreender que o amor num acaba só porque tem gente que range os dente. Eu num fico surpreso por você amar Shug Avery, ele falou. Eu amei Shug Avery a vida toda.

Que pedra acertou em você? eu perguntei.

Num foi pedra, ele falou. Só experiência. Você sabe, todo mundo é capaz de aprender um pouco cedo ou tarde. Tudo que é priciso fazer é viver. E eu comecei a ter minha parte bem pesada mais ou menos desde quando eu falei pra Shug que era verdade queu batia em você porque você era você e não ela.

Eu contei pra ela, eu falei.

Eu sei, ele falou, e eu num culpo você. Se uma mula pudesse falar pros outro como ela é tratada, ela falava. Mas você sabe, tem mulher que ia até gostar de saber que seu homem bate na esposa dele porque a esposa dele num é ela. Shug uma vez foi assim com Annie Julia. Nós dois bagunçamo a vida da minha primeira esposa. E ela nunca contou pra ninguém. E pior, ela num tinha ninguém pra contar. Depois que casaram ela comigo, o pessoal dela fez como se tivesse jogado ela cisterna abaixo. Ou pra fora da face da terra. Eu num queria ela. Eu queria a Shug. Mas meu pai era o patrão. Ele me deu a esposa que ele queria queu tivesse.

Mas a Shug defendeu você, Celie, ele falou. Ela falou, Albert você tá maltratando uma pessoa queu amo. Então pra você, eu num tô mais aqui. Eu num podia acreditar, ele falou. Até então, a gente sempre teve fogo um pro outro, como duas pistola. Disculpa, ele falou. Mas era assim. Eu tentei rir do assunto. Mas ela tava falando sério.

Eu tentei gozar a cara dela. Você num ama a velha idiota da Celie, eu falei. Ela é feia e magra e nem pode se comparar com você. Ela num sabe nem trepar.

Porque queu fui falar aquilo. Pelo que ela me conta, Shug falou, ela num tem nenhuma razão pra trepar. Você entra e sai como um coelho na toca. E mais, ela falou, Celie contou que você nem sempre tá limpo. E ela virou o nariz.

Eu queria matar você, Sinhô ___ falou, e eu dei mesmo uns tapa em você umas vez por conta disso. Eu num entendia por que você e Shug se davam tão bem juntas e isso me chatiava o diabo. Quando ela era grossa e má com você, eu entendia. Mas quando eu olhava e via vocês duas sempre arrumando o cabelo uma da outra, comecei a ficar preocupado.

Ela inda gosta de você, eu falei.

É, ele falou. Ela gosta de mim como se eu fosse irmão dela.

O que tem de ruim nisso? eu perguntei. Os irmão dela num gostam dela?

Eles são uns palhaço, ele falou. Eles inda agem como o idiota queu fui.

Bom, eu falei, todos nós temo que começar de algum lugar se a gente quer melhorar, e é o nosso próprio ser que a gente tem pra segurar.

Eu fico mesmo triste por ela ter deixado você, Celie. Eu lembro como senti quando ela me deixou.

Aí o velho diabo botou os braço dele em volta de mim e a gente ficou lá bem quieto na varanda. Depois, eu encostei meu pescoço duro no ombro dele. Aqui tamo nós, eu pensei, dois velho bobo deixados pelo amor, fazendo companhia um pro outro debaixo das estrela.

Noutras vezes, ele quer saber dos meus filho.

Eu contei pra ele que você falou que os dois usam túnicas longa, parecida com vistido. Isso foi no dia que ele veio me visitar quando eu tava custurando e perguntou pra mim o que as minha calça tinham de tão especial.

Qualquer pessoa pode usar elas, eu falei.

Homem e mulher num devem vistir a mesma coisa, ele falou. Homem é que deve vistir calça.

Então, eu falei, você divia ir falar isso pros homem da África.

Falar o quê? ele perguntou. Foi a primeira vez que ele pensou no que os africanos fazem.

O povo da África tenta vistir o que fica confortável no calor, eu falei. Claro, os missionário tem lá as ideia deles sobre as roupa. Mas se deixar com os africano, eles vestem quase nada às vezes, ou muito, de acordo com a Nettie. Mas tanto homem como mulher bem que apreciam um vistido novo.

Túnica você falou antes, ele falou.

Túnica, vistido. Num é calça, de qualquer maneira.

Bom, ele falou. Diabos.

E os homem também custuram na África, eu falei.

Eles custuram? ele perguntou.

É, eu falei. Eles num são tão atrasados como os homem daqui.

Quando eu era piqueno, ele falou, eu costumava custurar junto com mamãe porque era isso que ela sempre tava fazendo. Mas todo mundo ria de mim. Mas sabe, eu gostava de custurar.

Bom, ninguém vai rir de você agora, eu falei. Toma, me ajuda a linhavar esses bolso.

Mas eu num sei como é, ele falou.

Eu mostro procê, eu falei. E mostrei.

Agora a gente fica aqui sentado, custurando, conversando e fumando cachimbo.

Imagina, eu falei pra ele, o povo da África onde a Nettie e as criança tão acreditam que os branco são filho dos preto.

Não, ele falou, como se isso fosse interessante mas o pensamento dele tava mesmo era no próximo ponto.

Eles deram outro nome pro Adam assim que eles chegaram lá. Eles falaram que os missionário que tinham ido antes da Nettie e eles chegarem contaram pra eles tudo que eles sabiam sobre Adão do ponto de vista dos branco. Mas eles sabiam quem era o Adão do próprio ponto de vista deles. E há muito mais tempo.

E quem era? Sinhô ___ perguntou.

O primeiro homem que era branco. Num era o primeiro homem. Eles falam que ninguém é tão louco pra achar que pode saber quem foi o primeiro homem. Mas todo mundo reparou no primeiro homem branco porque ele era branco.

Sinhô ___ franze a sombrancelha, olha pras linha de cor diferente que a gente tem. Bota a linha na agulha, passa o dedo na língua, faz um nó.

Eles falam que todo mundo antes de Adão era preto. Daí um dia uma mulher, que eles mataram logo em seguida, apareceu com esse nenê sem cor. Eles primeiro pensaram que fosse alguma coisa que ela tinha comido. Mas depois outra mulher teve um e também as mulheres começaram a ter gêmeo. Então o povo começou a matar esses nenê branco e esses gêmeo. Então na verdade Adão num foi nem o primeiro homem branco. Ele só foi o primeiro homem branco que o povo num matou.

Sinhô ___ olhou pra mim bem pensativo mesmo. Ele num é um homem feio, você sabe, quando você repara bem. E agora começou mesmo a parecer que ele tem sentimento escondido atrás do rosto.

Bom, eu falei, você sabe que o povo preto até hoje inda tem o que eles chamam de albino. Mas você nunca ouviu falar do povo branco tendo qualquer coisa preta a num ser quando algum homem preto andou se misturando. E nenhum povo branco tava na África muito tempo atrás quando tudo isso aconteceu.

Então esses Olinka ficaram sabendo de Adão e Eva através dos missionário branco e eles ouviram falar de como a serpente enganou Eva e de como Deus expulsou os dois do Paraíso. E eles tavam muito curiosos sobre isso porque depois que eles expulsaram as criança branca da aldeia eles nunca mais tinham pensado nelas. A Nettie falou uma coisa sobre os africano, Longe dos olho, longe do pensamento. E outra coisa, eles num gostam de nada em volta deles agindo diferente ou parecendo diferente. Eles querem que todo mundo seja igual. Então você sabia que alguém que fosse branco num ia durar muito. Ela falou que ela acha que o povo africano jogou fora o povo Olinka branco por causa da parência deles. Eles expulsaram gente como a gente, os que viraram escravo, pelo jeito que eles agiam. Parece que essa gente num fazia nada certo num importa o tanto que tentasse. Bom, você sabe como os negro são. Ninguém pode dizer nada pra eles até hoje. Eles num querem ser mandado. Todo negro que você vê tem um reino na cabeça.

Mas imagina o que mais, eu falei pro Sinhô ——. Quando os missionário chegaram na parte que Adão e Eva tavam nu, o povo Olinka quase morreu de rir. Principalmente porque os missionário tentaram fazer que eles vistissem as roupa por causa disso. Eles tentaram explicar pros missionário que foram *eles* que expulsaram Adão e Eva da aldeia porque eles tavam nu. A palavra que eles usam pra *nu* é branco. Mas já que eles tão coberto pela cor eles num tão nu. Eles disseram que qualquer um olhando prum branco pode dizer que ele tá nu, mas o povo preto num tá nu porque eles nem podem ficar nu porque eles num são branco.

É, Sinhô —— falou. Mas eles tavam errado.

Certo, eu falei. Adão e Eva provam isso. O que eles fizeram, esse povo Olinka, foi expulsar os próprios filho, só porque eles eram um pouco diferente.

Eu aposto que eles inda fazem o mesmo tipo de coisa até hoje, Sinhô ___ falou.

Ah, do jeito que a Nettie conta, esses africano são uma confusão. E você sabe o que a Bíblia fala, o fruto num cai muito longe da árvore. E tem mais, eu falei. Imagina quem eles falam que a serpente era?

A gente, sem dúvida, Sinhô ___ falou.

Certo, eu falei. Os branco, filho de peixe, peixinho é. Eles ficaram tão furioso por terem sido expulso e de dizerem que eles tavam nu que dicidiram esmagar os negro onde quer que eles encontrassem os negro, assim como fariam com uma serpente.

Você acha? Sinhô ___ perguntou.

Isso é o que esses Olinka falam. Eles falam que do jeito que eles sabem da história antes das criança branca começarem a chegar, eles também sabem o futuro depois que o maior deles for embora. Eles dizem que eles conhecem essas criança em particular e que elas vão matar umas as outras, elas inda tão brava dimais porque não foram querida. Elas vão matar outras pessoa que também tem alguma cor. Na verdade, elas vão matar tanto na terra e tantos negro que todo mundo vai começar a odiar eles como eles odeiam a gente hoje. Aí eles vão ser a nova serpente. E sempre que alguém encontrar um branco em algum lugar, ele vai ser esmagado por quem que num é branco, exatamente como eles fazem com a gente hoje. E algumas pessoa entre os Olinka acham que a vida vai continuar assim pra sempre. E que a todo milhão de ano mais ou menos alguma coisa vai acontecer na terra e o povo vai mudar de aparência. As pessoas podem começar a ter duas cabeça um dia, pelo o que a gente sabe, e aí quem tem só uma cabeça vai expulsar todos eles pra outro lugar. Mas alguns deles num pensam assim. Eles acham que depois que a maioria do povo branco já num tiver mais na terra, o único jeito de parar de fazer alguém virar serpente vai ser todo mundo aceitar todo mundo como filho de Deus, ou como filho de uma só mãe, num importando o jeito que eles são ou de como agem. E imagina o que mais da serpente?

O quê? ele perguntou.

Esse povo Olinka adora ela. Eles falam quem sabe, talvez, ela seja nosso parente. Mas com toda certeza é a coisa mais inteligente, mais limpa, mais rápida que eles já viram.

Esse povo na certa deve ter um monte de tempo só pra sentar e pensar, Sinhô —— falou.

A Nettie contou que eles são muito bons pra pensar, eu falei. Mas eles pensam tanto em termos de milhões de ano que têm dificuldade pra conseguir atravessar um ano só.

E então que nome eles deram pro Adam?

Alguma coisa que tem o som de Omatangu, eu falei. Quer dizer, um homem não nu mais ou menos perto do primeiro que Deus fez que sabia o que ele era. Muitos homem que vieram antes do primeiro homem eram homem também, mas nenhum deles sabia que era. Você sabe o tempo que demora pra alguns homem reparar em alguma coisa, eu falei.

Demorou muito pra eu reparar que você era uma companhia tão boa, ele falou. E ele riu.

Ele num é a Shug, mas ele começa a ser uma pessoa com quem eu posso conversar.

E num importa o tanto que o telegrama diga que você tá afogada, eu inda recebo carta sua.

Sua irmã,

Celie

Querida Celie,

Depois de dois meses e meio Adam e Tashi voltaram! Adam alcançou Tashi e sua mãe e alguns membros da nossa aldeia quando eles estavam se aproximando da aldeia onde havia vivido a mulher missionária, mas Tashi não queria saber de voltar, nem Catherine, e então Adam as acompanhou até o acampamento dos mbeles.

Ah, ele falou, é um lugar extraordinário!

Você sabe, Celie, na África existe uma grande depressão na terra que eles chamam de Vale da Fenda, mas é do outro lado do continente e não do lado onde estamos. Entretanto, de acordo com Adam, existe uma "pequena" fenda no nosso lado, com centenas de hectares de comprimento e que é até mais profunda do que a grande fenda que tem milhares de hectares. É um lugar tão profundo na terra que só pode ser visto por ar, Adam acha, e mesmo assim iria parecer ser apenas um canyon coberto de vegetação. Bem, neste canyon vivem milhares de pessoas vindas de várias tribos da África e até um negro que — Adam jura — veio do Alabama! Tem roças. Tem uma escola. Uma enfermaria. Um templo. E tem homens e mulheres guerreiros que de fato saem em missões de sabotagem contra as plantações dos brancos.

Mas tudo isso parece mais maravilhoso contando do que como experiência vivida, se eu posso julgar por Adam e Tashi. O pensamento deles parece estar completamente fixado um no outro.

Eu queria que você os tivesse visto chegando de volta à aldeia. Cambaleando. Sujos como porcos, cabelos despenteados. Com sono. Exaustos. Fedidos. Deus sabe como. Mas ainda discutindo.

Só porque eu voltei com você, não pense que estou dizendo sim ao casamento, Tashi fala.

Oh, sim, você está, Adam fala, com muita ênfase, mas através de um bocejo. Você prometeu pra sua mãe. Eu prometi pra sua mãe.

Ninguém na América vai gostar de mim, Tashi fala.

Eu vou gostar de você, Adam fala.

Olivia correu e abraçou Tashi. E correu para preparar comida e um banho.

Ontem à noite, depois que Tashi e Adam dormiram quase o dia todo, nós tivemos uma conferência de família. Nós os informamos que já que a maioria de nossa gente tinha se juntado aos mbeles, e já que os plantadores estavam começando a trazer trabalhadores do norte, e como já estava mesmo na hora, nós estávamos partindo de volta para casa em questão de semanas.

Adam anunciou seu desejo de casar com Tashi.

Tashi anunciou sua recusa em casar.

E depois, com aquela sua maneira honesta e direta, deu suas razões. A mais importante delas é que, por causa das cicatrizes no seu rosto, os americanos vão considerá-la uma selvagem, vão marginalizá-la, e também as crianças que ela e Adam vierem a ter. Que ela tinha visto as revistas que recebemos de casa e tinha ficado claro para ela que os pretos na verdade não admiravam os pretos retintos como ela e especialmente não admiravam as mulheres de pele preta retinta. Eles clareiam os rostos, ela falou. Eles esticam os cabelos. Eles tentam parecer brancos.

Também, ela continuou, eu tenho medo de que alguma dessas mulheres que imitam as brancas atraia Adam e ele me deixe. Aí eu não vou ter país, nem povo, nem mãe, e nem marido e irmão.

Você teria uma irmã, Olivia falou.

Então Adam falou. Ele pediu Tashi para perdoar a primeira reação estúpida que ele teve em relação ao ritual das cicatrizes. E para perdoar a repugnância que ele sentiu diante da cerimônia de iniciação das mulheres. Ele assegurou Tashi que era ela que ele amava e que nos Estados Unidos ela teria um país, um povo, parentes, irmã, marido, irmão e amante, e que qualquer coisa que acontecesse com ela nos Estados Unidos seria também o destino e a escolha dele.

Oh, Celie.

Então, no dia seguinte, nosso menino apareceu com cicatrizes idênticas às de Tashi no seu rosto.

E eles estão tão felizes, tão felizes, Celie. Tashi e Adam Omatangu.

O Samuel os casou, é claro, e toda a gente da aldeia compareceu para desejar felicidades e abundância de folha-de-teto para sempre. Olivia ficou *do lado da noiva e um amigo de Adam — um homem muito velho para se juntar aos* mbeles *— ficou do lado dele. Imediatamente depois do casamento nós deixamos a aldeia, viajando num caminhão que nos levou até ao barco numa enseada da costa que dá direto para o oceano.*

Em algumas semanas, nós estaremos em casa.

Carinhosamente,

sua irmã,

Nettie

Querida Nettie,

Sinhô ___ fala muito com a Shug no telefone ultimamente. Ele falou que logo que contou pra ela que minha irmã e a família dela tinham desaparecido, ela e Germaine conseguiram um contato direto com o Departamento de Estado, tentando descobrir o que tinha acontecido. Ele falou que a Shug disse que quase morre só de pensar queu tô aqui sofrendo sem saber de nada. Mas nada aconteceu lá no Departamento de Estado. Nada lá no Departamento de Defesa. É uma guerra muito grande. Tanta coisa tá acontecendo. Um navio perdido é como nada, eu imagino. Depois, negro num conta pra essa gente.

Bom, eles num sabem nada, e nunca souberam de nada. Nunca vão saber. E daí? Eu sei que você tá a caminho de casa e que talvez só chegue quando eu tiver noventa ano, mas um dia desses eu espero mesmo ver o seu rosto.

Enquanto isso, eu impreguei Sofia como vendedora na nossa loja. Continuei com o branco Alphonso pra tomar conta, mas Sofia tá lá pra atender os negro porque eles nunca tiveram ninguém nas loja pra atender só eles e ninguém nas loja pra tratar eles bem. A Sofia também é muito boa pra vender as coisa porque ela faz como se num tivesse importando se você vai comprar ou não. É como se num fosse com ela. E se você dicide mesmo comprar, bom, aí ela troca umas palavra gentil com você. Depois, aquele homem branco tem medo dela. Qualquer outro negro ele tenta chamar de tio, tia ou coisa assim. A primeira vez que ele tentou fazer isso com a Sofia ela perguntou pra ele com que negro a irmã da mãe dele tinha casado.

Eu perguntei pro Harpo se ele importava se a Sofia fosse trabalhar.

Por queu vou importar? ele falou. Ela parece que tá feliz. E eu posso cuidar do que aparecer lá em casa. Além do mais, ele falou, a Sofia me arrumou uma ajudazinha pra quando a Henrietta precisar de alguma coisa especial pra comer ou se ela ficar doente.

É, Sofia falou. A dona Eleanor Jane vai olhar Henrietta e prometeu sempre cozinhar pra ela alguma coisa que ela possa comer. Você sabe, os branco tem muitas máquina na cozinha deles. Ela faz coisas com inhame que nem dá pra acreditar. Semana passada ela foi e fez sorvete de inhame.

Como foi que isso aconteceu? eu perguntei. Eu pensei que vocês duas tinham brigado.

Ah, Sofia falou. Finalmente deu na cabeça dela de perguntar pra mãe porque eu fui trabalhar pra eles.

Mas eu acho que isso num vai durar, o Harpo falou. Você sabe como eles são.

O pessoal dela tá sabendo? eu perguntei.

Eles sabem, Sofia falou. Eles tão fazendo como a gente sabia bem que eles iam fazer. Quem já ouviu falar de uma mulher branca trabalhando pros negro, eles gritam. Ela fala pra eles, Quem já ouviu falar de uma pessoa como Sofia trabalhando pra escória.

Ela traz o Reynolds Stanley com ela? eu perguntei.

Henrietta falou que num se importava se ele viesse.

Bom, o Harpo falou, eu tô convencido de que ela vai parar, se os homens da família dela tão contra ela ajudar você.

Deixa ela parar, Sofia falou. Num é pra minha salvação que ela tá trabalhando. E, se ela num aprender que tem que julgar as coisa por ela mesma, ela nunca vai mesmo ter uma vida.

Bom, você pode contar comigo de qualquer maneira, o Harpo falou. E eu gosto de todo julgamento que você faz. Ele levantou e deu um beijo na cicatriz do nariz dela.

Sofia sacudiu a cabeça. Todo mundo aprende alguma coisa na vida, ela falou. E eles riram.

Falando de aprender, Sinhô —— falou um dia desses quando a gente tava custurando na varanda, Eu comecei a aprender as coisa um tempo atrás quando eu sentava na minha varanda, olhando por cima da grade.

Um miserável. Era isso queu era. E eu num podia entender por que a gente vive se tudo que a vida faz na maior parte do tempo é fazer a gente se sentir mal. Tudo queu queria na vida era a Shug Avery, ele falou. E por uns tempo, tudo que ela queria na vida era eu. Bom, a gente num conseguiu ficar um com o outro, ele falou. Eu arranjei Annie Julia. Depois você. E todas as minha criança malcriada. Ela arranjou o Grady e sabe lá mais quem. Mas mesmo assim, parece que ela se saiu melhor do que eu. Muita gente ama a Shug, mas ninguém me ama a num ser Shug.

É difícil num amar a Shug eu falei. Ela sabe como amar de volta.

Eu tentei fazer alguma coisa pras criança, depois que você me deixou. Mas já era muito tarde. Bub passou duas semana comigo, roubou todo meu dinheiro, dormia bêbado na varanda. Minhas minina tão tão passada com os homem e a religião que mal conseguem conversar. Toda vez que elas abrem a boca é pra pedir alguma coisa. É de partir meu sofrido coração.

Se você sabe que seu coração tá sofrido, eu falei, é porque então ele num tá tão estragado como você pensa.

De qualquer maneira, ele falou, você sabe como é. Você faz uma pergunta pra você mesmo e ela leva você a fazer mais quinze. Eu comecei a imaginar por que a gente precisa de amor. Por que a gente sofre. Por que a gente é preto. Por que tem homem e tem mulher. De onde as criança vêm mesmo. Num demorou muito pra discobrir queu quase num sabia nada. E se você pergunta por que você é preto ou é um homem ou uma mulher ou uma moita isso num quer dizer nada se você num pergunta por que é que você tá aqui, pronto.

E o que é que você acha? eu perguntei.

Eu mesmo acho que a gente tá aqui pra se adimirar. Pra adimirar. Pra perguntar. E adimirando as grandes coisa e perguntando sobre as grande coisa é que a gente vai aprendendo as coisa pequena, quase que por acaso. Mas a gente nunca sabe mais sobre as grandes coisa do que sabia quando começou. Quanto mais eu admiro as coisa, ele falou, mais eu amo.

E as pessoa, eu aposto, começam a amar você de volta, eu falei.

É mesmo, ele falou, surpreso. O Harpo parece que gosta de mim, a Sofia e as criança. Eu acho que até o diabinho da Henrietta gosta um pouquinho de mim, mas isso é porque ela sabe que pra mim ela é um mistério tão grande quanto o homem da lua.

Sinhô ⸺ tá ocupado fazendo o molde de uma camisa pras pessoa usarem com as minha calça.

Tem que ter bolso, ele fala. Tem que ter manga frouxa. E definitivamente num pode ser usada com gravata. As pessoa que usam gravata parece que tão sendo linchada.

E aí, justo quando eu sei que posso viver contente sem a Shug, justo quando Sinhô ⸺ pergunta se eu quero casar com ele de novo, dessa vez no espírito tanto quanto na carne, e justo depois queu falo que não, eu continuo num gostando de sapo, mas vamo ser amigo, a Shug me escreve dizendo que tá voltando pra casa.

Agora. A vida é ou não é assim?

Eu tô tão calma.

Se ela voltar, fico feliz. Se ela num voltar, fico contente.

E aí eu fico imaginando que era essa a lição queu tinha que aprender.

Ah, Celie, ela falou, descendo do carro, vistida como uma estrela, senti mais falta sua do que da minha própria mãe.

A gente se abraçou.

Entra pra dentro, eu falei.

Ah, a casa tá tão bunita, ela falou quando a gente chegou no quarto dela. Você sabe queu adoro o rosa.

Também tem uns elefante e tartaruga chegando pra você, eu falei.

Onde é o seu quarto? ela perguntou.

Lá no fundo do corredor, eu falei.

Vamo lá ver, ela falou.

Bom, é aqui, eu falei, parada na porta. Tudo no meu quarto é púrpura e vermelho a num ser o chão que tá pintado de amarelo vivo. Ela foi direto até o pequeno sapo púrpura que tava na minha pratileira.

O que é isso? ela perguntou.

Ah, eu falei, uma pequena lembrança que o Albert fez para mim.

Ela olha estranho pra mim por um minuto, eu olho pra ela. A gente ri.

Onde tá o Germaine? eu perguntei.

Na universidade, ela falou. Wilberforce. Num se pode esperdiçar todo aquele talento. Mas a gente acabou, ela falou. Ele é que nem parte da família agora. Como se fosse meu filho. Talvez meu neto. O que você e o Albert têm feito? ela perguntou.

Quase nada, eu falei.

Ela falou, Conhecendo o Albert, posso até apostar que ele tem feito alguma coisa sim, com você tão bunita como tá.

A gente custura, eu falei. Conversamo besteira.

Que besteira? ela perguntou.

Pra você ver, eu penso. A Shug com ciúme. Sou até capaz de inventar uma história só pra fazer ela sofrer um pouco. Mas não.

A gente conversa sobre você, eu falei. De como a gente ama você.

Ela sorri, bota a cabeça no meu peito. Suspira longamente.

Sua irmã,

Celie

Querido Deus. Queridas estrela, queridas árvore, querido céu, querida gente. Querido tudo. Querido Deus,

Obrigada por trazer minha irmã Nettie e nossas criança pra casa.

Quem será que vem lá adiante? o Albert perguntou, olhando pra estrada. A gente pudia ver a poeira levantando.

Eu e ele e Shug sentados na varanda depois do jantar, conversando. Não conversando. Balançando na cadeira e espantando os mosquito. Shug fala que ela num quer mais cantar em público — bom, quem sabe uma ou duas noite no Harpo's. Tá pensando quem sabe em aposentar. Albert fala que quer que ela experimente a nova camisa dele. Eu falo da Henrietta. Sofia. Meu jardim e a loja. Como tão indo as coisa. O hábito de custurar é tão grande queu vou alinhavando uns retalho, vendo o queu posso fazer com eles. O tempo tá fresco pra fim de junho e sentar na varanda com o Albert e a Shug é muito agradável mesmo. A semana que vem vai ser o 4 de julho e a gente planejou uma grande reunião da família ao ar livre aqui em casa. Só espero que esse tempo bom num vá embora.

Pode ser o carteiro, eu falei. Só que ele tá vindo muito depressa.

Pode ser a Sofia, Shug falou. Você sabe que ela guia que nem uma doida.

Pode ser o Harpo, Albert falou. Mas num era.

Aí o carro parou debaixo das árvore do quintal e todas aquelas pessoa vistida como velhos saíram do carro.

Um homem alto e grande de cabelo branco com um colarinho branco engomado, uma mulher gordinha com o cabelo branco arrumado com trança no alto da cabeça. Um jovem alto e duas jovem bem robusta. O homem de cabelo branco disse uma coisa pro motorista e o carro foi embora. Eles todos ficaram de pé lá — embaixo perto da estrada cercados de caixa, saco e todo tipo de coisa.

Nessa altura meu coração tava na minha boca e eu num conseguia mexer.

É a Nettie, o Albert falou levantando.

Todo mundo lá embaixo na estrada olha pra gente. Eles olham a casa. O quintal. Os carro da Shug e do Albert. Eles olham os campo em volta da casa. Aí eles começam a andar bem devagarinho pro nosso lado.

Eu tô tão assustada que num sei o que fazer. Parece que minha cabeça parou. Eu tento falar, nada vem. Tento ficar de pé, e quase caio. Shug abaixa e me dá uma mão. O Albert aperta o meu braço.

Quando o pé da Nettie pisa na varanda eu quase morro. Eu fico de pé meio tonta entre o Albert e a Shug. Nettie também tá meio tonta entre o Samuel e quem eu penso que deve ser o Adam. Aí nós duas começamo a gemer e a chorar. Corremo uma pra outra como a gente fazia quando era criança. Mas a gente tá se sentindo tão fraca que quando tocamo uma na outra nós duas caímo. Mas o que importa? Nós sentamo e ficamo lá na varanda uma nos braço da outra.

Depois de um tempo, ela falou *Celie*.

Eu falei, *Nettie*.

Passou mais um tempinho. A gente olhou em volta pros juelho das pessoa. A Nettie num largava a minha cintura. Este é meu esposo Samuel, ela falou, apontando pra cima. Estas as nossas criança Olivia e Adam e esta é Tashi, a mulher de Adam, ela falou.

Eu apontei pra minha gente. Esta é a Shug e este é o Albert, eu falei.

Todo mundo disse prazer em conhecer. Aí a Shug e o Albert começam a abraçar todo mundo, um depois do outro.

Eu e a Nettie finalmente levantamo do chão da varanda e eu abracei minhas criança. Eu abracei Tashi. Depois abracei o Samuel.

Por que é que a gente sempre faz essa reunião de família no 4 de julho? a Henrietta pergunta, fazendo um beiço cheio de reclamação. É tão quente.

Os branco tão ocupado comemorando a independência deles da Inglaterra no 4 de julho, Harpo falou, e aí a maioria do pessoal preto num tem que trabalhar. A gente pode passar o dia celebrando um ao outro.

Ah, Harpo, a Mary Agnes falou, tomando um pouco de limonada, eu num sabia que você sabe história. Ela e a Sofia tão fazendo juntas a salada de batata. Mary Agnes voltou pra casa pra buscar a Suzie Q. Ela deixou o Grady, mudou de volta pra Memphis e mora com a irmã e com a mãe. Elas vão cuidar da Suzie Q enquanto ela trabalha. Ela tá com um monte de música nova, ela fala, E num tô assim tão derrubada que num possa mais cantar.

Depois de um tempo com o Grady eu num conseguia mais pensar, ela falou. Depois, ele num é boa influência pra nenhuma criança. Eu também num era, claro, fumando tanta maconha.

Todo mundo olha pra Tashi com muita admiração. Eles olham pras cicatriz dela e do Adam como se fosse assunto deles. E falam que nunca suspeitaram que as moça da África podiam ser tão *bunitas*. Eles formam um belo casal. Falam de um jeito meio esquisito, mas a gente já tá costumando.

O que é que seu povo mais gosta de comer lá na África? a gente pergunta.

Ela fica meio vermelha e fala *churrasco*.

Todo mundo ri e faz ela pegar mais um pedaço.

Eu me sinto meio estranha perto das criança. Por uma coisa, elas cresceram. E eu vejo que elas pensam queu e a Nettie e a Shug e o Albert e o Samuel e o Harpo e a Sofia e o Jack e a Odessa somo muito velhos e num sabemo o que tá acontecendo. Mas eu num acho que nós tamo velho de jeito nenhum. E a gente tá tão feliz. Pra falar a verdade, eu acho que a gente nunca se sentiu tão jovem assim.

Amém

Eu agradeço a todos neste livro
por terem vindo.

A.W., autora e médium.

Posfácio

por Carla Akotirene

A cor púrpura não é um convite literário de tom despretensioso. Quem lê a obra, escrita originalmente em 1982, pela renomada intelectual estadunidense Alice Walker, vencedora do prêmio Pulitzer e do American Book Award, mergulha profundamente nas experiências das comunidades negras da diáspora africana no Sul dos Estados Unidos.

Com a escrita engajada no projeto feminista negro, *A cor púrpura* mostra por que é um clássico. Nenhum outro escrito consegue nos levar tão eficientemente a encontrar aspectos sutis e violentos da experiência colonial moderna em narrativa, silêncio e palavras engasgadas. Contudo, sem a intenção de fazer com que a leitora e o leitor fiquem imersos em lágrimas. Acredito que, por isso, Alice Walker tenha escolhido Celie, a protagonista, para ser a melhor companhia no percurso que vai transformar a sua própria vida.

Celie vai crescer na fronteira de gênero e raça — perto das controversas sensações do Sinhô e da sua maldade. Longe dos próprios desejos e coragens.

É pelas mãos da menina Celie que sobrevoamos a paisagem do imaginário racista, apagando dele as narrativas mentirosas ensinadas desde a infância sobre o continente africano pobre. Essas narrativas dizem ainda que o motivo pelo qual a África coleciona barbáries tem a ver com os irmãos que vendiam os próprios irmãos e, assim, sabotam a história, a genialidade e os vínculos de amor.

"Você sabia que existiam grandes cidades na África maiores que Milledgeville e até Atlanta, milhares de anos atrás?"

A cor púrpura resgata valores ancestrais deixados em África. E vai denunciar a Bíblia junto com o Deus branco. A saber, o auto--ódio, a escassez de recursos materiais e da natureza partem das vontades missionárias do homem branco sem o conhecimento de Deus. É preciso, como Celie, descobrir que "o Pai não é pai".

Celie escreve cartas para Deus e, depois, cartas para Nettie, a sua irmã. Encarna o ponto de vista da mulher negra que não se importa se as letras parecem mal escritas ou sequer possam ser lidas. O amadurecimento da escrita de si está no exercício de jamais parar de escrever.

Há uma vontade absoluta das irmãs Celie e Nettie de trocarem cartas de amor em virtude das resistências culturais necessárias devido às crenças sobre mim, sobre você, sobre os africanos. *A cor púrpura* critica os maus usos da fé. O homem branco que impôs a sua própria religião e Deus como alicerces ideológicos de famílias negras.

Sendo assim, no contexto dos mais variados contornos de afeto e violências de uma família negra no século XX, a escritora estadunidense Alice Walker oferece o retrato de como, na modernidade, a raça é, simultaneamente, abusiva com as mulheres negras e, ao mesmo tempo, violenta para as identidades de segunda classe.

Como dissemos, a mulher negra está simultaneamente na mira do racismo e do sexismo. É rotineiramente colocada em condição de encarceramento, violência doméstica, abuso sexual e exploração. Estruturalmente, o racismo existe junto com o patriarcado, usa as igrejas para controlar os direitos reprodutivos das mulheres, embora seja incapaz de impedir os pais de engravidarem as filhas.

Em particular, através das marcas de gênero e raça, as mulheres são encurraladas por masculinidades dispostas a estuprar, agredir, ofender e circular a vida dessas mulheres, como se mercadorias fossem.

Quem aceita a companhia de Celie aprende a reagir ao seu lado numa identidade negra preparada para brigar com a própria vida em vez de somente assistir a que ela passe. Essa mulher negra se despe diante do espelho corrigindo as distorções de autoimagem, cor e cabelo pixaim.

Ao lado de Celie, olhamos mais para as mulheres, pois que, ao contrário dos homens, não oferecem medo; aliás, vivem igualmente expostas aos sentidos projetados pela dominação masculina.

A obra, inclusive, antecipa a "dororidade", conceito desenvolvido pela escritora Vilma Piedade para explicar a união, o amor e a empatia da mulher negra ao se deparar com a dor e a depressão, além das resistências de suas irmãs negras diante da diversidade de corpos e das memórias separadas nas águas atlânticas.

Somos únicas. Nas maneiras de ser Celie, Nettie, Sofia, Shug, Mary Agnes.

A cor púrpura reconta as opressões impostas àquelas humanidades racializadas que podem reescrever a História. *A cor púrpura* existe para que escrevamos cartas usando a tinta da infância, honrando as meninas que precisam acertar as contas com Deus.

A primeira edição deste livro foi impressa nas oficinas da Geográfica
para a EDITORA JOSÉ OLYMPIO LTDA. em outubro de 2021.

90º aniversário desta Casa de livros, fundada em 29.11.1931